Ambrose Gwinnett Bierce wurde 1842 in Meigs County, Ohio, als Sohn eines Farmers geboren. Mit seinen Eltern überwarf er sich bald. Er verließ die »ungewaschenen Wilden«, wie er sie einmal nannte, mit 15 Jahren. Am amerikanischen Bürgerkrieg nahm Bierce auf der Seite der Nordstaaten teil. Er wurde zweimal verwundet und seiner Tapferkeit wegen zum Major befördert. Nach dem Krieg arbeitete er in San Francisco und London als Journalist. Hier veröffentlichte er auch seine ersten Bücher. 1896 ging Bierce nach Washington. Er schrieb dort für die Hearst-Zeitungen und stellte seine gesammelten Werke zusammen. Als alter Mann, schon über siebzig, verschwand er in den Wirren des mexikanischen Bürgerkriegs. Sein Schicksal ist genauso geheimnisvoll wie das einiger Helden seiner Geschichten. Sein genaues Todesdatum ist nicht bekannt. Neben den grausamen, den Krieg als Barbarei entlarvenden Geschichten aus dem amerikanischen Bürgerkrieg schrieb Bierce auch Gespenstergeschichten, die sich durchaus mit denen Poes messen können. Seit zwei Jahrzehnten erst wird Ambrose Bierce als einer der Meister amerikanischer Prosa erkannt, als Meister auch des schwarzen Humors, wie wir ihn von Jarry, d'Aurevilly oder Gogol kennen. »Mein Lieblingsmord« gibt eine repräsentative Auswahl der Erzählungen Bierces. Er beginnt mit Geschichten, deren Hintergrund der amerikanische Bürgerkrieg bildet, ihnen folgen moderne Gespenstergeschichten. In der dritten Gruppe unter dem Titel »Nebensächliche Geschichten« steigert sich Bierces Erzählweise zu sardonischem und makabrem Humor, der seinen Höhepunkt dann in den Geschichten erreicht, die unter dem Titel »Der Elternmörderclub« zusammengefaßt sind.

»In den raffinierten Schreckenskabinetten seiner Phantasie bleibt Bierce der knappe, nüchterne Berichter.« *Berliner Morgenpost* insel taschenbuch 39

Ambrose Bierce

Mein Lieblingsmord

Ambrose Bierce
Mein Lieblings-mord

ERZÄHLUNGEN

INSEL

Aus dem Amerikanischen von Gisela Günther

insel taschenbuch 39
Erste Auflage 1973

Vertrieb durch den Suhrkamp Taschenbuch Verlag. Umschlag nach Entwürfen von Willy Fleckhaus. Druck: Nomos Verlagsgesellschaft, Baden-Baden.
Printed in Germany

8 9 10 11 12 13 – 97 96 95 94 93 92

Mitten im Leben

Die Brücke über den Eulenfluß

Ein Mann stand auf einer Eisenbahnbrücke in Nord-Alabama und sah auf das Wasser hinunter, das zwanzig Fuß unter ihm hastig dahinfloß. Des Mannes Hände waren auf seinem Rükken an den Gelenken mit einer Schnur zusammengeknüpft. Um seinen Hals lag lose ein Strick, der mit einem kräftigen Querbalken über seinem Kopf verbunden war, das freie Ende hing ihm bis zu den Knien hinunter. Ein paar Bretter, die lokker über die Schwellen gelegt waren, welche die Gleise der Eisenbahn stützten, bildeten die Plattform für ihn und seine Henker – zwei Gemeine der Unionsarmee und ein Sergeant, der im Zivilberuf Stellvertreter eines Sheriffs sein mochte. Einen Schritt weiter weg stand auf derselben improvisierten Plattform ein Offizier, bewaffnet und in der Uniform seines militärischen Ranges. Er war Hauptmann. An beiden Enden der Brücke war je ein Posten, das Gewehr in ›Habtacht‹-Stellung haltend, das heißt vertikal vor der linken Schulter, den Hahn am Unterarm, der quer über der Brust liegt – eine steife und unnatürliche Stellung, die eine gestreckt aufrechte Körperhaltung erfordert. Zu wissen, was auf der Mitte der Brücke vorging, schien nicht die Pflicht dieser beiden Männer zu sein, sie blockierten lediglich die beiden Enden des Gehsteigs, der über die Brücke führte.
Jenseits des einen Postens war nichts zu sehen, die Schienen liefen geradeaus in ein Wäldchen hinein, beschrieben nach hundert Metern eine Kurve und kamen außer Sicht. Zweifellos war aber weiter weg ein Vorposten. Am anderen Flußufer war offenes Feld, ein sanfter Hang, gekrönt von einem Palisadenwerk aus senkrecht aufgestellten Baumstämmen, mit Spalten für die Flinten und mit einer Schießscharte, durch die die Mündung einer Messingkanone hervorragte, welche die Brücke beherrschte. In der Mitte des Abhangs, zwischen Brükke und Befestigungsanlage, befanden sich die Beobachter, eine einzelne Infanteriekompanie, in Formation unter dem Kommando ›Angetreten‹, die Gewehrgriffe am Boden, die Läufe

leicht gegen die rechte Schulter geneigt, die Hände über dem Schaft gekreuzt. Zur Rechten der Formation stand ein Leutnant; die Spitze seines Degens berührte den Boden, während seine linke Hand auf der rechten ruhte. Außer der Gruppe der vier Männer auf der Mitte der Brücke regte sich niemand. Die Kompanie stand mit dem Gesicht zur Brücke, starren Blickes, reglos. Die beiden Posten, den Flußufern zugewandt, hätten Statuen zur Verzierung der Brücke sein können. Der Hauptmann stand mit gekreuzten Armen, schweigend, und beobachtete das Tun seiner Untergebenen, dirigierte sie aber durch keinerlei Zeichen. Der Tod ist ein Würdenträger und muß, wenn er ohne vorherige Ankündigung kommt, mit allen formellen Respektsbezeigungen empfangen werden, sogar von denen, die höchst vertraut mit ihm stehen. Im Kodex militärischer Etikette sind Schweigen und Exaktheit die Ausdrucksform der Ehrerbietung.

Der Mann, der gehängt werden sollte, war etwa fünfunddreißig Jahre alt. Er war Zivilist, und falls man Schlüsse aus seiner Kleidung ziehen wollte: sie war die eines Farmers. Seine Gesichtszüge waren gut geschnitten, eine grade Nase, energischer Mund und hohe Stirn, von der das lange, dunkle Haar glatt zurückgekämmt war und hinter den Ohren auf den Kragen seiner gutsitzenden Arbeitsjoppe fiel. Er trug Schnurrbart und spitzen Kinnbart, aber keinen Backenbart. Seine Augen waren groß und dunkelgrau und hatten einen gütigen Ausdruck, den man kaum bei jemandem erwarten würde, dessen Hals in der Schlinge steckt. Augenscheinlich war er kein gemeiner Meuchelmörder. Der liberale Militärkodex bietet Handhaben, viele Arten von Menschen aufzuhängen, und Ehrenmänner sind keineswegs davon ausgenommen.

Nachdem die Vorbereitungen beendet waren, traten die beiden Gemeinen zur Seite, und jeder zog das Brett weg, auf dem er gestanden hatte. Der Sergeant tat einen Schritt seitwärts, salutierte und stellte sich unmittelbar hinter den Offizier, der sich nun seinerseits um einen Schritt weiterbewegte. All diese Schritte verursachten, daß jetzt der Verurteilte und der Ser-

geant auf den beiden Enden der Planke standen, die über drei der Bahnschwellen lag. Das Ende, auf welchem der Zivilist stand, reichte beinahe, aber nicht ganz, bis zu einer vierten Schwelle. Diese Planke war vorher durch das Gewicht des Hauptmanns gehalten worden, jetzt wurde sie durch das des Sergeanten gehalten. Dieser sollte bei einem Zeichen des Hauptmanns zur Seite treten, so daß die Planke kippen und der verurteilte Mann zwischen zwei Eisenbahnschwellen abwärts fallen würde. Dieses Arrangement für die Hinrichtung empfahl sich durch seine Einfachheit und Wirksamkeit. Das Gesicht des Verurteilten war nicht verhüllt, und auch die Augen hatte man ihm nicht verbunden. Er sah einen Moment auf seinen unsicheren Standort, dann ließ er seinen Blick zu den wirbelnden Wassern des Flusses wandern, das hastig unter seinen Füßen dahinschoß. Ein Stück tanzendes Treibholz fesselte seine Aufmerksamkeit, und seine Augen folgten ihm den Fluß hinunter. Wie langsam es sich zu bewegen schien! Was für ein träger Strom!
Er schloß die Augen, um seine letzten Gedanken auf seine Frau und seine Kinder konzentrieren zu können. Das Wasser, vergoldet von den ersten Strahlen der Morgensonne, die Nebelschwaden, die ein Stück weiter stromabwärts tiefer lagerten als das Flußufer, die Befestigungsanlage, die Soldaten, das Stück Treibholz – all das hatte ihn abgelenkt. Und jetzt wurde er sich einer neuen Störung bewußt. Durch die Gedanken an seine Lieben drang ein Ton, den er weder zu ignorieren noch zu begreifen vermochte, ein scharfes, deutliches, metallisches Hämmern, wie das Schlagen eines Schmiedehammers auf einen Amboß, von der gleichen, durchdringenden Art. Er fragte sich, was das sein könnte und ob es unermeßlich fern oder ganz nahe wäre – es schien beides zu sein. Die Wiederholungen waren regelmäßig, aber so langsam wie das Läuten einer Totenglocke. Jeden Schlag erwartete er mit Ungeduld und, ohne zu wissen weshalb, mit Bangen. Die Intervalle der Stille dazwischen dauerten zunehmend länger, die Verzögerungen wurden qualvoll. Aber je seltener die Töne wurden, um so

mehr nahmen sie an Stärke und Schärfe zu. Sie schnitten wie Messerstiche in sein Ohr. Er fürchtete, daß er schreien würde. Was er da hörte, war das Ticken seiner Uhr.

Er öffnete die Augen aufs neue und sah wieder auf das Wasser drunten. ›Könnte ich meine Hände befreien‹, dachte er, ›dann würde ich die Schlinge abwerfen und in den Fluß springen. Den Kugeln könnte ich durch Tauchen entgehen, rasch schwimmen und ans Ufer und quer durch den Wald und nach Hause entkommen. Mein Heim ist Gott sei Dank ja noch außerhalb ihrer Linien. Meine Frau und meine Kleinen sind noch weit weg von der Front dieser Eindringlinge.‹

Während dieser Gedanken, die hier in Worten wiedergegeben werden müssen, in Wirklichkeit aber eher ins Gehirn des Verurteilten hineinblitzten, als daß sie darin entstanden, nickte der Hauptmann dem Sergeanten zu. Der Sergeant trat zur Seite.

II

Peyton Farquhar war ein wohlhabender Pflanzer aus einer alten und hochgeachteten Alabama-Familie. Da er Besitzer von Sklaven und, gleich anderen Sklavenbesitzern, auch Politiker war, war er selbstverständlich Sezessionist bis in die Knochen und der Sache der Südstaaten glühend ergeben. Zwingende Umstände, die hier nicht berichtet zu werden brauchen, hatten ihn daran gehindert, bei der tapferen Armee zu dienen, welche die unglücklichen Schlachten geschlagen hatte, die mit dem Fall von Corinth endeten, und er litt unter dem ruhmlosen Rückzug und sehnte sich nach Anwendung seiner Kräfte, dem glorreichen Soldatenleben, der Gelegenheit, sich auszuzeichnen. Diese Gelegenheit würde kommen, so hatte er gefühlt, wie sie in Kriegszeiten für alle kommt. Inzwischen tat er so viel, wie er eben konnte. Kein Dienst war ihm zu gering, um dem Süden Hilfe zu leisten, kein Abenteuer zu gefährlich, um es nicht zu wagen, wenn es vereinbar war mit dem Stand eines Zivilisten, der in seinem Herzen Soldat war und der in

gutem Glauben, aber ohne allzu viel Eignung dazu zu besitzen, dem niederträchtigen Wort wenigstens teilweise zustimmte, daß in der Liebe und im Kriege alles erlaubt sei.
Eines Abends, als Farquhar mit seiner Frau auf einer Bank beim Eingang zu seinem Grundstück saß, kam ein grau uniformierter Soldat ans Tor geritten und bat um einen Trunk Wasser. Mrs. Farquhar war nur allzu glücklich, ihn mit ihren eigenen weißen Händen bedienen zu dürfen, und während sie fort war, um Wasser zu holen, trat ihr Mann zu dem durstigen Reitersmann und forschte ihn eindringlich nach Neuigkeiten von der Front aus.
»Die Yankees reparieren die Bahngleise«, sagte der Mann, »und machen Vorbereitungen zu ihrem nächsten Vormarsch. Sie haben die Brücke am Eulenfluß erreicht, sie in Ordnung gebracht und eine Befestigung am Nordufer gebaut. Der Kommandant hat eine Verordnung erlassen, die überall angeschlagen ist und in der es heißt, daß jeder Zivilist, der sich an dem Bahnkörper zu schaffen macht, an den Brücken, Tunnels oder den Zügen, kurzerhand aufgehängt wird. Ich habe die Verordnung gesehn.«
»Wie weit ist es bis zur Eulenflußbrücke?« fragte Farquhar.
»Ungefähr dreißig Meilen.«
»Und ist auf dieser Seite des Flusses kein Militär?«
»Nur ein Vorposten, eine halbe Meile davor, am Bahndamm, und eine einzelne Wache am diesseitigen Ausgang der Brücke.«
»Angenommen: ein Mann, Zivilist und Liebhaber des Gehängtwerdens, würde den Vorposten umgehen und vielleicht die Wache überwältigen«, fragte Farquhar lächelnd, »– was könnte der zustande bringen?«
Der Soldat überlegte. »Vor einem Monat bin ich dort gewesen«, sagte er, »und habe bemerkt, daß das Hochwasser vom vergangenen Winter hier auf dieser Seite der Brücke eine Menge Treibholz gegen den hölzernen Brückenpfeiler angeschwemmt hat. Jetzt ist es sicher trocken und würde brennen wie Zunder.«
Die Dame hatte jetzt das Wasser gebracht, und der Soldat

trank. Er dankte höflich, verneigte sich vor ihrem Mann und ritt davon. Eine Stunde später, nach Einbruch der Dunkelheit, kam er wieder an der Plantage vorbei; er ritt nordwärts in die Richtung, aus der er gekommen war. Es war ein Späher von den Unionstruppen.

III

Als Peyton Farquhar senkrecht abwärts durch die Brücke fiel, verlor er das Bewußtsein und war wie einer, der bereits tot ist. Aus diesem Zustand wurde er – wie es ihm vorkam: nach endloser Zeit – geweckt durch einen heftigen Ruck an seiner Kehle, gefolgt von einem Erstickungsgefühl. Scharfe, stechende Schmerzen schienen von seinem Hals her durch seinen Körper zu schießen. Diese Schmerzen schienen ganz bestimmte, auseinanderlaufende Linien entlangzuzucken, in unbegreiflich rapider Regelmäßigkeit. Sie schienen wie Ströme von pulsierendem Feuer, das ihn bis zu einer unerträglichen Temperatur erhitzte. In seinem Kopf aber hatte er nur ein Gefühl von Fülle, von Blutandrang. Diese Wahrnehmungen waren keineswegs von Gedanken begleitet, der intellektuelle Teil seines Wesens war schon ausgetilgt. Er besaß Kraft nur noch, zu fühlen, und das Gefühl war Folterqual. Der Bewegung war er sich bewußt. Er war jetzt nur noch der in Flammen stehende Kern einer ihn umschließenden, blendenden Wolke, ohne materielle Substanz, und schaukelte in wahnsinnigen Schwüngen hin und her, ein riesiges Pendel. Dann schoß jählings und mit entsetzlicher Plötzlichkeit das ihn umgebende Licht, mit dem Tosen eines lauten Aufrauschens, nach oben. Ein fürchterliches Krachen war in seinen Ohren, und dann war alles kalt und finster. Die Denkfähigkeit war wiederhergestellt. Er wußte, daß der Strick gerissen und er selber in den Fluß gefallen war. Es gab kein zusätzliches Würgen mehr, die Schlinge um seinen Hals erstickte ihn bereits und hielt das Wasser von seinen Lungen ab. Am Grund eines Flusses an Gehängtwerden zu sterben! – dieser Gedanke kam ihm lächerlich vor. Er öff-

nete die Augen in der Schwärze und sah über sich den Schein eines Lichtes, aber – wie fern, wie unerreichbar! Immer noch sank er tiefer, denn das Licht wurde schwächer und schwächer, bis es nur noch ein Schimmer war. Dann fing es an zu wachsen und heller zu werden, und er wußte, daß er zur Oberfläche aufstieg – wußte es mit Widerstreben, denn jetzt fühlte er sich ganz wohl. ›Gehängt und ertränkt zu werden‹, dachte er, ›das ist noch nicht so schlimm. Aber erschossen werden, das möchte ich nicht. Nein, erschießen lasse ich mich nicht, das ist nicht anständig.‹
Er war sich keiner Anstrengung bewußt, aber ein heftiger Schmerz in den Gelenken belehrte ihn darüber, daß er versuchte, seine Hände zu befreien. Er widmete dieser Bemühung all seine Aufmerksamkeit, ungefähr so, wie ein Müßiggänger den Kunststücken eines Jongleurs ohne jedes Interesse an den Resultaten zusehen könnte. Was für prachtvolle Anstrengungen, welch großartige, welch übermenschliche Kraft! Ah, das war fein! Bravo! Die Schnur fiel ab, seine Arme trennten sich und strebten aufwärts, die Hände wurden zu beiden Seiten im wachsenden Licht undeutlich erkennbar. Er betrachtete sie mit erneutem Interesse, als erst die eine, dann die andere sich über die Schlinge an seinem Hals hermachte. Sie rissen sie weg und schleuderten sie ungestüm zur Seite, und ihre Windungen erinnerten ihn an die einer Wasserschlange. ›Tut sie wieder hin, tut sie wieder hin!‹ Er dachte, daß er diese Worte seinen Händen zugeschrien habe, denn dem Lösen der Schlinge war das gräßlichste Stechen gefolgt, das er je erlebt hatte. Sein Nacken tat fürchterlich weh, sein Gehirn brannte lichterloh, sein Herz, das nur noch schwach geflattert hatte, tat einen wilden Schlag und versuchte sich ihm aus dem Halse zu zwängen. Sein ganzer Körper war von unerträglicher Qual gefoltert und zerrissen. Doch schenkten seine ungehorsamen Hände dem Befehl keine Beachtung, sie zerteilten energisch mit raschen, aufwärts führenden Bewegungen das Wasser und zwangen ihn an die Oberfläche. Er fühlte, daß sein Kopf heraustauchte, seine Augen wurden vom Sonnenlicht geblendet,

sein Brustkorb weitete sich konvulsivisch, und mit einer äußersten, alles überbietenden Qual sogen seine Lungen einen tiefen Zug von Luft ein, die er augenblicklich mit einem Schrei wieder ausstieß.

Er war jetzt seiner physischen Sinne wieder vollkommen mächtig, ja, sie waren sogar übernatürlich geschärft und wach. In der furchtbaren Störung seines organischen Systems hatte irgend etwas sie so erregt und verfeinert, daß sie niemals zuvor wahrgenommene Dinge registrierten. Er spürte die kleinen Wellen über seinem Gesicht und hörte sie einzeln, wenn sie ihn berührten. Er schaute nach dem Wald am Flußufer, sah die einzelnen Bäume, die Blätter und die Äderung jedes Blattes – sah genau die Insekten darauf, die Heuschrecken, die blitzenden Fliegen, die grauen Spinnen, die ihre Netze von Zweig zu Zweig spannten. Er nahm die prismatischen Farben in all den Tautropfen auf den Millionen von Grashalmen wahr, das Sirren der Mücken, die über den Stromschnellen tanzten, das Surren von den Flügeln der Libellen, das Beineschlagen der Wasserspinnen, das sich anhörte wie Ruder, die ein Boot antreiben – all dies verursachte hörbare Töne. Ein Fisch huschte unter seinen Augen dahin, und er vernahm das Rauschen des von seinem Leib zerteilten Wassers.

Er war so an die Oberfläche gelangt, daß er stromabwärts sah. Nach einem Augenblick schien die sichtbare Welt sich langsam rundum zu drehen, er selber war ihr Angelpunkt, und er sah die Brücke, die Schanze, die Soldaten auf der Brücke, den Hauptmann, den Sergeanten, die beiden Gemeinen – seine Henker. Sie waren Silhouetten gegen den blauen Himmel. Sie schrien und gestikulierten und zeigten auf ihn. Der Hauptmann hatte seine Pistole gezogen, feuerte aber nicht. Die anderen waren unbewaffnet. Ihre Bewegungen waren grotesk und furchtbar, ihre Gestalten gigantisch.

Plötzlich hörte er einen scharfen Knall, und irgend etwas streifte heftig das Wasser ganz nah bei seinem Kopf, und sein Gesicht wurde von einem Sprühregen benäßt. Er hörte einen zweiten Knall und sah einen der Wachsoldaten mit dem Gewehr an der Schulter, und aus der Mündung stieg eine leichte blaue Rauchwolke. Der Mann im Wasser sah das Auge des Mannes auf der Brücke, das durch das Visier der Flinte in die seinen starrte. Er nahm wahr, daß es ein graues Auge war, und entsann sich gelesen zu haben, daß graue Augen die schärfsten seien und daß alle berühmten Meisterschützen graue Augen hätten. Immerhin – dieser dort hatte fehlgeschossen.

Eine Gegenströmung hatte Farquhar erfaßt und ihn halb herumgedreht. Wieder sah er in den Wald auf der der Schanze gegenüberliegenden Uferseite. Der Klang einer klaren, hohen Stimme ertönte in einem monotonen Singsang jetzt hinter ihm und kam mit einer Deutlichkeit über das Wasser, die alle anderen Geräusche durchbrach und übertönte, sogar das Anprallen der kleinen Wellen an seinem Ohr. Wenn er auch kein Soldat war, so hatte er doch oft genug militärisches Treiben beobachtet, um die schreckliche Bedeutung dieser bedächtigen, schleppend ausgestoßenen Töne zu kennen: der Leutnant am Ufer beteiligte sich jetzt an der morgendlichen Aufgabe. Wie kalt und erbarmungslos, mit welch gleichmäßiger, ruhiger Stimme übertrug er seine eigene Gelassenheit auf die Soldaten – in genau bemessenen Intervallen fielen die grausamen Worte: »Kompanie Achtung!... Gewehr anlegen!... Fertig!... Zielen!... Feuer!«

Farquhar tauchte, tauchte, so tief er nur konnte. Das Wasser brauste ihm in den Ohren wie die Stimme der Niagarafälle, doch hörte er den dumpfen Donner der Salve, und während er wieder zur Oberfläche aufstieg, traf er auf blanke Metallstückchen, die außerordentlich glatt waren und sich langsam abwärts wiegten. Ein paar berührten ihn an Gesicht und Händen, fielen dann weiter, setzten ihren Abstieg fort. Eines blieb ihm zwischen Kragen und Hals stecken, es war unangenehm warm, und er schnippte es weg.

Als er nach Atem ringend an die Oberfläche kam, sah er, daß er lange Zeit unter Wasser gewesen war – er war ein gutes Stück weiter stromabwärts, der Rettung näher. Die Soldaten

waren fast damit fertig, ihre Gewehre neu zu laden, die metallenen Ladestöcke blitzten alle zu gleicher Zeit in der Sonne auf, als sie aus den Läufen gezogen, in der Luft gewendet und in ihre Hülsen gesteckt wurden. Wiederum schossen die beiden Posten, unabhängig voneinander und vergebens.
Der gejagte Mann beobachtete das alles über seine Schulter – er schwamm jetzt kräftig und mit der Strömung. Sein Gehirn war ebenso energiegeladen wie seine Arme und Beine, und er dachte mit Blitzesschnelle.
›Der Offizier‹, überlegte er, ›wird diesen Fehler eines strengen Vorgesetzten kein zweites Mal begehen. Es ist genauso leicht, einer Salve zu entkommen wie einem einzelnen Schuß, wahrscheinlich hat er schon den Befehl gegeben, ohne besonderes Kommando zu feuern. Gott steh mir bei – allen entkommen kann ich nicht!‹
Dann ein erschreckendes Aufplatschen in zwei Meter Entfernung, gefolgt von einem laut dahinrasenden Rauschen, das an Tonstärke abnahm und durch die Luft wieder zurückzukehren schien zur Schanze und in einer Explosion erstarb, die allein den ganzen Fluß schon bis in seine Tiefen aufrührte. Ein Berg aus Wasser erhob sich, bog sich über ihn, fiel auf ihn herunter, blendete ihn, erstickte ihn. Die Kanone beteiligte sich also an dem Spiel! Während er sich den Kopf vom Aufruhr des Wassers freischüttelte, hörte er den abweichenden Schuß weiter vorn durch die Luft brummen, und eine Sekunde später krachte es und zerschmetterte die Äste im Walde drüben.
›Das werden sie nicht noch einmal machen‹, dachte er, ›das nächste Mal nehmen sie eine Kartätschenladung. Ich muß die Kanone im Auge behalten. Der Rauch wird mich warnen – der Ton ist zu langsam, der bleibt hinter dem Geschoß zurück, es ist eine gute Kanone.‹
Plötzlich fühlte er sich um und um gewirbelt, drehte sich um sich selbst wie ein Ball. Das Wasser, die Ufer, der Wald, die nun schon entfernte Brücke, die Schanze und die Menschen – alles war miteinander vermengt und verwischt. Die Gegen-

stände waren nur noch durch ihre Farben angedeutet: waagrecht kreisende Farbstreifen – das war alles, was er noch sah. Er war von einem ungestümen Strudel erfaßt und weggewirbelt worden, in einer so schnell vorwärts drängenden und zugleich drehenden Bewegung, daß ihm schwindlig und übel wurde. In wenigen Sekunden wurde er auf den Kies am Fuß des linken Flußufers – des Südufers – und hinter einen Vorsprung geschleudert, der ihn seinen Feinden verbarg. Das plötzliche Stocken der Bewegung und die Hautabschürfung an einer seiner Hände, durch den Kies, brachten ihn zur Besinnung, und er weinte mit Hingabe. Er grub die Finger in den Sand, warf Hände voll davon über sich in die Luft und segnete ihn mit lauter Stimme. Er sah aus wie Gold, wie Diamanten, Rubine, Smaragde, es gab überhaupt nichts Schönes, woran er ihn nicht erinnert hätte. Die Bäume über dem Ufer waren riesige Gartenpflanzen, er bemerkte entschieden etwas Planvolles in ihrer Anordnung und atmete tief den Duft ihres Blühens ein. Eigenartiges, rosiges Licht schimmerte zwischen ihren Stämmen, und der Wind machte Musik in ihren Zweigen wie in Äolsharfen. Er hatte keinerlei Wunsch, seine Flucht zu vollenden, sondern war zufrieden, an diesem entzückenden Fleck zu bleiben, bis sie ihn wieder zurückholen würden.
Ein Zischen und Knarren von Kartätschenschüssen zwischen den Ästen hoch über seinem Kopf weckte ihn aus seinem Traum. Der verwirrte Kanonier hatte ihm blindlings ein Lebewohl nachgefeuert. Er sprang auf die Füße, eilte die schräge Sandbank hinauf und verschwand im Wald.
Diesen ganzen Tag war er unterwegs, indem er seinen Weg nach dem Bogen der Sonne richtete. Der Wald schien kein Ende zu nehmen, nirgends entdeckte er eine Lichtung in ihm, nicht einmal den Pfad eines Holzfällers. Er hatte nicht gewußt, daß er in einer Region von solcher Wildnis wohnte. In dieser Entdeckung war etwas Unheimliches.
Als die Nacht kam, war er ermüdet, wund an den Füßen und am Verschmachten. Der Gedanke an seine Frau und seine Kinder aber trieb ihn weiter. Schließlich fand er einen Pfad,

der in die Richtung führte, von der er wußte, daß es die rechte war. Der Pfad war so breit und gerade wie die Straße in einer Stadt, doch schien er unbenutzt. Keine Felder säumten ihn, nirgends war eine Behausung, nicht einmal Hundegebell verriet menschliche Wohnstätten. Die schwarzen Gestalten der hohen Bäume bildeten zu beiden Seiten gerade Mauern, die am Horizont in einen Punkt zusammenliefen, wie ein Diagramm in einer Unterrichtsstunde über Perspektive. Droben, wenn er durch die Öffnung im Wald hinaufschaute, schimmerten große goldene Sterne von unbekanntem Aussehen und in fremden Ordnungen gruppiert. Er war sicher, daß sie in einer Konstellation angeordnet waren, die ein Geheimnis und eine böse Vorbedeutung enthielt. Der Wald war zu beiden Seiten von eigenartigen Geräuschen erfüllt, zwischen denen er einmal, zweimal und immer wieder deutliches Flüstern in einer unbekannten Sprache vernahm.
Sein Hals schmerzte, und als er ihn mit der Hand befühlte, fand er ihn schrecklich geschwollen. Er wußte, daß ein schwarzer Zirkel ihn dort umgab, wo der Strick ihn gequetscht hatte. Seine Augen fühlten sich dick an vom gestauten Blut, so daß er sie nicht mehr schließen konnte. Seine Zunge war geschwollen vor Durst, und er erleichterte ihre Fieberhitze, indem er sie zwischen den Zähnen in die kühle Luft hinausstreckte. Wie weich doch der Grasteppich den unbegangenen Weg bedeckte! Er fühlte den Straßenboden gar nicht mehr unter den Füßen.
Zweifellos war er trotz seiner Leiden während des Gehens eingeschlafen, denn jetzt erblickt er eine andere Szenerie – vielleicht ist er auch nur aus einem Fiebertraum erwacht. Er steht am Tor zu seinem eigenen Besitz. Alles ist so, wie er es verließ, und licht und schön im Morgensonnenschein. Er muß wohl die ganze Nacht unterwegs gewesen sein. Als er das Tor aufstößt und den breiten weißen Weg entlanggeht, sieht er das Wehen von Frauenkleidern. Seine Frau, frisch und kühl und süß anzusehen, kommt die Verandastufen herunter, um ihm entgegenzugehen. Am Fuß der Treppe wartet sie, mit einem

Lächeln unaussprechlicher Freude, einer Gebärde unvergleichlicher Grazie und Würde. Ach, wie schön ist sie! Er stürzt vorwärts mit ausgebreiteten Armen. Als er im Begriff ist, sie zu umfangen, spürt er einen zerschmetternden Ruck im Genick. Ein blendend weißes Licht bricht rings um ihn aus mit einem Ton wie das Dröhnen einer Kanone – dann wird alles zu Finsternis und Schweigen.
Peyton Farquhar war tot. Sein Körper schwang mit gebrochenem Hals sacht von einer Seite zur anderen unter den Spanten der Eulenflußbrücke.

Chickamauga

Eines sonnigen Nachmittags im Herbst lief ein Kind beim Spielen von seinem ländlichen Elternhaus weg über ein schmales Feld und gelangte unbemerkt in den Wald. Es war glücklich in seinem neuen Gefühl, von Beaufsichtigung frei zu sein, glücklich über die Gelegenheit zu Abenteuern. Denn der Geist dieses Kindes war durch das Blut seiner Vorfahren seit Tausenden von Jahren zu Entdeckungs- und Eroberungstaten erzogen worden, zu Siegen in Schlachten, die über Jahrhunderte entschieden, deren Sieger sich Feldlager errichteten, die zu Städten aus behauenem Stein geworden waren. Von der Wiege seiner Rasse an hatte dieses Heldentum sich seinen Weg über zwei Kontinente hin erobert und war, nachdem es ein Weltmeer gekreuzt hatte, in einen dritten Kontinent eingedrungen, zu Krieg und Herrschaft, als seinem Erbe, bestimmt.

Das Kind war ein Knabe von etwa sechs Jahren, der Sohn eines armen Pflanzers. Der Vater war in jüngeren Jahren Soldat gewesen, hatte gegen nackte Wilde gefochten und war der Fahne seines Landes weit in den Süden, in die Hauptstadt einer zivilisierten Bevölkerung gefolgt. In dem friedlichen Leben eines Pflanzers lebte das kriegerische Feuer fort – einmal entflammt, erlischt es nie mehr. Der Mann liebte militärische Bücher und Bilder, und der Knabe hatte genug begriffen, um sich selber ein Holzschwert zu machen, obwohl sogar das Auge seines Vaters es kaum als das erkannt hätte, was es vorstellte. Diese Waffe trug er jetzt voll Tapferkeit, wie es dem Sohn einer heldischen Rasse ansteht, und hin und wieder auf den sonnigen Lichtungen des Waldes innehaltend, nahm er mit etwas Übertreibung die Angriffs- und Verteidigungsstellungen ein, in denen er durch die Kunst der Kupferstecher unterwiesen worden war. Unvorsichtig gemacht durch die Mühelosigkeit, mit der er unsichtbare Feinde überwältigte, die versucht hatten, seinen Vormarsch aufzuhalten, beging er den recht häufigen militärischen Fehler, die Verfolgung bis zu einem gefährlichen Extrem zu treiben, so lange, bis er am

Ufer eines breiten, aber seichten Flusses stand, dessen rasch fließendes Wasser seinem direkten Vormarsch gegen den fliehenden Feind, der unbegreiflich leicht hinübergelangt war, Einhalt gebot. Aber der unerschrockene Sieger war nicht zu verwirren. Der Geist der Rasse, die das Weltmeer durchkreuzt hatte, brannte unüberwindbar in dieser kleinen Brust und war nicht zu verleugnen. Er fand eine Stelle, wo ein paar Steinblöcke im flachen Strombett lagen, nicht weiter als einen Schritt oder Sprung voneinander entfernt, und indem er seinen Weg querüber fortsetzte, fiel er von neuem über die Nachhut seines imaginären Feindes her und tötete alle mit dem Schwerte.

Jetzt, da die Schlacht gewonnen war, forderte die Klugheit, daß er sich auf seine Operationsbasis zurückzog. Aber leider – wie so mancher mächtigere Sieger und wie ein bestimmter, der allermächtigste, konnte er nicht

bezwingen seine Gier nach Krieg,
noch lernen, daß versuchtes Glück sogar dem Größten
wehrt den Sieg.

Vom Flußufer aus weiter vordringend, fand er sich plötzlich einem neuen und schrecklicheren Feind gegenüber: auf dem Pfad, dem er gefolgt war, saß kerzengerade, mit aufgestellten Ohren und vorn herunterhängenden Pfoten ein Kaninchen. Mit einem entsetzten Schrei drehte der Knabe sich um und floh, er wußte nicht, in welche Richtung, mit unartikulierten Schreien nach seiner Mutter rufend, weinend, stolpernd – die zarte Haut grausam von Dornen zerrissen, das kleine Herz vor Entsetzen hart klopfend –, atemlos, tränenblind, verirrt im Wald. Dann streifte er mehr als eine Stunde mit strauchelnden Füßen durch das verwachsene Unterholz, bis er endlich, von Müdigkeit überwältigt, sich auf eine schmale Stelle zwischen zwei Felsen, ein paar Schritt vom Fluß entfernt, niederlegte und sich, sein Holzschwert, das jetzt nicht mehr eine Waffe, sondern ein Kamerad war, immer noch fest umklammernd, in Schlaf weinte. Über seinem Kopf sangen lustig die Waldvögel, die Eichhörnchen, die Pracht ihrer Schwänze schwingend, liefen belfernd von Baum zu Baum, nichts ahnend von diesem Jammer, und irgendwo weit entfernt grollte seltsamer, dumpfer Donner, als ob Rebhühner trommelten zur Feier des Sieges der Natur über den Sohn ihrer ewigen Unterdrücker. Und auf der kleinen Plantage, wo weiße und schwarze Menschen hastig und in Angst die Felder und Hekkenraine absuchten, brach fast das Herz einer Mutter wegen ihres verschollenen Kindes.

Stunden verstrichen, und dann erhob sich der kleine Schläfer. Das Abendfrösteln steckte ihm in den Gliedern, die Angst vor dem Dunkelwerden im Herzen. Aber er war ausgeruht und weinte nicht mehr. In irgendeinem blinden Instinkt, der ihn zu handeln trieb, kämpfte er sich durchs Unterholz und gelangte auf etwas lichteren Grund – zur Rechten war der Fluß, zur Linken eine sanfte Böschung mit vereinzelten Bäumen, und über dem Ganzen lag die zunehmende Schwermut des Zwielichts. Ein dünner, geisterhafter Nebel stieg über dem Wasser auf. Das ängstigte ihn und trieb ihn zurück. Anstatt den Fluß wieder zu überqueren, in der Richtung, aus der er gekommen war, drehte er ihr den Rücken und ging vorwärts, dem dunklen, dichten Wald zu. Plötzlich gewahrte er etwas Seltsames, sich Bewegendes, was er für irgendein großes Tier hielt – einen Hund, ein Schwein – er wußte es nicht. Vielleicht war es ein Bär. Er kannte Bilder von Bären, wußte aber nichts Nachteiliges über sie und hatte sich schon vage gewünscht, einen zu sehen. Aber irgend etwas in Gestalt und Bewegung dieses Dinges dort, etwas in der Unbeholfenheit seines Näherkommens, sagte ihm, daß es kein Bär war, und Neugierde überwog die Furcht. Er blieb stehen, und als es langsam herankam, wurde er mutiger, weil er sah, daß es wenigstens nicht die langen, bedrohlichen Ohren des Kaninchens hatte. Vielleicht kam seiner eindrucksfähigen Seele auch durch die torkelnden, unbeholfenen Bewegungen halbwegs etwas Bekanntes zum Bewußtsein. Bevor das Ding nah genug herangekommen war, um seine Zweifel zu lösen, sah er, daß noch ein zweites ihm folgte und noch eines. Und rechts und links

waren noch viel mehr, die ganze Lichtung ringsum wimmelte jetzt von ihnen – und alle bewegten sie sich zum Fluß hin.
Es waren Menschen. Sie krochen auf Händen und Knien; sie benutzten nur die Hände und zogen die Beine nach; sie benutzten nur die Knie, und ihre Arme schleiften an der Seite; sie wollten sich auf die Füße stellen, fielen bei dem Versuch aber längelang hin. Sie taten nichts auf natürliche Art und nichts gemeinsam, außer daß sie langsam in ein und dieselbe Richtung strebten. Einzeln, zu zweit, in kleineren Gruppen kamen sie durch die Dämmerung. Ein paar hielten, während andere langsam an ihnen vorbeikrochen, da und dort inne, dann krochen sie wieder weiter. Sie kamen zu Dutzenden und zu Hunderten; so weit man in beiden Richtungen in der Dämmerung sehen konnte, sah man sie, und der schwarze Wald hinter ihnen schien unerschöpflich, der Erdboden selbst schien in Bewegung geraten zu sein, auf den Fluß zu. Manchmal bewegte einer, der gehalten hatte, sich nicht wieder weiter, sondern blieb reglos liegen. Er war tot. Ein paar, die innehielten, machten befremdliche Gesten mit den Händen, streckten die Arme aus und ließen sie wieder fallen, griffen sich an den Kopf oder breiteten die Handflächen nach oben, wie Menschen manchmal tun, wenn sie im Gottesdienst beten.
Das Kind bemerkte all dies nur teilweise, es sind Dinge, die ein älterer Beobachter bemerkt hätte. Es gewahrte nicht viel mehr, als daß dies Männer waren, wenn sie auch am Boden krochen. Da es Menschen waren, waren sie nicht zu fürchten, obwohl einige seltsam gekleidet waren. Der Knabe bewegte sich ungehindert zwischen ihnen, ging vom einen zum anderen und starrte ihnen mit kindlicher Neugier ins Gesicht. Ihre Gesichter waren alle sonderbar weiß, und viele waren rot gestreift und gefleckt. Etwas daran, vielleicht auch etwas in ihren grotesken Stellungen und Bewegungen, erinnerte ihn an den bemalten Clown, den er letzten Sommer im Zirkus gesehen hatte, und er lachte, während er ihnen zusah. Aber immer weiter und weiter krochen sie, diese verstümmelten und blutenden Menschen, und beachteten den tragikomischen

Gegensatz zwischen seinem Gelächter und ihrem eigenen furchtbaren Zustand so wenig wie er. Für ihn war es ein vergnügliches Schauspiel, er hatte die Neger seines Vaters zu seinem Gaudium auf Händen und Knien kriechen gesehen, und er war dann auf ihnen geritten und hatte gespielt, sie seien seine Pferde. Jetzt trat er von rückwärts zu einer dieser krabbelnden Gestalten und schwang sich ihr behende rittlings auf den Rücken. Der Mann sank auf die Brust, besann sich und schleuderte den kleinen Jungen wütend herunter, wie ein wildes Fohlen es tun würde; dann wandte er ihm ein Gesicht zu, dem der Unterkiefer fehlte – von den oberen Zähnen bis zur Kehle war ein großes rotes Loch, befranst mit hängenden Fleischfetzen und Knochensplittern. Das unnatürliche Vorspringen der Nase, das Fehlen des Kinns und die wütenden Augen gaben dem Mann das Aussehen eines großen Raubvogels, an Kehle und Brust rot gefärbt vom Blut seiner Beute. Der Mann erhob sich auf die Knie, das Kind auf die Füße. Der Mann schüttelte seine Faust gegen das Kind, und dieses, endlich erschreckt, lief zu einem nahen Baum, suchte Deckung dahinter und prüfte die Situation etwas ernsthafter. Und so schleifte sich die unheimliche Prozession langsam und mühselig in grausiger Pantomime dahin, bewegte sich die Halde hinunter wie ein Schwarm von großen schwarzen Käfern, ohne das mindeste Geräusch, in tiefer, vollkommener Stille.

Statt dunkel zu werden, begann die heimgesuchte Landschaft sich zu erhellen. Durch die Baumreihen jenseits des Flusses leuchtete ein merkwürdiges rotes Licht, die Stämme und Äste bildeten gegen diesen Hintergrund ein schwarzes Spitzenwerk. Es beleuchtete die kriechenden Gestalten und lieh ihnen monströse Schatten, die ihre Bewegungen auf dem erhellten Gras verzerrt wiedergaben. Es fiel auf ihre Gesichter, berührte ihre Blässe mit rötlicher Tönung und verstärkte die Flecken, mit denen so viele von ihnen gesprenkelt und bedeckt waren. Es funkelte auf den Knöpfen und Metallstücken ihrer Kleidung. Unwillkürlich wandte sich der Knabe der zunehmenden Pracht entgegen; er ging neben seinen fürchterlichen Gefährten den Hang hinunter und hatte nach ein paar Augenblicken die Vorhut der Schar überholt – keine große Leistung in Anbetracht seiner Überlegenheit. Sein hölzernes Schwert noch immer in der Hand, setzte er sich an die Spitze und führte feierlich den Zug an, sein Tempo dem ihrigen anpassend und sich gelegentlich umwendend, als ob er darauf achten wollte, daß seine Streitmacht sich nicht zerstreue. Gewiß hat noch niemals ein solcher Anführer eine solche Gefolgschaft gehabt.

Auf dem Erdboden, der sich jetzt langsam durch das Vordringen des grauenvollen Zuges füllte, lagen gewisse Gegenstände, an die sich für den Anführer keine bestimmten Gedankenverbindungen knüpften – eine vereinzelte Schlafdecke, fest der Länge nach gerollt, zusammengelegt und die beiden Enden mit einem Strick gebunden, hier ein schwerer Tornister, dort eine zerbrochene Muskete, kurzum, lauter Sachen, wie man sie hinter zurückweichenden Truppen findet, die sogenannte Fährte von Menschen, die vor ihrem Verfolger fliehen. Überall in der Nähe des Flusses, der hier ein tief gelegenes Ufer hatte, war der Boden von den Tritten von Menschen und Pferden zu Morast zertrampelt. Jemand, der im Gebrauch seiner Augen geübter gewesen wäre, hätte bemerkt, daß diese Fußspuren in beide Richtungen wiesen: die Stelle war zweimal passiert worden, im Vormarsch und auf dem Rückzug. Ein paar Stunden zuvor waren diese verzweifelten, geschlagenen Männer zusammen mit ihren glücklicheren, jetzt weit entfernten Kameraden in den Wald eingedrungen. Ihre einander folgenden Bataillone, die ausschwärmten und sich wieder zu Linien formierten, waren rechts und links an dem Kind vorübergekommen – hatten es fast getreten, während es schlief. Das Rascheln und Murmeln während ihres Vormarsches hatten es nicht geweckt. Nicht weiter als einen Steinwurf von ihm entfernt hatten sie eine Schlacht geschlagen, aber von dem Heulen der Musketen, dem Kanonendonner, dem anfeuernden Geschrei der Offiziere hatte es nichts gehört. Es hatte alles verschlafen, während es vielleicht sein kleines Holzschwert mit festerem

Griff umklammerte, in unbewußter Sympathie für seine kriegerische Umgebung, um die Erhabenheit des Kampfes aber so unbekümmert wie die Toten, welche starben, um den Sieg herbeizuführen. Der Schein des Feuers hinter dem Waldgürtel jenseits des Flusses, anfangs von dem Dach seines eigenen Rauches auf die Erde zurückgeworfen, breitete sich jetzt über die ganze Gegend aus. Er verwandelte den wallenden Nebelstreifen in goldenen Dampf, das Wasser schimmerte von roten Reflexen, und rot waren auch viele von den Steinen, die aus der Oberfläche ragten. Aber das war Blut, denn die weniger schwer Verwundeten hatten sie beim Überqueren des Flusses befleckt. Auf diesen Steinen überquerte jetzt auch das Kind mit eifrigen Schritten den Fluß, es wollte zum Feuer. Als es am anderen Ufer stand, drehte es sich nach den Gefährten seines Marsches um. Die Vorhut erreichte gerade das Wasser, die Kräftigeren hatten sich schon ans Ufer geschleppt und tauchten die Gesichter in die Flut. Drei oder vier von ihnen, die ganz reglos dalagen, sahen aus, als ob sie keine Köpfe hätten. Bei diesem Anblick weiteten sich die Augen des Knaben vor Staunen: nicht einmal seine so empfängliche Phantasie vermochte ein Phänomen hinzunehmen, das eine derartige Ausdauer voraussetzte. Nachdem sie ihren Durst gelöscht hatten, besaßen diese Menschen nicht mehr die Kraft, sich vom Wasser wegzuheben oder auch nur den Kopf hochzuhalten. Sie waren ertrunken. Hinter ihnen zeigten die offenen Stellen im Wald dem Anführer noch genauso viele formlose Gestalten wie zuvor, aber bei weitem nicht mehr so viele, die sich noch bewegten. Er schwenkte seine Mütze, um sie zu ermutigen, und deutete lächelnd mit seiner Waffe in die Richtung des geleitenden Lichtes – eine Feuersäule für diesen seltsamen Exodus.

Der Treue seiner Streitkräfte vertrauend, betrat er jetzt den Waldstreifen, durchquerte ihn rasch bei der roten Beleuchtung, überkletterte einen Zaun, lief über ein Feld, drehte sich hin und wieder um, um seinem Schatten zuzuwinken, der seinen Gruß erwiderte, und gelangte so an die in Flammen stehende Ruine eines Wohnhauses. Verwüstung allenthalben.

In all dem weiten, blendenden Licht war kein einziges Lebewesen sichtbar, aber daraus machte er sich nichts, das Schauspiel war vergnüglich, und er hüpfte voller Lust und ahmte die wehenden Flammen nach. Er lief umher, um Brennstoff zu sammeln, aber alle Gegenstände, die er fand, waren zu schwer für ihn, um sie aus der Distanz, zu der die Hitze ihn zwang, in die Flammen zu werfen. Aus Verzweiflung schleuderte er sein Schwert hinein, ein Zeichen, daß er vor den überlegenen Streitkräften der Natur die Waffen streckte. Seine militärische Karriere war zu Ende.

Als er sich umwandte, fielen seine Blicke auf ein paar Nebengebäude, die ein merkwürdig bekanntes Aussehen hatten, als hätte er schon einmal von ihnen geträumt. Er stand und betrachtete sie voll Verwunderung, als plötzlich die ganze Plantage mitsamt dem sie umgebenden Wald sich wie um eine Achse zu drehen schien. Seine kleine Welt beschrieb einen Halbkreis, der Zeiger des Kompasses schwang zurück, er erkannte das flammende Gebäude als sein Elternhaus.

Einen Augenblick stand er betäubt von der Wucht der Entdeckung, dann lief er mit stolpernden Füßen halb um die Ruine herum. Da, deutlich im Licht des Brandes, lag der tote Körper einer Frau, das weiße Gesicht nach oben, die Arme ausgebreitet, die Hände um Büschel von Gras geklammert, die Kleider zerrissen, das lange, dunkle Haar wirr und voll von geronnenem Blut. Der größte Teil der Stirn war fortgerissen, und aus dem gezackten Loch quoll das Hirn heraus, floß über die Schläfe, eine schaumige graue Masse, bekränzt mit Trauben kleiner roter Blasen – das Werk einer Granate.

Das Kind bewegte seine kleinen Hände, machte wilde, unbestimmbare Gesten. Es stieß eine Folge unartikulierter und nicht zu schildernder Schreie aus – etwas zwischen dem Schnattern eines Affen und dem Kollern eines Truthahns, ein erschreckender, seelenloser, unheimlicher Laut, die Sprache eines bösen Geistes. Das Kind war taubstumm.

Dann stand es reglos, mit bebenden Lippen, und blickte auf den Trümmerhaufen.

Einer von den Vermißten

Jerome Searing, gemeiner Soldat in der Armee General Shermans, die damals dem Feind bei Kenesaw Mountain in Georgia gegenüberstand, wandte einer kleinen Gruppe von Offizieren, mit denen er leisen Tones geredet hatte, den Rücken, stieg über die leichte Linie von Erdwällen und entschwand im Wald. Keiner der hinter den Wällen aufgereihten Soldaten hatte ein Wort zu ihm gesagt, noch hatte er auch nur genickt, als er sie passierte, aber alle, die ihn sahen, begriffen, daß dieser tapfere Mann mit irgendeiner gefahrvollen Aufgabe betraut worden war. Jerome Searing, obgleich nur Gemeiner, diente nicht in den vordersten Linien, sondern war zum Dienst beim Divisionshauptquartier abkommandiert und wurde in den Listen als Ordonnanz geführt. ›Ordonnanz‹ ist ein Begriff, der eine Unmenge von Pflichten umschließt. Eine Ordonnanz kann Bote sein, Schreiber, Offiziersbursche – überhaupt alles. Er kann Dienste leisten, für die es in den Verordnungen und Militärreglements keine Bestimmungen gibt. Die Art dieser Dienste mag abhängig sein von seinen Fähigkeiten, von Gunst, vom Zufall. Der Gemeine Searing, ein unvergleichlicher Scharfschütze, jung – es ist überhaupt erstaunlich, wie jung wir alle in jenen Tagen waren –, verwegen, intelligent und unempfänglich für Furcht, war ein Patrouillengänger. Der General, der seine Division kommandierte, gab sich nicht damit zufrieden, Befehlen blindlings zu folgen, ohne zu wissen, was an seiner Front vorging, selbst dann nicht, wenn sein Kommando nicht für besondere Aufgaben eingesetzt war, sondern einen Frontabschnitt innerhalb der Linie der Armee bildete. Auch war er nicht befriedigt, wenn er seine Kenntnisse über den Gegner vor ihm durch die üblichen Kanäle bekam. Er wollte mehr wissen als das, was er vom Korpskommandeur erfuhr, und mehr als nur von Zusammenstößen der Vorposten und von Schützengeplänkeln. Daher denn Jerome Searing – mit seinem außerordentlichen Wagemut, seinem Jagdinstinkt, seinen scharfen Augen und seinen zuverlässigen

Meldungen. Im heutigen Fall waren die Instruktionen einfach: so nah wie möglich an die feindlichen Linien heranzukommen und alles in Erfahrung zu bringen, was er nur konnte.
In wenigen Minuten hatte er die Vorpostenkette erreicht, wo die diensttuenden Soldaten in Gruppen von zweien oder vieren hinter kleinen Erdwällen lagen, die aus der leichten Bodensenkung aufgeschaufelt waren, während ihre Flinten aus den grünen Büscheln herausragten, mit denen sie ihre primitiven Verteidigungsstellungen getarnt hatten. Ohne Unterbrechung erstreckte sich der Wald gegen die Front zu, so einsam und schweigend, daß man sich nur mit angestrengter Phantasie vorstellen konnte, er sei von bewaffneten Männern bevölkert, munteren und wachsamen, ein Wald voll schrecklicher Möglichkeiten für ein Gefecht. Nachdem Searing einen Augenblick in einem der Schützenlöcher pausiert hatte, um die Kameraden über sein Vorhaben zu informieren, kroch er verstohlen auf Händen und Knien weiter und war bald in einem dichten Unterholzdickicht verschwunden.
»Das ist das letzte, was wir von ihm zu sehen bekommen haben«, sagte einer der Leute. »Ich wünschte, ich hätte seine Flinte. Diese Kerle werden ein paar von uns damit abknallen.«
Searing kroch weiter, indem er alles, was ihm der Zufall bot, jede Senke, jedes Gebüsch, ausnützte, um sich bessere Deckung zu verschaffen. Seine Augen drangen überallhin, seine Ohren registrierten jedes Geräusch. Er atmete lautlos und schmiegte sich an den Boden. Es war ein langsames Tun, aber kein langweiliges. Die Gefahr machte es erregend, aber die Erregung machte sich physisch nicht bemerkbar. Sein Puls ging so regelmäßig, seine Nerven waren so ruhig, als ob er versuchte, einen Spatzen zu fangen.
›Es scheint lange zu dauern‹, dachte er, ›aber ich kann noch nicht weit gekommen sein. Noch bin ich am Leben.‹
Er lächelte selber über seine Methode, die Entfernung zu schätzen, und kroch weiter. Eine Sekunde darauf drückte er sich plötzlich flach an die Erde und lag reglos, Minute um Minute. Durch eine enge Öffnung im Buschwerk hatte er ei-

nen kleinen Hügel aus gelbem Lehm gesehen – einen der feindlichen Schützengräben. Nach einer Weile hob er vorsichtig den Kopf, zentimeterweise, dann den Körper, indem er ihn auf die rechts und links ausgespreizten Hände stützte, während er die ganze Zeit gespannt auf den Lehmwall sah. Im nächsten Augenblick war er auf den Füßen, das Gewehr in der Hand, und rannte blitzschnell vorwärts, ohne viel auf Deckung zu achten. Er hatte die Anzeichen, worin immer sie auch bestanden, richtig gedeutet: der Feind war abgezogen.
Um über jeden Zweifel hinaus völlig sicher zu sein, bevor er zurückging und eine dermaßen wichtige Nachricht überbrachte, drang Searing über die Linie der verlassenen Gräben weiter vor und lief durch den jetzt lichteren Wald von Deckung zu Deckung, die Augen voller Wachsamkeit, um eine mögliche Nachhut zu erspähen. Er gelangte an den Rand einer Ansiedlung, einer dieser verlassenen, verwüsteten Heimstätten der letzten Kriegsjahre, überwachsen von dornigem Gebüsch, häßlich, mit zerbrochenen Zäunen, trostlos mit ihren verloren dastehenden Gebäuden, die an Stelle von Türen und Fenstern leer gähnende Löcher hatten. Nach scharfer Prüfung aus der sicheren Deckung einer jungen Kieferngruppe lief Searing leichtfüßig über ein Feld und durch einen Obstgarten zu einem kleinen Bau, der gesondert von den übrigen Farmhäusern auf einer leichten Erhöhung stand und von dem er meinte, er würde ihm die Möglichkeit geben, einen großen Teil des Gebietes zu überblicken, in dessen Richtung, wie er annahm, der Feind sich zurückgezogen hatte. Das Gebäude, das ursprünglich aus einem einzigen Raum bestanden hatte, erhob sich auf vier Pfosten von ungefähr zehn Fuß Höhe und war nur noch wenig mehr als ein bloßes Dach. Der Fußboden war verfallen, die Querbalken und Planken lagen auf der Erde übereinandergehäuft oder waren mit einem ihrer Enden oben hängengeblieben und starrten nach verschiedenen Richtungen. Die vier Pfosten selbst standen nicht mehr gerade, und das Ganze sah aus, als ob es schon bei der Berührung eines Fingers zusammenbrechen würde.

Im Schutz der Trümmer aus Balken und Brettern blickte Searing über das offene Feld, das zwischen seinem Aussichtspunkt und einem um eine halbe Meile entfernten Ausläufer des Kenesawgebirges lag. Eine Straße, die aufwärts und über diesen Ausläufer hinwegführte, war voller Truppen – der Nachhut des zurückweichenden Feindes –, die Rohre ihrer Geschütze funkelten im morgendlichen Sonnenlicht.
Searing hatte nun alles in Erfahrung gebracht, was zu wissen er überhaupt nur hoffen konnte. Es war seine Pflicht, so rasch wie möglich zu seinem Kommando zurückzukehren und über seine Entdeckung zu berichten. Aber die graue Infanteriekolonne der Konföderierten, die sich mühselig die Bergstraße hinaufarbeitete, brachte ihn in die größte Versuchung. Seine Flinte, eine gewöhnliche ›Springfield‹, aber mit einem vorgesetzten Kugelvisier und Stecherauslösung ausgestattet, hätte ohne weiteres ihre ein und ein viertel Unzen Blei zischend mitten in die Kolonne geschickt. Das hätte zwar die Dauer und den Ausgang des Krieges nicht weiter beeinflußt, aber Töten ist nun einmal das Geschäft des Soldaten. Auch sein Vergnügen ist es, falls er ein guter Soldat ist. Searing spannte seine Flinte und stellte den Stecher ein.
Aber es war von Anbeginn der Zeiten bestimmt, daß der Gemeine Searing an diesem hellen Sommermorgen niemanden morden sollte, noch sollte er vom Rückzug der Konföderierten Rapport erstatten. Denn seit unmeßbaren Ewigkeiten hatten die Ereignisse sich zu diesem erstaunlichen Mosaik, dessen undeutlich erkennbaren Teilen wir den Namen ›Geschichte‹ geben, so zusammengefügt, daß die Aktionen, die er beabsichtigte, die Harmonie des Musters zerstört hätten.
Fünfundzwanzig Jahre zuvor hatte die höhere Macht, die mit der Ausführung der Arbeit, dem Entwurf entsprechend, betraut war, gegen eine derartige Kalamität Vorkehrungen getroffen, indem sie die Geburt eines gewissen Kindes männlichen Geschlechts in einem kleinen Nest am Fuß der Karpaten veranlaßte, es sorgfältig großzog, seine Erziehung überwachte, seine Wünsche auf eine militärische Laufbahn hin-

lenkte und es zu gegebener Zeit zum Artillerieoffizier machte. Durch das Zusammentreffen einer ungeheuren Zahl begünstigender Einwirkungen und ihres Übergewichts gegenüber einer ungeheuren Zahl hemmender Einwirkungen war dieser Artillerieoffizier dazu gebracht worden, einen Verstoß gegen die Disziplin zu begehen und aus dem Lande seiner Geburt zu entfliehen, um der Strafe zu entkommen. Er war nach New Orleans statt nach New York gelenkt worden, wo ihn am Hafen ein Rekrutierungsbeamter erwartete. Er wurde angeworben und befördert, und die Dinge wurden dergestalt angeordnet, daß er nunmehr drei Meilen von da, wo gerade Jerome Searing, der Patrouillengänger der Unionstruppen, stand und seine Flinte spannte, eine konföderierte Batterie kommandierte. Nichts war außer acht gelassen worden – bei jedem Schritt im Lauf des Lebens dieser beiden Männer und im Leben ihrer Vorfahren und ihrer Zeitgenossen war das Rechte geschehen, um das gewünschte Resultat herbeizuführen. Wäre irgend etwas in diesen unermeßlichen Verkettungen übersehen worden, so hätte der Gemeine Searing vielleicht an diesem Vormittag auf die abziehenden Konföderierten geschossen und womöglich sein Ziel verfehlt. Wie es sich aber nun verhielt, so amüsierte sich ein Artilleriehauptmann der Konföderierten, der nichts Besseres zu tun hatte, während er darauf wartete, bis die Reihe an ihn kam, abzuziehen und wegzukommen, mit einer Feldhaubitze, die zu seiner Rechten versteckt war, etwas anzuvisieren, was er fälschlich für ein paar Offiziere der Unionstruppen auf dem Hügelkamm hielt, und zog das Geschütz ab. Der Schuß flog weit über sein Ziel.

Als Jerome Searing den Hahn seiner Flinte spannte und, die Augen auf die fernen Konföderierten gerichtet, überlegte, wohin er zielen könnte, um die meiste Aussicht zu haben, aus irgend jemandem eine Witwe oder eine Waise oder eine kinderlose Mutter zu machen – vielleicht sogar all dies zugleich, denn der Gemeine Searing war, obwohl er schon wiederholt eine Beförderung zurückgewiesen hatte, doch nicht ganz ohne einen gewissen Ehrgeiz –, hörte er einen sausenden Ton in der Luft, wie von den Schwingen eines großen Vogels, der auf seine Beute niederstößt. Rascher, als er die Steigerung wahrzunehmen imstande war, wuchs der Ton zu einem heiseren, entsetzlichen Dröhnen an, als das Geschoß, das dies verursachte, aus dem Himmel auf ihn niedersauste, mit betäubendem Anprall gegen einen der Pfosten stieß, die das Durcheinander der Spanten über ihm stützten, ihn zu Kleinholz zersplitterte und das baufällige Gefüge mit lautem Krachen, in Wolken von Staub, herunterbrachte.

Leutnant Adrian Searing, der das Vorpostenkommando an dem Frontabschnitt hatte, an dem sein Bruder Jerome bei seinem Auftrag vorübergekommen war, saß aufmerksam horchend hinter seiner Brustwehr an der Front. Nicht der mindeste Laut entging ihm. Der Schrei eines Vogels, das Belfern eines Eichhörnchens, das Wehen des Windes in den Pinien – alles wurde sorgfältig von seinen angestrengten Sinnen registriert. Plötzlich hörte er, unmittelbar gegenüber seiner Stellung, aus der Ferne ein schwaches verworrenes Poltern, wie vom Zusammenbrechen eines Gebäudes. Im gleichen Augenblick kam von rückwärts her ein Offizier zu Fuß auf ihn zu und salutierte.

»Herr Leutnant«, sagte der Adjutant, »der Oberst befiehlt Ihnen, Ihre Linie weiter nach vorn zu verlegen und Fühlung mit dem Feind zu nehmen, wenn Sie ihn finden. Wenn nicht, sollen Sie weiter vorrücken, bis Ihnen Halt befohlen wird. Es besteht nämlich Grund zur Annahme, daß der Feind sich zurückgezogen hat.«

Der Leutnant nickte und antwortete nichts. Der andere Offizier ging. Eine Minute später hatten die Soldaten, durch die Unteroffiziere in gedämpftem Ton von dem Befehl in Kenntnis gesetzt, ihre Schützengräben verlassen, hatten in breiter Front Aufstellung genommen und bewegten sich in Gefechtsordnung voran, mit zusammengebissenen Zähnen und klopfenden Herzen. Der Leutnant blickte mechanisch auf seine Uhr: achtzehn Minuten nach sechs.

Als Jerome Searing wieder zum Bewußtsein kam, begriff er nicht gleich, was geschehen war. Tatsächlich dauerte es eine Weile, bis er auch nur die Augen öffnete. Eine Zeitlang meinte er, daß er gestorben und begraben sei, und versuchte sich an irgendwelche Vorgänge bei der Beerdigungsfeier zu erinnern. Er dachte, daß seine Frau über seinem Grab kniee und das Gewicht der Erde auf seiner Brust durch das ihrige noch vermehre. Beides zusammen, Witwe und Erde, hatten seinen Sarg eingedrückt. Wenn die Kinder sie nicht dazu überredeten, nach Hause zu gehen, würde er nicht mehr lange imstande sein zu atmen. Er hatte das Gefühl von einer Ungerechtigkeit. ›Ich kann nicht mit ihr reden‹, dachte er, ›die Toten haben keine Stimme. Und wenn ich die Augen aufmache, bekomme ich sie voll Erde.‹

Er machte die Augen auf – ein großes Stück blauer Himmel, hinter einem Saum von Baumkronen. Im Vordergrund, die Aussicht auf ein paar dieser Bäume versperrend, ein hoher, schwarzbrauner Erdwall, von kantigem Umriß und durchkreuzt von einer verworrenen, planlosen Anlage gerader Furchen, und das Ganze in unermeßlich weiter Ferne – einer Ferne, so unbegreiflich groß, daß es ihn ermüdete und er die Augen wieder schloß. Im gleichen Moment aber, in dem er das tat, wurde er sich einer unerträglichen Helligkeit bewußt. In seinen Ohren war ein Ton wie das tiefe, rhythmische Donnern einer weit entfernten Meeresbrandung, die in regelmäßig einander folgenden Wellen auf einen Strand rollt. Und aus diesem Lärm heraus, anscheinend dazu gehörig, möglicherweise aber auch jenseits davon, aber vermischt mit seinem unaufhörlichen Unterton, kamen die deutlich artikulierten Worte: ›Jerome Searing, du bist gefangen wie 'ne Ratte in 'ner Falle – in 'ner Falle, Falle, Falle.‹

Plötzlich brach tiefe Stille ein, eine schwarze Finsternis, eine unendliche Gelassenheit, und Jerome Searing, seines Ratteseins durchaus bewußt und gänzlich überzeugt von der Falle, in die er geraten war, erinnerte sich an alles und machte, keineswegs alarmiert, die Augen wieder auf, um die Stärke seines Feindes zu erkunden, zu überprüfen und auf Verteidigung zu sinnen.

Er war gefangen in zurückgelehnter Haltung, sein Rücken fest gestützt durch einen soliden Balken. Ein weiterer Balken lag quer über seiner Brust, aber er war imstande gewesen, ein wenig unter ihm zurückzuweichen, so daß er nicht mehr so auf ihn drückte, wenn er auch nicht wegzuschieben war. Eine im rechten Winkel mit dem Balken verbundene Eisenstrebe hatte ihn gegen einen Bretterstapel zu seiner Linken gedrängt und keilte ihm auf dieser Seite den Arm ein. Seine Beine, leicht gespreizt und am Boden ausgestreckt, waren bis zu den Knien hinauf von einem Trümmerberg bedeckt, der über seinen beengten Horizont ragte. Sein Kopf steckte so unbeweglich fest wie in einem Schraubstock. Bewegen konnte er seine Augen, seinen Kiefer – weiter nichts. Lediglich sein rechter Arm war teilweise frei. »Du mußt uns hier heraushelfen«, sagte er zu ihm. Aber er konnte ihn weder unter dem schweren Balken, der quer über seinem Oberkörper lag, vorziehen noch ihn mehr als sechs Zoll vom Ellbogen an von sich weg bewegen.

Searing war weder ernstlich verwundet, noch hatte er Schmerzen. Ein derber Schlag auf den Kopf von einem Stück des zersplitterten Pfostens, der gleichzeitig mit dem entsetzlich jähen Schock seines Nervensystems erfolgt war, hatte ihn nur betäubt. Die Zeit seiner Bewußtlosigkeit, mit einbegriffen den Moment, in dem er wieder zu sich kam und jene eigenartigen Vorstellungen gehabt hatte, hatte wahrscheinlich nicht länger als ein paar Sekunden gedauert, denn der Staub von den Trümmern hatte sich noch nicht einmal ganz gesetzt, als er schon mit einer vernünftigen Begutachtung der Situation begann.

Mit seiner teilweise freien rechten Hand versuchte er jetzt den Balken zu greifen, der quer über seiner Brust, aber nicht gänzlich dagegen gepreßt, lag. Es war ganz unmöglich. Er war nicht imstande, die Schulter so hinunterzudrücken, daß er den Ellbogen über die Sparrenkante bekommen konnte, die seinen Knien am nächsten war. Wenn er aber dazu nicht imstan-

de war, so konnte er den Unterarm und die Hand nicht heben, um den Balken zu greifen. Die Strebe, die mit dem Balken nach unten und rückwärts einen Winkel bildete, hinderte ihn, irgend etwas in dieser Richtung zu unternehmen, und der Raum zwischen ihr und seinem Körper war nicht halb so groß wie die Länge seines Unterarmes. Es war klar, daß er seine Hand weder unter noch über den Balken bekommen konnte, er konnte ihn tatsächlich nicht einmal berühren. Nachdem er dieses Unvermögen eingesehen hatte, ließ er davon ab und begann darüber nachzudenken, ob er etwas von den Trümmern, die über seine Beine getürmt waren, erreichen könnte.
Als er den Haufen betrachtete, um diese Frage zu entscheiden, wurde seine Aufmerksamkeit von etwas gefesselt, was ein Ring aus glänzendem Metall zu sein schien, seinen Augen unmittelbar gegenüber. Zuerst kam es ihm so vor, als ob der Ring, ein bißchen weiter als ein halber Zoll im Durchmesser, irgendeine tiefschwarze Substanz umschließe. Plötzlich aber merkte er, daß das Schwarze bloßer Schatten und der Ring in Wirklichkeit die aus dem Trümmerhaufen herausragende Mündung seiner Flinte war. Er brauchte nicht lange, um sich darüber zu beruhigen, daß das wirklich stimmte – falls es eine Beruhigung war. Wenn er ein Auge zumachte, konnte er ein kleines Stück den Lauf entlangsehen, bis dorthin, wo er vom Schutt verborgen wurde. Er konnte mit dem entsprechenden Auge die eine Seite im genau gleichen Winkel sehen wie die andere Seite mit dem anderen Auge. Mit dem rechten Auge betrachtet, schien die Waffe auf eine linke Stelle seines Kopfes gerichtet zu sein und umgekehrt. Die Oberseite des Laufes war er nicht imstande zu sehen, aber die untere Seite des Schaftes konnte er in einem leichten Winkel erkennen. Die Waffe zielte wahrhaftig genau auf die Mitte seiner Stirn.
Bei der Erkenntnis dieses Umstandes und in Erinnerung daran, daß er kurz vor dem Mißgeschick, dessen Resultat die jetzige ungemütliche Situation war, seine Flinte gespannt und den Abzug so eingestellt hatte, daß die kleinste Berührung ihn auslösen konnte, überkam den Gemeinen Searing ein Ge-

fühl von Unbehagen. Aber dies Gefühl war so weit wie nur möglich von Furcht entfernt. Er war ein tapferer Mensch, so ziemlich gewöhnt an den Anblick von Flinten und, was dies betrifft, auch an den von Kanonen. Und jetzt entsann er sich mit so etwas wie Erheiterung an einen Vorfall, den er beim Sturm auf Missionary Ridge erlebt hatte, wo er, zu einer der feindlichen Schießscharten hinaufgehend, eine schwere Kanone sah, die eine Kartätsche nach der anderen zwischen die Angreifer feuerte, und wie er einen Augenblick gemeint hatte, das Geschütz sei aus dem Gefecht gezogen worden. Er konnte in der Öffnung nichts weiter sehen als einen metallenen Kreis. Was das war, hatte er gerade noch rechtzeitig begriffen, um einen Schritt zur Seite zu tun, als schon ein neuer Eisenhagel über den wimmelnden Abhang hinunterprasselte. Es ist eines der gewöhnlichsten Vorkommnisse im Leben eines Soldaten, mit Feuerwaffen zu tun zu haben, auch mit solchen, die mißgünstig hinter ihm herzischen. Dafür ist ein Soldat ja da. Dennoch – der Soldat Searing fand die Situation nicht durchaus genußreich und wandte seine Augen weg.

Nachdem er ziellos eine Weile mit seiner rechten Hand herumgetastet hatte, machte er ohne Ergebnis den Versuch, seine Linke zu befreien. Dann probierte er, mit dem Kopf loszukommen, dessen Unbeweglichkeit um so ärgerlicher war, als er nicht wußte, was ihn eigentlich festhielt. Sodann versuchte er seine Füße herauszuziehen, aber während er zu diesem Zweck die kräftigen Muskeln seiner Beine bemühte, fiel ihm ein, daß das Rütteln an dem Trümmerhaufen, der sie fesselte, das Gewehr auslösen konnte. Wie die Flinte überhaupt alles, was ihm bisher schon zugestoßen war, überstanden hatte, konnte er nicht begreifen, wenn auch die Erinnerung ihm in dieser Hinsicht verschiedene Fälle lieferte. Besonders an einen entsann er sich: da hatte er in einem Moment der Zerstreutheit den Gewehrkolben benutzt, um einem anderen Gentleman den Schädel einzuschlagen, und erst hinterher bemerkt, daß die Waffe, die er so emsig, den Lauf in der Hand, geschwungen hatte, geladen, mit Zündhütchen versehen und gänzlich

entsichert war – die Kenntnis dieser Sachlage hätte seinen Gegner zweifellos zu längerem Widerstand ermuntert. Immer hatte er bei der Erinnerung an diesen Schnitzer der grünen Anfänge seiner Soldatenlaufbahn gelächelt, aber jetzt lächelte er nicht. Er wandte die Augen wieder der Gewehrmündung zu und dachte einen Augenblick, sie habe sich bewegt. Sie schien jetzt etwas näher zu sein.
Wieder sah er weg. Die Kronen der fernen Bäume jenseits des Plantagengebietes interessierten ihn. Vorher hatte er nicht wahrgenommen, wie leicht und befiedert sie aussahen und wie tief das Blau des Himmels war, sogar zwischen den Ästen, wo er durch das Grün etwas blasser wirkte. Über ihm schien er beinahe schwarz. ›Es wird ungemütlich heiß hier werden, wenn es auf den Mittag zugeht‹, dachte er, ›ich möchte wissen, in welche Himmelsrichtung ich eigentlich schaue.‹
Aus den Schatten, die er zu sehen vermochte, schloß er, daß es Norden war. So würde er wenigstens nicht die Sonne in die Augen bekommen, und Norden – ja, das war dort, wo seine Frau und seine Kinder waren.
»Pah!« rief er ganz laut, »was haben denn die damit zu tun?« Er schloß die Augen. »Wenn ich hier doch nicht herauskomme, kann ich genausogut schlafen. Die Rebellen sind weg, und unsere Leute werden ganz bestimmt hier nach Proviant stöbern kommen. Die werden mich schon finden.«
Aber er schlief nicht. Allmählich merkte er, daß ihm die Stirn weh tat. Es war ein dumpfer Schmerz, zuerst kaum wahrnehmbar, dann aber wurde er immer unangenehmer. Searing machte die Augen auf, und schon war es weg – er schloß sie, und es war wieder da. »Verflucht noch mal!« sagte er unsachlicherweise und starrte wieder in den Himmel. Er hörte das Zwitschern der Vögel, die seltsam metallischen Töne der Feldlerche, wie vibrierend aneinanderklirrende Degen, und er versank in frohe Erinnerungen an seine Kindheit, spielte wieder mit Bruder und Schwester, rannte querfeldein, scheuchte mit Geschrei die Lerchen vom Boden auf, gelangte in den dunklen Wald drüben und ging mit zaghaften Schritten den

undeutlich erkennbaren Pfad zum Geisterfelsen entlang, um schließlich mit hörbarem Herzklopfen vor der Höhle des Toten Mannes zu stehen und danach zu trachten, in ihr grausiges Geheimnis einzudringen. Zum ersten Mal bemerkte er, daß der Eingang zur Spukhöhle von einem Metallring umschlossen war. Sodann versank alles übrige, und wie zuvor starrte er in die Mündung seiner Flinte. Hatte sie aber vorhin näher geschienen, so schien sie jetzt in unbegreiflicher Ferne und eben deshalb um so unheimlicher. Er schrie auf, und erschreckt durch etwas in seiner eigenen Stimme – den Ton der Angst –, betrog er sich selbst mit der Lüge: ›Wenn ich nicht laut rufe, könnte ich ja womöglich bis ans Lebensende hierbleiben.‹

Nun machte er keinen Versuch mehr, dem drohenden Starren des Flintenlaufs zu entgehen. Wenn er für eine Sekunde die Augen abwandte, so war es, um nach einer Abhilfe zu schauen, obgleich er auf keiner Seite den Boden sehen konnte, und erlaubte seinen Augen dann wieder, zurückzukehren, dem hypnotisierenden Zwang gehorchend. Wenn er sie schloß, geschah es aus Ermattung, und sofort zwang ihn der stechende Schmerz in der Stirn – die Ankündigung und Drohung der Kugel –, sie wieder aufzumachen.

Die Spannung für Nerven und Gehirn war zu groß, die Natur erlöste ihn durch Momente von Bewußtlosigkeit. Aus einer solchen erwachend, fühlte er einen heftigen, schneidenden Schmerz in der rechten Hand, und als er die Finger aneinanderlegte oder die Handfläche mit ihnen rieb, spürte er, daß sie naß und schlüpfrig waren. Er konnte zwar die Hand nicht sehen, kannte aber das Gefühl: es war fließendes Blut. Während er besinnungslos war, hatte er mit der Hand gegen die spitzen Holztrümmer gehämmert, sie war voller Splitter. Er beschloß, sein Schicksal mannhafter zu ertragen. Er war ein schlichter, einfacher Soldat und hatte keinen Glauben und nicht viel Lebensweisheit. Er konnte nicht wie ein Heros mit großen und bedeutenden Worten auf den Lippen sterben, nicht einmal, wenn jemand dagewesen wäre, sie zu hören,

aber er konnte in anständiger Haltung sterben, und das wollte er. Aber wüßte er doch nur, wann der Schuß zu erwarten war!
Ein paar Ratten, die wahrscheinlich den Schuppen bewohnten, kamen und schnüffelten und polterten umher. Eine erkletterte den Trümmerhaufen, der das Gewehr hielt, eine andere folgte ihr und dann noch eine. Searing betrachtete sie zunächst mit Gleichgültigkeit, dann mit freundlichem Interesse. Dann, als der Gedanke, daß sie den Flintenabzug berühren könnten, seinen verwirrten Kopf durchfuhr, fluchte er, sie sollten sich davonmachen. »Euch geht das gar nichts an!« schrie er.
Die Tiere verschwanden. Später würden sie sicher zurückkommen, über sein Gesicht herfallen, seine Nase anknabbern, seine Kehle durchbeißen – er wußte das, aber er hoffte bis dahin schon tot zu sein.
Nichts vermochte jetzt mehr seinen Blick von dem kleinen Metallring mit dem schwarzen Innern zu lösen. Der Schmerz in seiner Stirn war schneidend und gleichmäßig. Er spürte, wie er allmählich tiefer und tiefer das Gehirn durchdrang, bis sein Vordringen von dem Holz hinter seinem Kopf endlich aufgehalten wurde. Jede Sekunde wurde der Schmerz unerträglicher, und nun begann er mutwillig seine zerfetzte Hand von neuem gegen die Splitter zu hämmern, um diesem gräßlichen Schmerz entgegenzuwirken. In langsamer, regelmäßiger Wiederkehr schien er mit jedem Pulsschlag schärfer als beim vorigen, und manchmal schrie Searing auf: er vermeinte, er habe die tödliche Kugel schon gefühlt. Keine Gedanken an sein Heim, an Frau und Kinder, an Vaterland und Sieg. Jede Erinnerung war erloschen, die Welt war erloschen, keine Spur von ihr übriggeblieben. Hier, in der Wirrnis von Spanten und Brettern, ist das gesamte Universum. Hier ist Unsterblichkeit in der Zeit, jeder Schmerz ein ewig währendes Leben. Die Pulsschläge trennen Ewigkeiten.
Jerome Searing, ein Mann von Mut, der gefürchtete Gegner, der starke, entschlossene Krieger, war bleich wie ein Gespenst. Sein Kinn hing herunter, seine Augen waren aus den Höhlen

getreten, er zitterte in allen Fasern. Sein Körper war gebadet in kaltem Schweiß, und er schrie vor Angst. Er war nicht wahnsinnig – er war von Schrecken gepeinigt.
Während er mit seiner zerrissenen, blutenden Hand herumtastete, griff er ein Holzstück, und als er daran zog, merkte er, daß es nachgab. Es lag parallel zu seinem Körper, und wenn er den Ellbogen, so weit der beschränkte Raum es zuließ, beugte, konnte er es jedesmal um ein paar Zoll näherziehen. Endlich war es ganz aus den Trümmern, die seine Beine bedeckten, herausgelöst, und er konnte es, frei von Hemmnissen, in ganzer Länge vom Boden heben. Seine Seele füllte sich mit großer Hoffnung: vielleicht konnte er es hochbekommen oder vielmehr rückwärts, weit genug, um das Ende der Flinte damit zu heben und sie zur Seite zu stoßen, oder, wenn sie zu fest eingekeilt war, das Holzstück so halten, daß es die Richtung des Schusses ablenkte.
Mit dieser Absicht also schob er das Holzstück zurück, Zoll um Zoll, und wagte kaum zu atmen, aus Furcht, daß sein Vorhaben mißlinge, und unfähiger denn je, seine Augen von der Flinte abzuwenden, die sich jetzt womöglich eilen würde, ihre dahinschwindenden Chancen noch wahrzunehmen. Etwas zumindest war gewonnen: in der Beschäftigung mit diesem Versuch der Selbsterhaltung fühlte er den Schmerz in seinem Kopf weniger heftig, und er hatte aufgehört zu schreien. Aber immer noch war er voller Angst, und seine Zähne klapperten wie Kastagnetten.
Die Holzlatte hörte auf, seiner Hand zu folgen. Er zerrte an ihr mit aller Kraft, änderte ihre Längsrichtung, soweit er das konnte, aber sie war hinter ihm auf irgendeinen Widerstand gestoßen, und das vordere Ende war noch zu weit weg, um den Holzstoß zu heben und die Gewehrmündung zu erreichen. Tatsächlich reichte sie beinahe bis zum Abzugsbügel, der, vom Schutt nicht bedeckt, seinem rechten Auge halbwegs sichtbar war. Er versuchte die Latte mit der Hand zu zerbrechen, fand aber keinen Hebelpunkt dafür. Er begriff seine Niederlage, und sein ganzes Entsetzen kehrte zurück, zehnfach

vergrößert. Die schwarze Mündung der Flinte schien zur Strafe für seine Rebellion mit einem böseren und baldigeren Tod zu drohen. Die Bahn der Kugel durch seinen Kopf schmerzte mit intensiverer Qual. Er fing wieder an zu zittern.

Plötzlich aber wurde er ruhig, sein Zittern flaute ab. Er biß die Zähne zusammen und runzelte die Brauen. Sein Selbstverteidigungswillen war nicht erschöpft, ein neuer Plan hatte sich von selbst in seinem Inneren gebildet, ein anderer Schlachtplan. Indem er das vordere Ende der Latte hob, schob er sie vorsichtig vorwärts durch die Trümmer zur Seite des Gewehrs, bis sie gegen den Abzugsbügel drückte. Dann bewegte er das Ende langsam nach außen, bis er fühlen konnte, daß der Bügel ganz frei lag, dann machte er die Augen zu und stieß die Latte mit aller Kraft gegen den Abzug. Es erfolgte keine Explosion – das Gewehr war schon losgegangen, als es ihm beim Zusammenbrechen des Gebäudes aus der Hand gefallen war. Aber es hatte sein Werk getan: Jerome Searing war tot.

Eine Vorpostenkette der Unionstruppen schwärmte über die Plantage auf den Berg zu. Sie kamen beiderseits des zerstörten Baues vorüber, ohne etwas zu bemerken. Kurz nach ihnen kommt ihr Kommandoführer, Leutnant Adrian Searing. Neugierig läßt er die Augen über die Ruine schweifen und sieht einen toten Körper, halb unter Brettern und Latten begraben. Er ist so von Staub bedeckt, daß seine Kleidung ebenso grau ist wie die Uniform der Konföderierten. Das Gesicht ist gelblich-weiß, die Wangen sind eingefallen, auch die Schläfen sind eingesunken, mit scharfen Furchen, die die Stirn abstoßend eng machen. Die Oberlippe, etwas hochgezogen, zeigt die weißen Zähne, krampfhaft aufeinandergebissen. Das Haar ist voller Nässe, das Gesicht ebenso feucht wie das betaute Gras ringsum. Von seinem Standort aus bemerkt der Offizier die Flinte nicht. Anscheinend ist der Mann durch das einstürzende Bauwerk getötet worden.

»Seit einer Woche tot«, sagt der Offizier kurz im Weitergehen und zieht mechanisch seine Uhr, wie zur Bestätigung seiner Zeitabschätzung. Es ist vierzig Minuten nach sechs.

Gefallen bei Resaca

Der beste Soldat unseres Stabes war Leutnant Herman Brayle, einer der beiden Adjutanten. Ich weiß nicht mehr, wo der General ihn aufgelesen hatte, ich glaube, bei irgendeinem Ohio-Regiment. Keiner kannte ihn von früher, aber das wäre auch merkwürdig gewesen, weil es bei uns keine zwei gab, die aus dem gleichen Staat kamen, ja, nicht einmal aus benachbarten Staaten. Der General schien zu finden, daß eine Position in seinem Stab eine Auszeichnung bedeutete, die so wohlüberlegt verliehen werden sollte, daß sie keine internen Eifersüchteleien erzeugen konnte und somit nicht etwa die Integrität dieses Teiles der Union gefährde, der noch ein Ganzes war. Er wählte die Leute nicht einmal aus seinen eigenen Truppen, sondern bezog sie, durch irgendwelche Manipulationen im Hauptquartier, von anderen Brigaden. Unter derartigen Umständen mußten allerdings die Leistungen eines Mannes ganz enorm sein, wenn seine Familie und seine Jugendfreunde überhaupt etwas von ihnen vernehmen sollten; und die Trompete der Fama war sowieso durch ihre Schwatzhaftigkeit ein bißchen heiser geworden.

Leutnant Brayle war mehr als sechs Fuß groß und von vollendeten Proportionen, mit hellem Haar und graublauen Augen, was von ähnlich begnadeten Menschen ja gewöhnlich für Anzeichen von hohem Mut gehalten wird. Da er meistens in voller Uniform war, besonders im Gefecht, wo die meisten Offiziere froh sind, weniger prunkvoll daherzukommen, war er eine sehr auffallende und bemerkenswerte Erscheinung. Im übrigen hatte er die Manieren eines Gentleman, den Kopf eines Gelehrten und das Herz eines Löwen. Er war ungefähr dreißig Jahre alt.

Wir alle hatten Brayle bald ebenso gern, wie wir ihn bewunderten, und während des Gefechtes beim Stone River – dem ersten Gefecht nach seinem Eintritt bei uns – merkten wir mit ehrlicher Beunruhigung, daß er eine der fragwürdigsten und unsoldatischsten Eigenschaften hatte: er bildete sich etwas auf seinen Mut ein. Während all der Wechselfälle und Unbeständigkeiten dieses schrecklichen Rencontres – ob nun unsere Truppen auf den offenen Baumwollfeldern kämpften, im Zederndickicht oder hinter dem Eisenbahndamm – kein einziges Mal suchte er Deckung, außer wenn es ihm streng befohlen wurde vom General, der aber, was das betrifft, persönlich an anderes zu denken hatte als an das Leben seiner Stabsoffiziere oder seiner Mannschaften.

Und bei jedem späteren Gefecht war es immer genau dasselbe, wenn Brayle mit dabei war. Mitten im Hagel von Kugeln und Kartätschen saß er an den exponiertesten Stellen auf seinem Pferd wie eine Reiterstatue, wenn nur die Pflicht, die ihm eigentlich gebot wegzugehen, es ihm irgend erlaubte dazubleiben, auch wenn er ohne jede Schwierigkeit und mit einem ganz entschiedenen Vorteil für seinen Ruf, gesunden Menschenverstand zu besitzen, während der kurzen Intervalle persönlicher Untätigkeit in so viel Sicherheit hätte sein können, wie sie auf einem Schlachtfeld eben möglich ist.

War er einmal zu Fuß, wenn es unvermeidlich war oder die Rücksichtnahme auf seinen abgesessenen Kommandeur oder seine Kameraden es gebot, so benahm er sich ganz genauso. Wie ein Fels stand er da in voller Sicht, wenn Offiziere und Mannschaften längst in Deckung gegangen waren; wenn Männer, die älter im Dienst und an Jahren waren als er, höher im Rang und von unbezweifelbarer Tapferkeit, redlich hinter einem Hügelkamm ihr Leben schützten, das für ihr Vaterland von höchstem Wert war, dann stand dieser Kerl völlig zwecklos droben auf dem Kamm, das Gesicht dem schärfsten Feuer zugewendet.

Wenn Schlachten im offenen Feld stattfinden, kommt es oft vor, daß sich die feindlichen Linien, stundenlang nur einen Steinwurf voneinander entfernt, so innig an die Erde festschmiegen, als ob sie sie zärtlich liebten. Die Frontoffiziere drücken sich in ihren Stellungen nicht weniger flach zu Boden, und die Stabsoffiziere, deren Pferde entweder alle tot oder hinter die Kampflinie gebracht worden sind, kauern sich ebenfalls hin unter dem infernalischen Himmel aus zischendem Blei und pfeifendem Eisen, ohne den geringsten Gedanken an ihre persönliche Würde.

Unter derartigen Umständen ist das Dasein eines Stabsoffiziers bei einer Brigade entschieden kein sehr gemütliches – hauptsächlich wegen seines jederzeit widerrufbaren Postens und des enervierenden Wechsels aufregender Situationen, dem er ausgesetzt ist. Aus einer Position von relativer Sicherheit, bei der ein Zivilist, wenn er ihr bei lebendigem Leibe entkäme, von einem ›Wunder‹ reden würde, kann ein Stabsoffizier mit einem Befehl zu irgendeinem Kommandeur eines auf den Bäuchen liegenden Regiments in der vordersten Linie geschickt werden – zu einer Persönlichkeit, im Moment vielleicht unauffällig und nicht immer ganz leicht zu entdecken ohne einiges Suchen zwischen Leuten, die sozusagen gerade beschäftigt sind, und in einem Getöse, bei dem Frage und Antwort in Zeichensprache erfolgen müssen. In solchen Fällen ist es üblich, den Kopf einzuziehen und völlig unwürdig in scharfem Tempo zu rennen, ein Gegenstand lebhaften Interesses für ein paar tausend von Bewunderung erfüllter Scharfschützen. Und beim Zurückkommen – nun ja, zurückzukommen ist nicht üblich.

Brayles Gewohnheiten waren anders. Er ließ sein Pferd in der Obhut einer Ordonnanz – er liebte sein Pferd – und ging auf seinem gefahrvollen Botengang ruhig davon, ohne auch nur ein einziges Mal den Rücken zu krümmen, die prachtvolle Figur noch besonders hervorgehoben durch die Uniform – ein eigenartig faszinierender Anblick. Wir beobachteten ihn mit angehaltenem Atem, und das Herz klopfte uns im Hals. Bei einer solchen Gelegenheit war einer von uns, ein Stotterer, tatsächlich dermaßen von seinen Empfindungen überwältigt, daß er mir zuschrie:

»Ich w-w-wette zwei D-d-d-ollar, d-d-daß sie ihn umlegen, b-b-bevor er zu d-d-dem Graben dort k-k-kommt!«

Ich nahm die brutale Wette nicht an, auch ich dachte, daß sie ihn umlegen würden.

Ich will dem Andenken eines tapferen Mannes Gerechtigkeit

widerfahren lassen: in all diesen sinnlosen Gefährdungen seines Lebens lag keinerlei ersichtliche Prahlerei, noch folgten ihnen je irgendwelche Erzählungen. In den wenigen Fällen, in denen ein paar von uns zu protestieren versuchten, hatte Brayle freundlich gelächelt und irgendeine leicht hingeworfene Antwort gegeben, die aber jedenfalls nicht ermutigt hatte, auf dieses Thema zurückzukommen. Einmal sagte er: »Hauptmann, wenn ich je dadurch zu Schaden komme, daß ich Ihren Rat vergessen habe, so hoffe ich, meine letzten Augenblicke werden durch den Klang Ihrer lieben Stimme verklärt, die mir die gesegneten Worte ins Ohr flüstert: ›Ich hab es Ihnen ja gesagt!‹«

Wir lachten über den Hauptmann – warum eigentlich, hätten wir wohl kaum zu sagen gewußt –, und als er am gleichen Nachmittag aus einem Hinterhalt in Fetzen geschossen wurde, blieb Brayle für einige Zeit bei der Leiche und ordnete in sinnloser Sorgfalt die Gliedmaßen richtig an, dort, mitten auf der Chaussee, wo wahre Wolkenbrüche von Kugeln und Kartätschen entlangfegten. Es ist leicht, solche Dinge zu verurteilen, und auch nicht sehr schwer, sich von ihrer Nachahmung zurückzuhalten, aber es ist unmöglich, sie nicht zu respektieren, und Brayle war nicht im mindesten weniger beliebt durch die Schwäche, die so heroisch zum Ausdruck kam. Wohl wünschten wir, daß er kein solcher Narr wäre, aber er machte in dieser Weise bis zum Schluß weiter; mitunter wurde er schwer verwundet, aber jedesmal kam er so gut wie neu zum Dienst zurück.

Natürlich geschah es dann schließlich. Der, der das Gesetz der Wahrscheinlichkeit verhöhnt, fordert einen Gegner heraus, der nicht zu schlagen ist. Es war bei Resaca, in Georgia, während der Truppenverschiebungen nach der Eroberung von Atlanta. Vor unserer Brigade liefen die feindlichen Befestigungen an einem niedrigen Hügel entlang, durch freies Feld. Zu beiden Seiten von diesem Gelände waren wir im Walde ganz nah am Feind, aber das offene Feld konnten wir erst während der Nacht zu erobern hoffen, wenn die Dunkelheit es uns erlauben würde, uns wie Maulwürfe einzugraben und Erde aufzuwerfen. An dieser Stelle war unsere Linie eine Viertelmeile vom Waldsaum entfernt. Wir formierten eine Art Halbkreis, so daß die Befestigungslinie des Feindes die Sehne des Bogens bildete.

»Leutnant, gehn Sie und sagen Sie Oberst Ward, daß er sich so nah hinarbeiten soll, wie er Deckung finden kann, und daß er keine Munition durch unnützes Feuern verschwenden soll. Ihr Pferd können Sie hierlassen.«

Als der General diesen Befehl gab, waren wir am Waldrand, dicht beim äußersten rechten Ende des Bogens. Oberst Ward war am linken Ende. Der Vorschlag, das Pferd dazulassen, bedeutete selbstverständlich, daß Brayle den längeren Weg nehmen sollte, durch den Wald und zwischen unseren Leuten. Wahrhaftig, die Bemerkung war überflüssig, denn den kürzeren Weg zu nehmen, bedeutete die absolute Gewißheit, die Botschaft nicht überbringen zu können. Bevor aber irgend jemand sich ins Mittel legen konnte, war Brayle schon in leichtem Galopp auf das Feld geritten, und aus den feindlichen Befestigungen kam krachendes Feuer.

»Haltet den verdammten Narren auf!« schrie der General.

Ein Gemeiner aus der Eskorte, der mehr Ehrgeiz als Verstand hatte, preschte los, um zu gehorchen, und innerhalb der ersten zehn Meter lagen er und sein Pferd tot auf dem Felde der Ehre.

Brayle war außer Rufweite und galoppierte in weniger als zweihundert Metern Entfernung, parallel zum Feind, leicht dahin. Wie ein Bild war er anzusehen. Der Hut war ihm vom Kopf geweht oder geschossen worden, und sein langes blondes Haar wogte auf und ab mit den Bewegungen des Pferdes. Er saß aufrecht im Sattel, hielt die Zügel locker in der Linken und ließ die Rechte nachlässig hängen. Wenn er gelegentlich den Kopf in die eine oder die andere Richtung wandte, zeigte ein Blick auf sein gutgeschnittenes Profil, daß sein Interesse an dem, was vorging, natürlich und ohne Affektiertheit war.

Das Bild war höchst dramatisch, aber nicht im mindesten theatralisch. Nacheinander, so, wie er in ihre Schußweite kam, spuckten bösartig die Gewehrläufe nach ihm, und am Rand des Gehölzes brach unsere eigene Linie in sichtbare und hörbare Verteidigung aus. Ohne länger auf sich selbst oder die Befehle zu achten, sprangen unsere Leute auf die Füße, schwärmten aus ins offene Gelände und schickten breite Fächer von Kugeln gegen den aufflammenden Wall der Befestigungen, deren Erwiderung des Feuers sich todbringend über ihre ungedeckten Gruppen ergoß. Auf beiden Seiten mischte sich Artillerie in den Kampf ein, indem sie das Rattern und Tosen mit tiefen, erderschütternden Explosionen begleitete und die Luft mit einem Hagel von heulenden Kartätschen zerriß, die von seiten des Feindes die Bäume zersplitterten und mit Blut bespritzten und unsererseits den Rauch seiner Geschütze mit ganzen Mauern und Wolken von Staub, der aus seiner eigenen Schutzwehr stammte, verdunkelten.

Meine Aufmerksamkeit war einen Moment nur auf den Kampf im ganzen gerichtet gewesen, als ich aber jetzt rasch die unverdunkelte Strecke zwischen den beiden Gewitterwolken entlangblickte, entdeckte ich Brayle, den Anlaß dieses Gemetzels.

Unsichtbar, wie er jetzt für beide Seiten war, und von Freund und Feind gleichermaßen verurteilt, stand er in dem vom Feuer durchfegten Raum, reglos, das Gesicht dem Feind zugewendet. Ein kleines Stück entfernt lag sein Pferd. Sofort erriet ich den Grund seiner Untätigkeit.

Als topographischer Ingenieur hatte ich frühmorgens eine hastige Untersuchung des Bodens dort gemacht und erinnerte mich jetzt, daß an dieser Stelle ein tiefer Graben war, der das halbe Feld kreuzte und dessen allgemeine Richtung in rechten Winkeln zur feindlichen Linie verlief. Von unserem Standort aus war der Graben unsichtbar, und Brayle hatte ganz offensichtlich nichts von ihm gewußt. Natürlich war er unpassierbar, und seine vorspringenden Winkel hätten Brayle absolute Sicherheit geboten, wenn er sich nur dazu entschlossen hätte, mit dem Wunder einverstanden zu sein, das da zu seinen Gunsten bereitgestellt war, und hineingesprungen wäre. Vorwärts gehen konnte er nicht, umkehren wollte er nicht, er stand und wartete auf den Tod. Und der ließ ihn nicht lange warten.

Durch irgendein mysteriöses Zusammentreffen erstarb das Feuer fast im gleichen Augenblick, als er fiel, und ein paar nur noch planlose Schüsse, mit langen Pausen dazwischen, trugen eher dazu bei, die Stille zu betonen, als sie zu brechen. Es war, als ob beide Seiten plötzlich ihren nutzlosen Frevel bereuten. Vier Träger mit Bahren, die einem Sergeanten mit weißer Fahne folgten, erschienen bald darauf unbehindert auf dem Feld und schritten geradewegs zu Brayles Leichnam. Verschiedene Konföderationsoffiziere und -mannschaften kamen heraus, um sich mit ihnen zu vereinen, und halfen ihnen unbedeckten Hauptes, ihre geheiligte Last aufzuladen. Während diese in unsere Richtung davongetragen wurde, hörten wir von jenseits der feindlichen Befestigungen Querpfeifen und gedämpfte Trommeln – eine Totenklage. Ein edler Feind ehrte den gefallenen Helden.

Unter den Besitztümern des Toten war eine beschmutzte Brieftasche aus russischem Leder. Bei der Verteilung der Andenken an unseren Freund, die der General als Administrator anordnete, fiel diese an mich.

Als ich ein Jahr nach Kriegsende auf dem Wege nach Kalifornien war, öffnete ich die Brieftasche aus Langeweile und untersuchte ihren Inhalt. Aus einem bisher übersehenen Fach kam ein Brief ohne Umschlag und Adresse zum Vorschein. Er war von einer Frau geschrieben und begann mit Worten voll Zärtlichkeit, aber nicht mit einem Namen.

Die Datumszeile war folgende: San Francisco, Kal., 9. Juli 1862. Die Unterschrift lautete ›Liebling‹, in Anführungszeichen. Zufällig aber kam im Lauf des Textes der volle Name der Absenderin vor: Marian Mendenhall.

Der Brief verriet deutlich Kultur und gute Herkunft, aber es war bloß ein gewöhnlicher Liebesbrief, falls ein Liebesbrief gewöhnlich sein kann. Viel war nicht an ihm dran, aber immerhin etwas. Und zwar dies:

›Mr. Winters, den ich ewig dafür hassen werde, hat herumerzählt, daß Du bei irgendeiner Schlacht in Virginia, bei der er seine Verwundung bekam, gesehen worden seist, wie Du Dich hinter einem Baum verkrochen hättest. Ich glaube, er will Dir in meinen Augen schaden, was diese Geschichte, wie er genau weiß, auch tun würde, wenn ich sie glaubte. Vom Tod meines soldatischen Liebsten zu hören, könnte ich ertragen, nicht aber von seiner Feigheit.‹

Dies waren die Worte, die an einem sonnigen Nachmittag, in einer fernen Gegend, Hunderte von Menschen umgebracht hatten. Sind Frauen schwach?

Eines Abends suchte ich Miß Mendenhall auf, um ihr den Brief wiederzubringen. Ich hatte auch die Absicht, ihr zu sagen, was sie angerichtet hatte, wenn es auch nicht ganz allein ihre Schuld war. Ich fand sie in einer hübschen Behausung am Rincon Hill. Sie war schön, gut erzogen – kurzum charmant.

»Sie kannten Leutnant Brayle«, sagte ich ziemlich abrupt. »Sicher wissen Sie auch, daß er gefallen ist. Unter seinen Sachen fand sich dieser Brief von Ihnen. Ich bin hergekommen, um ihn wieder in Ihre Hände zu legen.«

Sie nahm den Brief mechanisch entgegen, überflog ihn, während sie errötete, und dann sah sie mich an und sagte lächelnd:

»Es ist sehr liebenswürdig von Ihnen, obwohl ich finde, daß es gewiß nicht der Mühe wert war.« Sie hielt jählings inne und wechselte die Farbe. »Dieser Fleck«, sagte sie, »ist das – es ist doch nicht etwa –«

»Gnädigste«, sagte ich, »entschuldigen Sie, aber es ist das Blut des treuesten und tapfersten Herzens, das je geschlagen hat.«

Sie schleuderte den Brief hastig in die brennenden Kaminkohlen. »Uh! Den Anblick von Blut kann ich nicht ertragen«, sagte sie. »Wie ist er denn eigentlich gestorben?«

Unwillkürlich war ich aufgesprungen, um den Fetzen Papier zu retten, der sogar mir heilig war, und stand jetzt schräg

hinter ihr. Während sie die Frage stellte, drehte sie ihr Gesicht herum und hielt es ein wenig empor. Der Schein des aufflammenden Briefes spiegelte sich in ihren Augen wider; er spielte auf ihrer Wange und überzog sie mit einer Spur von Rot, gleich dem Fleck auf dem Papier. Niemals hatte ich etwas so Schönes gesehen wie diese verabscheuenswerte Kreatur.
»Er ist von einer Schlange gebissen worden«, antwortete ich.

Das Gefecht in Coulters Schlucht

»Glauben Sie, Oberst, daß Ihr tapferer Coulter gern eine von seinen Kanonen hier aufstellen würde?« fragte der General. Offenbar meinte er es nicht ganz ernst. Es schien gewiß kein Platz, an dem ein Artillerist, und sei er noch so tapfer, gern eine Kanone aufstellen würde. Der Oberst dachte, daß sein Kommandeur vielleicht scherzhaft andeuten wollte, Hauptmann Coulters Mut sei bei einem kürzlich zwischen ihnen geführten Gespräch allzu hoch gepriesen worden.

»Herr General«, erwiderte er enthusiastisch, »Coulter würde überall in Schußweite dieser Leute gern eine Kanone aufstellen«, und er deutete in die Richtung des Feindes.

»Es ist der einzige Platz«, sagte der General. So meinte er es also doch ernst.

Der Platz war eine Einbuchtung, eine enge Schlucht im scharfen Bergrücken. Es war ein Paß, und durch ihn führte eine Chaussee, die hier den höchsten Punkt nach einem gewundenen Anstieg in dünner Bewaldung erreichte und einen ähnlichen, wenn auch weniger steilen Abstieg zum Feind hin bildete. Eine Meile zur Linken und eine Meile zur Rechten befand sich der Grat, der für Artillerie unzugänglich war; freilich war er durch Infanterie der Unionstruppen besetzt, die dicht hinter dem scharfen Kamm lag. Es sah so aus, als wäre sie dort durch atmosphärischen Druck an den Boden gepreßt. Da gab es also nur die Sohle der Schlucht, und die war gerade breit genug für das Straßenbett. Von der Seite der Konföderierten her war dieser Punkt von zwei Batterien beherrscht, die auf einer etwas tiefer gelegenen Erhöhung, eine halbe Meile weiter weg, jenseits von einem Flüßchen aufgestellt waren. Alle Kanonen, bis auf eine, waren durch die Bäume einer Obstpflanzung getarnt; diese eine – es schien ein wenig herausfordernd – stand auf einem offenen Rasenplatz unmittelbar vor einem ziemlich herrschaftlichen Gebäude, dem Wohnhaus des Plantagenbesitzers. So ungedeckt sie dastand, war diese Kanone doch ganz sicher – aber nur, weil es der Infanterie

der Unionstruppen verboten war zu schießen. Coulters Schlucht – denn zu diesem Namen gelangte sie – war an diesem freundlichen Sommernachmittag kein Ort, wo jemand ›gern eine Kanone aufgestellt hätte‹.
Drei oder vier tote Pferde lagen dort über die Straße ausgestreckt und drei oder vier tote Soldaten, am Straßenrand ordentlich aufgereiht, ein bißchen weiter hinten, hügelabwärts. Bis auf einen – einen Quartiermeister – waren es Kavalleristen, die zur Vorhut der Unionstruppen gehörten. Der General, der die Division, und der Oberst, der die Brigade führte, waren mit ihren Stäben und Eskorten in die Schlucht geritten, um einen Blick auf die feindlichen Kanonen zu werfen, die sich durch ihre eigenen Rauchwolken sofort unsichtbar gemacht hatten. Es war nicht sehr sinnvoll, auf Kanonen neugierig zu sein, die den Trick von Tintenfischen anwandten, und so war die Zeit zum Beobachten nur kurz. Und als sie zu Ende war, fand das bereits teilweise berichtete Gespräch statt.
»Es ist die einzige Stelle«, wiederholte der General nachdenklich, »um an sie heranzukommen.«
Der Oberst warf ihm einen ernsten Blick zu. »Hier ist nur Platz für eine einzige Kanone, Herr General – eine gegen zwölf.«
»Das stimmt – immer nur für eine auf einmal«, sagte der Kommandeur mit so etwas wie einem Lächeln, das aber doch nicht wirklich einem Lächeln glich. »Aber schließlich – Ihr tapferer Coulter ist ja für sich allein schon so viel wie eine ganze Batterie.«
Der ironische Ton war jetzt nicht mehr mißzuverstehen. Es erboste den Oberst, aber er wußte nicht, was er sagen sollte. Der Geist militärischer Subordination ist nicht geeignet für Widerspruch, nicht einmal für Bitten.
In diesem Augenblick kam ein junger Artillerieoffizier in Begleitung seines Hornisten langsam die Chaussee heraufgeritten. Es war Hauptmann Coulter. Er konnte nicht älter als dreiundzwanzig Jahre sein. Er war von mittlerer Größe, aber sehr schlank und geschmeidig, und seine Art, zu Pferde zu

sitzen, hatte etwas von der eines Zivilisten. Sein Gesicht war von absolut anderem Typ als dem der anderen Leute ringsum: mager, scharfe Nase, grauäugig, mit einem kleinen blonden Schnurrbart und mit langem, ziemlich wirrem Haar von der gleichen Farbe. In seiner Kleidung war etwas ersichtlich Nachlässiges. Seine Mütze war abgetragen und hatte einen leicht verbogenen Schirm, seine Jacke war nur durch das Degengehenk geschlossen und zeigte ein beträchtliches Teil seines weißen Hemdes, das im Hinblick auf den gegenwärtigen Zeitpunkt des Feldzugs recht sauber war. Aber diese Nachlässigkeit lag nur in seiner Kleidung und seiner Haltung; in seinem Gesicht drückte sich ein intensives Interesse an seiner Umgebung aus. Die grauen Augen, die gelegentlich die Gegend wie Scheinwerfer zu durchforschen schienen, waren meist auf den Himmel über der Schlucht gerichtet, aber bevor er den Scheitelpunkt der Straße erreichen würde, war in dieser Richtung nicht viel zu sehen. Als er am Straßenrande bei seinem Divisions- und seinem Brigadekommandeur angelangt war, salutierte er mechanisch und war im Begriff weiterzureiten. Aus einem plötzlichen Impuls heraus bedeutete ihm aber der Oberst, haltzumachen.

»Hauptmann Coulter«, sagte er, »der Feind hat auf dem Hügelkamm da drüben zwölf Geschütze. Wenn ich den Herrn General recht verstehe, wünscht er, daß Sie eine Kanone herbeischaffen und den Feind dadurch ablenken.«

Es folgte ein lautloses Schweigen. Der General blickte ausdruckslos auf ein fernes Regiment, das behutsam zwischen schwierigem Unterholz, gleich einer zerrissenen, sich am Boden hinschleppenden Wolke aus blauem Rauch, den Berg hinauf ausschwärmte; der Hauptmann schien ihn nicht zu beachten. Jetzt sprach der Hauptmann, langsam und mit offenbarer Mühe:

»Meinten Sie den nächsten Kamm, Sir? Sind die Kanonen nahe beim Haus?«

»Ach, Sie kennen doch diese Straße bereits! Direkt beim Haus!«

»Und es ist – es ist notwendig, sie abzulenken? Ist das ein Befehl?«

Seine Stimme war heiser und gebrochen. Er war sichtbar blasser geworden. Der Oberst war erstaunt und verärgert. Er warf einen verstohlenen Blick auf den Kommandeur. In diesem beherrschten, unbeweglichen Gesicht erschien keinerlei Zeichen, es war hart wie Eisen. Einen Moment später ritt der General davon, gefolgt von Stab und Eskorte. Der Oberst, gedemütigt und entrüstet, war im Begriff, Hauptmann Coulter in Arrest zu schicken, als dieser in leisem Ton ein paar Worte zu seinem Hornisten sagte, salutierte und geradewegs in die Schlucht hineinritt, wo er sich sogleich, den Feldstecher vor den Augen, auf dem Scheitelpunkt der Chaussee, reglos und scharf wie eine Reiterstatue gegen den Himmel abzeichnete. Der Hornist war in der entgegengesetzten Richtung die Straße hinuntergesprengt, ungestümen Tempos, und hinter einem Gehölz verschwunden. Jetzt hörte man sein Horn zwischen den Zedern blasen, und in unglaublich kurzer Frist erschien eine Kanone mit ihrem Munitionswagen, von je sechs Pferden gezogen, mit der vollen Bemannung ihrer Kanoniere, kam holpernd und stoßend in einer Staubwolke die Steigung herauf, wurde unter Deckung abgeprotzt und mit den Händen weitergerollt, zu dem verhängnisvollen Höhenkamm, zwischen die toten Pferde. Ein Wink des Hauptmanns, ein paar auffallend flinke Bewegungen der Leute beim Laden, und fast noch ehe für die Truppen am Wege entlang das Rattern der Räder recht aufgehört hatte, puffte schon eine mächtige, weiße Wolke hervor und den Hang hinunter, und mit betäubendem Donner begann das Gefecht in Coulters Schlucht.

Es ist nicht beabsichtigt, über den Verlauf und die Ereignisse dieses grausigen Kampfes in allen Einzelheiten zu berichten – eines Kampfes ohne Wechselfälle, dessen Schwankungen lediglich in den verschiedenen Stadien seiner Hoffnungslosigkeit bestanden. Fast in der gleichen Sekunde, in der Hauptmann Coulters Kanone ihre herausfordernde Wolke ausstieß, kamen zwölf antwortende Wolken von den Bäumen ums

Farmhaus her heraufgerollt, ein tiefes, vielfaches Donnern brüllte wie ein gebrochenes Echo zurück, und von nun an bis zum Ende fochten die Kanoniere der Unionstruppen ihren aussichtslosen Kampf in einer Atmosphäre, die aus lebendig gewordenem Eisen bestand, dessen Gedanken Blitze und dessen Taten der Tod waren.

Der Oberst, nicht gesonnen, eine Schinderei, bei der er nicht mithelfen, und ein Gemetzel, dem er keinen Einhalt gebieten konnte, mitanzusehen, war den Kamm hinuntergeritten zu einer Stelle, von wo, eine Viertelmeile weiter links, die Schlucht, selber unsichtbar, aber unablässig Rauchmassen hervorstoßend, dem in donnernder Eruption begriffenen Krater eines Vulkanes glich. Mit dem Fernglas beobachtete er die feindlichen Kanonen und, soweit es möglich war, auch die Wirkungen von Coulters Feuer – falls Coulter noch am Leben war, um es zu leiten. Er sah, daß die eigenen Kanoniere die elf Geschütze des Feindes, deren Position lediglich durch ihren Rauch auszumachen war, ignorierten und ihre gesamte Aufmerksamkeit jener einen Kanone zuwandten, die ungedeckt dastand – auf dem Rasen vor dem Hause gegenüber. Um dieses Geschütz herum und über ihm krepierten die Geschosse in Intervallen von wenigen Sekunden. Auch im Haus krepierten einige, wie man durch das dünne Aufsteigen des Rauches aus dem zersplitterten Dach sehen konnte. Die Gestalten von hingestreckten Männern und Pferden waren deutlich sichtbar.

»Wenn unsere Kerls schon mit einer einzigen Kanone so gute Arbeit leisten«, sagte der Oberst zu einem gerade in seiner Nähe stehenden Adjutanten, »dann müssen sie unter zwölfen höllisch zu leiden haben. Gehn Sie hinunter und überbringen Sie dem Kommandanten dieser Kanone mein Kompliment für die Präzision seines Feuers.«

Und indem er sich zu seinem Ersten Adjutanten umwandte, fragte er: »Haben Sie Coulters verdammtes Widerstreben gegen den Befehlsgehorsam bemerkt?«

»Ja, Sir, das habe ich.«

»Na – sprechen Sie bitte nicht darüber. Ich glaube nicht, daß der General irgendwelche Anschuldigungen erheben wird. Er wird wahrscheinlich genug damit zu tun haben, eine Erklärung zu finden, was er mit dieser ungewöhnlichen Art zu schaffen hatte, die Nachhut eines sich zurückziehenden Feindes zu amüsieren.«

Ein junger Offizier kam atemlos den Abhang heraufgeklettert. Fast noch bevor er salutiert hatte, keuchte er schon: »Herr Oberst, Oberst Harmon schickt mich, um zu melden, daß die feindlichen Kanonen ganz und gar in Schußweite unserer Flinten sind und die meisten sogar von verschiedenen Stellen des Kammes aus einzusehen.«

Der Brigadekommandeur sah ihn an, ohne daß sein Ausdruck eine Spur von Interesse verriet. »Das weiß ich«, sagte er ruhig.

Der junge Adjutant war sichtlich verwirrt. »Oberst Harmon hätte gern Erlaubnis, diese Kanonen zum Schweigen zu bringen«, stammelte er.

»Ich auch«, sagte der Oberst im gleichen Ton wie zuvor. »Überbringen Sie dem Oberst meine besten Grüße und sagen Sie ihm, daß die Befehle des Generals an die Infanterie, nicht zu schießen, noch in Kraft sind.«

Der Adjutant salutierte und trat ab. Der Oberst bohrte seinen Stiefelabsatz in den Erdboden, drehte sich um und wandte seinen Blick wieder den Kanonen des Feindes zu.

»Herr Oberst«, sagte der Erste Adjutant, »ich weiß nicht, ob ich etwas dazu bemerken darf, aber – bei dieser ganzen Sache stimmt irgend etwas nicht. Wissen Sie eigentlich, daß Hauptmann Coulter aus den Südstaaten ist?«

»Nein – wirklich? Stammt er aus dem Süden?«

»Ich habe gehört, daß die Division, die der General bisher führte, letzten Sommer in der Gegend von Coulters Heimat war – hat wochenlang dort kampiert, und –«

»Still!« unterbrach ihn der Oberst mit einer Geste, »hören Sie das?«

›Das‹ war das Schweigen der eigenen Kanone. Der Stab, die Ordonnanzen, die Infanterielinien hinter dem Kamm – alles hatte ›gehört‹ und blickte nun gespannt in die Richtung des Kraters, von wo keinerlei Rauch mehr aufstieg, bis auf ein paar zerstreute Wölkchen von den feindlichen Geschossen. Dann war das Schmettern eines Hornsignals zu hören, das undeutliche Rattern von Rädern, und eine Minute später begann das scharfe Feuer mit verdoppelter Stärke: die demolierte Kanone war durch eine unbeschädigte ersetzt worden.

»Ja«, sagte der Erste Adjutant, indem er seine Erzählung wiederaufnahm, »der General machte die Bekanntschaft von Coulters Familie. Es gab irgendwelche Unannehmlichkeiten – ich weiß nicht genau, welcher Art –, irgend etwas mit Coulters Frau. Sie ist eine glühende Sezessionistin, wie die ganze Familie, außer Coulter selbst, aber sie ist eine gute Ehefrau und aus hohen Kreisen. Es gab eine Klage vor dem Armee-Hauptquartier. Der General wurde dann zu dieser Division hier versetzt. Es ist doch merkwürdig, daß ausgerechnet Coulters Batterie später derselben Division zugewiesen wurde.«

Der Oberst war von dem Felsbrocken aufgestanden, auf dem sie gesessen hatten. Seine Augen blitzten in hochherziger Entrüstung.

»Hören Sie, Morrison«, sagte er und sah seinem schwatzenden Stabsoffizier ins Gesicht, »haben Sie diese Geschichte von einem Ehrenmann oder von einem Lügner?«

»Ich möchte nicht sagen, woher ich sie habe, Herr Oberst, wenn es nicht unbedingt sein muß.« Er errötete ein wenig. »Aber ich würde mein Leben dafür verbürgen, daß sie in der Hauptsache wahr ist.«

Der Oberst wandte sich zu einer kleinen Gruppe von Offizieren um, die ein Stück weiter weg beisammenstanden. »Leutnant Williams!« rief er laut.

Einer der Offiziere löste sich aus der Gruppe, trat heran, salutierte und sagte: »Verzeihung, Herr Oberst, ich dachte, Sie wären informiert worden. Williams ist gefallen, da unten bei der Kanone. Was darf ich tun, Sir?«

Leutnant Williams war der Adjutant gewesen, der das Vergnügen gehabt hatte, dem bei der Kanone diensttuenden Of-

fizier die Gratulation seines Brigadekommandeurs zu überbringen.
»Gehn Sie«, sagte der Oberst, »und überbringen Sie den Befehl, daß diese Kanone sofort herausgezogen wird. Nein, halt! Ich gehe selbst.«
Er eilte mit halsbrecherischen Sprüngen den Abhang hinunter, auf die Schlucht zu, durch dorniges Gebüsch und über Felsstücke, hinter ihm sein kleines Gefolge in aufgeregter Unordnung. Am Fuß des Abhangs bestiegen sie ihre wartenden Tiere, ritten in lebhaftem Trab der Chaussee zu, um eine Biegung herum und hinein in die Schlucht. Das Schauspiel, das sich ihnen dort bot, war furchtbar.
In dem Engpaß, gerade breit genug für eine einzelne Kanone, türmten sich die Trümmer von nicht weniger als vier Kanonen. Sie hatten nur das Verstummen der zerstörten letzten bemerkt, denn da hatte Mangel an Menschen geherrscht, um sie rasch genug auswechseln zu können. Die Trümmer lagen zu beiden Seiten der Straße, und die Männer hatten es zustande gebracht, einen Zwischenraum offenzuhalten, durch den das fünfte Geschütz jetzt feuerte. Die Männer? Sie sahen aus wie Dämonen der Hölle. Alle waren ohne Kopfbedeckung, alle entblößt bis zur Taille, und ihre dampfende Haut war pulvergeschwärzt und mit Blutspritzern übersät. Sie schufteten wie die Wahnsinnigen, mit Lafettenschwanz und Kartuschen, Hebel und Abzugsleine. Sie preßten ihre geschwollenen Schultern und blutenden Hände nach jedem Rückstoß gegen die Räder und hievten die schwere Kanone wieder an ihren Platz. Kommandos gab es keine, denn an diesem grauenvollen Ort, voll von tosenden Abschüssen, krepierenden Granaten, heulenden Eisenstücken und fliegenden Holzsplittern, wären sie nicht zu hören gewesen. Falls Offiziere da waren, waren sie nicht zu unterscheiden, alle arbeiteten vereint – so viele noch übrig waren – und verständigten sich durch Blicke. War die Kanone durchgewischt, so wurde sie geladen, war sie geladen, so zielte man und feuerte. Der Oberst beobachtete etwas für seine militärische Erfahrung Neues, etwas

Grausiges und Unnatürliches: die Kanone blutete aus der Mündung. Wegen Wassermangels hatte der Mann, der das Rohr auswischte, seinen Schwamm in eine Pfütze vom Blut seiner Kameraden getaucht. Bei der ganzen Tätigkeit gab es keinerlei Komplikationen, die Forderung des Augenblicks war klar: sobald einer fiel, schien ein anderer, eine Spur sauberer, sich aus der Reihe der Toten am Erdboden zu erheben, um ihn zu ersetzen.

Bei den zerschossenen Kanonen lagen die zerschossenen Männer, entlang den Trümmern, unter ihnen und über ihnen. Und weiter unten auf der Straße krochen – eine gräßliche Prozession – auf Händen und Knien die Verwundeten, die noch fähig waren, sich zu bewegen. Der Oberst, der seine Kavalkade schonungsvoll nach rechts hin weiter weggeschickt hatte, mußte über die, die völlig tot waren, hinwegreiten, um nicht diejenigen niederzutreten, die noch halb lebendig waren. In diese Hölle hinein verfolgte er unbeirrt seinen Weg, ritt hinauf bis an die Kanone heran, und in der Verdunkelung durch den letzten Abschuß tastete er über die Wange des Mannes, der den Lafettenschwanz hielt und auf der Stelle fiel, und er meinte schon, er wäre selber getötet worden. Wie ein Teufel aus der Hölle sprang jemand aus der Rauchwolke heraus, um den Platz des Gefallenen einzunehmen, hielt aber inne und starrte mit einem gespenstischen Blick auf den berittenen Offizier, während seine Zähne zwischen den schwarzen Lippen blitzten und seine Augen aufgerissen und funkelnd wie Kohlen unter seiner blutigen Stirn glühten. Der Oberst machte eine gebieterische Geste und deutete nach hinten. Der Teufel verbeugte sich zum Zeichen des Gehorsams. Es war Hauptmann Coulter.

Zugleich mit dem Einhalt gebietenden Zeichen des Obersten senkte sich Stille über das gesamte Betätigungsfeld. Die Geschosse kamen nicht länger in diese Schlucht des Todes hereingefegt, auch der Feind hatte zu feuern aufgehört. Seine Armee war schon seit Stunden abgezogen, und der Führer der Nachhut, der seine Stellung gefährlich lange gehalten hatte,

in der Hoffnung, das Feuer der Unionstruppen zum Verstummen zu bringen, hatte merkwürdigerweise das seinige im gleichen Moment eingestellt. »Eine solche Reichweite meiner Autorität hatte ich gar nicht erwartet«, sagte der Oberst lächelnd zu irgend jemand, während er dem Hügelkamm zuritt, um nachzusehen, was eigentlich wirklich vorgefallen war.
Eine Stunde später lag seine Brigade im Biwak auf dem Gebiet des Feindes, und die Müßiggänger untersuchten mit einer Art ehrfurchtsvoller Scheu, ähnlich wie der Gläubige die Reliquien eines Heiligen betrachtet, ein gutes Dutzend hingestreckter toter Pferde und vier zerstörte Kanonen, alles durchlöchert. Die gefallenen Männer waren weggetragen worden, denn ihre zermalmten und zerbrochenen Gebeine hätten allzu große Befriedigung gewährt.

Natürlich installierte der Oberst sich und seine nächste Umgebung im Farmhaus. Es war zwar beschädigt, aber immer noch besser als gar nichts. Die Einrichtung war reichlich in Unordnung und zerstört. Die Wände und Decken waren hier und dort weggeschossen, und überall hing Pulvergeruch in der Luft. Weniger ruiniert waren die Betten, die Kommoden und Schränke voller Frauenkleider. Die neuen Bewohner für eine Nacht machten es sich bequem, und daß Coulters Batterie so gut wie ausgetilgt war, verhalf ihnen zu einem interessanten Gesprächsthema.

Während des Abendessens erschien in der Tür zum Speisezimmer eine Ordonnanz der Eskorte und bat, den Oberst sprechen zu dürfen.

»Was ist los, Barbour?« fragte der Offizier freundlich, der die Bitte zufällig gleich gehört hatte.

»Herr Oberst, im Keller stimmt irgendwas nicht. Ich weiß nicht, was es ist, aber da muß jemand sein. Ich war unten, wollte ein bißchen herumstöbern –«

»Ich werde hinuntergehn und nachschaun«, sagte ein Stabsoffizier und stand auf.

»Ich auch«, sagte der Oberst. »Die anderen sollen dableiben. Gehn Sie voraus, Ordonnanz.«

Sie nahmen eine Kerze vom Tisch und stiegen die Kellertreppe hinunter, die Ordonnanz in sichtlicher Erregung. Die Kerze gab nur schwaches Licht, aber jetzt, als sie vordrangen, zeigte ihr kleiner Lichtkreis eine menschliche Gestalt, die am Boden saß und sich gegen die schwarze Steinmauer, an der sie entlangkamen, lehnte, mit hochgezogenen Knien, den Kopf tief nach vorn geneigt. Das Gesicht, das man eigentlich im Profil hätte sehen müssen, war unsichtbar, weil der Mann so weit nach vorn gebeugt war, daß sein langes Haar es verbarg. Und – seltsam zu berichten – sein Bart, von viel dunklerer Farbe, fiel als dichte, geflochtene Masse herunter und floß am Boden hin bis zu den Füßen. Unwillkürlich hielten sie inne. Dann nahm der Oberst der Ordonnanz die Kerze aus der zitternden Hand, trat zu dem Mann hin und betrachtete ihn aufmerksam. Der lange dunkle Bart war in Wirklichkeit das Haar einer Frau – tot. Mit den Armen hielt die Tote ein totes Kind umklammert. Und beide waren umklammert von den Armen des Mannes, an seine Brust gepreßt, an seine Lippen. Im Haar der Frau klebte Blut. Im Haar des Mannes klebte Blut. Einen Meter weiter weg lag ein Kinderfuß. Er lag in einer ungleichmäßigen Vertiefung der gestampften Erde, die den Boden des Kellers bildete – der frische Einschlag eines konvexen Eisenstückes, an dessen einer Seite die gezackten Ränder sichtbar waren. Der Oberst hielt das Licht so hoch er konnte. Der Fußboden des über dem Keller liegenden Raumes war durchgebrochen, die zersplitterten Bretter hingen alle an den Bruchstellen abwärts. »Dieser Unterstand ist nicht bombensicher«, sagte der Oberst ernst. Es kam ihm nicht in den Sinn, daß in seiner zusammenfassenden Bemerkung irgend etwas Frivoles lag.

Eine Weile standen sie schweigend um die Gruppe herum. Der Stabsoffizier dachte an sein unbeendetes Abendessen, die Ordonnanz dachte darüber nach, was wohl in einer der Kisten am anderen Ende des Kellers stecken mochte. Plötzlich hob der Mann, den sie für tot gehalten hatten, den Kopf und sah ruhig in ihre Gesichter. Seine Haut war kohlschwarz, seine

Wangen waren wie tätowiert mit ungleichmäßigen Linien, die von den Augen hinunterrannen. Auch die Lippen waren weiß wie die eines Negers auf der Bühne. An seiner Stirn war Blut.

Der Stabsoffizier tat einen Schritt rückwärts, die Ordonnanz zwei Schritte.

»Was tun Sie hier, mein Freund?« fragte der Oberst standhaft.

»Dies Haus gehört mir, Sir«, war die in höflichem Ton erfolgende Antwort.

»Ihnen? Ach so – ich verstehe. Und diese beiden hier –?«

»Meine Frau und mein Kind. Ich bin Hauptmann Coulter.«

Parker Adderson, Philosoph

»Ihr Name, Gefangener?«

»Da ich ihn morgen bei Tagesanbruch ja sowieso verliere, lohnt es sich wohl kaum, ihn zu verschweigen: Parker Adderson.«

»Ihr Rang?«

»Ein ziemlich bescheidener. Aktive Offiziere sind zu wertvoll, um sie bei dem gefährlichen Geschäft einer Spionage aufs Spiel zu setzen. Ich bin Sergeant.«

»Von welchem Regiment?«

»Da müssen Sie mich entschuldigen, aber wenn ich Ihnen das beantworte, könnte es Ihnen, soviel ich weiß, einen Anhaltspunkt dafür geben, welche Truppen Ihnen gegenüberstehn. Um dergleichen auszukundschaften, bin ich ja selber hinter Ihre Linien gekommen, aber nicht, um es umgekehrt Ihnen zu erzählen.«

»Sie sind nicht ohne Witz.«

»Wenn Sie Geduld haben zu warten, dann werden Sie mich morgen recht fade finden.«

»Woher wissen Sie denn, daß Sie morgen früh sterben sollen?«

»Bei Spionen, die nachts gefangen werden, ist das so üblich. Es ist eine von den geheiligten Regeln bei dieser Profession.«

Der General ließ die für einen Offizier der konföderierten Armee von hohem Rang und Namen nötige Würde so weit fallen, daß er lächelte, aber kein Mensch, der in seiner Gewalt war und nicht in seiner Gunst stand, hätte diesem äußerlichen und sichtbaren Zeichen des Beifalls irgendeine gute Vorbedeutung entnommen. Es war weder herzlich noch aufmunternd und stellte keine Verbindung her zu den Personen, die diesem Lächeln ausgesetzt waren – weder zu dem gefangenen Spion, der es hervorgerufen, noch zu dem bewaffneten Posten, der ihn ins Zelt gebracht hatte und jetzt ein wenig abseits stand und seinen Gefangenen beim gelben Licht der Kerze bewachte. Lächeln gehörte nicht zu den Obliegenheiten dieses

Kriegers, ihm waren andere Aufgaben zugeteilt. Die Konversation wurde wiederaufgenommen, sie war in Wirklichkeit das Verhör über ein Kapitalverbrechen.
»Sie geben also zu, daß Sie Spion sind und in mein Lager kamen, verkleidet, wie Sie da sind, in der Uniform eines konföderierten Soldaten, um heimlich Informationen über Anzahl und Stellungen meiner Truppen zu erhalten?«
»Besonders über die Anzahl. Die Stellungen kannte ich bereits, sie sind recht unerfreulich.«
Das Gesicht des Generals erhellte sich aufs neue. Der Wachtposten, im verstärkten Bewußtsein seiner Verantwortlichkeit, betonte die Strenge seiner Haltung und stand noch eine Spur aufrechter als vorher. Der Spion ließ seinen grauen Schlapphut um den Zeigefinger wirbeln und warf einen nachlässigen Blick auf seine Umgebung. Sie war recht einfach. Das Zelt war ein gewöhnliches Wohnzelt, ungefähr acht mal zehn Fuß, erleuchtet von einer einzigen Talgkerze, die in die Hülse eines Bajonetts gesteckt war, das man seinerseits in einen Tisch aus Tannenholz gespießt hatte, an welchem der General saß, der jetzt emsig schrieb und seinen unfreiwilligen Gast offenbar vergessen hatte. Ein alter Flickenteppich bedeckte den gestampften Lehmboden, eine noch ältere lederbezogene Offizierskiste, ein zweiter Stuhl und eine Rolle aus Schlafdecken waren so ziemlich alles, was das Zelt enthielt. Unter General Claverings Kommando hatten die konföderierte Einfachheit und der Mangel an ›Pomp und Aufwand‹ ihre höchste Entwicklungsstufe erreicht. An einem großen Nagel, der in die Zeltstange am Eingang geschlagen war, hing ein Koppel mit einem langen Säbel, einer Pistole im Halfter und, absurderweise, ein Jagdmesser. Diese höchst unmilitärische Waffe, pflegte der General zu erklären, sei ein teures Andenken an die friedlichen Tage, als er noch Zivilist war.
Es war eine stürmische Nacht. Der Regen strömte in Bächen über die Leinwand, mit dem gleichförmigen, trommelnden Geräusch, das allen Bewohnern von Zelten so vertraut ist. Sooft die heftigen Sturmböen über die leichte Struktur herfielen,

bebte und schwankte sie und zerrte an ihren Fesseln aus Gestängen und Stricken.

Der General beendete seine Schreiberei, faltete den Bogen zusammen und sagte zu dem Soldaten, der Adderson bewachte: »Hier, Tassman, bringen Sie das meinem Adjutanten; dann kommen Sie wieder zurück.«

»Und der Gefangene, Herr General?« fragte der Soldat und salutierte mit einem fragenden Blick in die Richtung dieses Unglücklichen.

»Tun Sie, was ich gesagt habe«, befahl der Offizier barsch.

Der Soldat nahm das Papier und duckte sich aus dem Zelt hinaus.

General Clavering wandte sein gutaussehendes, glattrasiertes Gesicht dem Spion zu, sah ihm nicht unfreundlich in die Augen und sagte: »Es ist keine angenehme Nacht, mein Bester.«

»Für mich jedenfalls nicht.«

»Können Sie erraten, was ich geschrieben habe?«

»Etwas Lesenswertes, sollte ich meinen. Und – vielleicht ist das meine Eitelkeit – ich wage anzunehmen, daß ich in dem Schreiben erwähnt werde.«

»Ja. Es ist ein Memorandum für einen Befehl, der den Truppen bei der Reveille in betreff Ihrer Hinrichtung vorgelesen werden soll. Auch ein paar Notizen zur Orientierung für den Hauptmann der Feldgendarmen wegen der Vorbereitung der Einzelheiten.«

»Ich hoffe, Herr General, das Schauspiel wird ordentlich vorbereitet, da ich ihm ja beiwohnen werde.«

»Haben Sie selbst denn nicht irgendwelche Vorbereitungen, die Sie treffen möchten? Wollen Sie beispielsweise einen Geistlichen sprechen?«

»Ich könnte schwerlich eine längere Ruhe für mich selber in Anspruch nehmen, wenn ich ihm etwas von der seinen raubte.«

»Allmächtiger Gott! Mann, wollen Sie denn mit weiter nichts als Späßen auf den Lippen in den Tod gehen? Wissen Sie nicht, daß das eine ernsthafte Angelegenheit ist?«

»Woher sollte ich das denn wissen? Ich bin nie in meinem

Leben tot gewesen. Zwar habe ich gehört, daß der Tod eine ernsthafte Angelegenheit ist, aber noch nie von einem, der es persönlich erlebt hat.«

Der General schwieg einen Moment. Der Mann interessierte ihn, amüsierte ihn vielleicht sogar. Einem solchen Typ war er jedenfalls noch nie begegnet.

»Tod«, sagte er, »ist zumindest ein Verlust – ein Verlust von so viel Glück, wie wir eben besitzen, und von der Möglichkeit größeren Glücks.«

»Einen Verlust, der einem niemals zu Bewußtsein kommt, kann man mit Fassung tragen und daher auch ohne Befürchtungen erwarten. Sie müssen doch beobachtet haben, Herr General, daß all die toten Menschen, mit denen Ihren Pfad zu bedecken Ihr soldatisches Vergnügen ist, keinerlei Anzeichen von Bedauern gezeigt haben.«

»Wenn tot zu *sein* kein bedauerlicher Zustand ist, so scheint doch jedenfalls, es zu *werden* – der Vorgang des Sterbens also –, entschieden unangenehm zu sein für jemand, der die Fähigkeit, zu fühlen, nicht eingebüßt hat.«

»Schmerzen sind unangenehm, selbstverständlich. Ich habe niemals welche ohne mehr oder weniger großes Unbehagen. Aber der, der am längsten lebt, ist ihnen am meisten ausgesetzt. Was Sie Sterben nennen, ist einfach der letzte Schmerz, aber so etwas wie den Vorgang ›Sterben‹ gibt es in Wirklichkeit gar nicht. Nehmen Sie zum Beispiel an, daß ich versuche zu entwischen. Sie heben den Revolver, den Sie so höflich auf Ihren Knien verbergen, und –«

Der General errötete wie ein junges Mädchen, dann lachte er leicht auf, indem er seine blendenden Zähne entblößte, neigte leicht den gutgeschnittenen Kopf und schwieg. Der Spion fuhr fort: »Sie feuern, und ich habe dann etwas in meinem Magen, was ich nicht geschluckt habe. Ich falle, aber ich bin nicht tot. Nach einer halben Stunde Agonie aber bin ich tot. In jedem Augenblick dieser halben Stunde aber bin ich dann entweder noch lebendig gewesen oder schon tot, ein Zwischenstadium gibt es da nicht.

Und wenn ich morgen früh gehängt werde, wird es genau dasselbe sein: bei Bewußtsein lebe ich, bin ich tot, so habe ich kein Bewußtsein. Die Natur hat diese Angelegenheit offenbar ganz in meinem Interesse geordnet, genau auf die Art, in der ich selber es geordnet hätte. Es ist so einfach«, fügte er mit einem Lächeln hinzu, »daß es kaum der Mühe wert scheint, überhaupt gehängt zu werden.«

Nach Beendigung seiner Bemerkungen gab es ein langes Schweigen. Der General saß teilnahmslos da und blickte dem Mann ins Gesicht, aber anscheinend ohne zu beachten, was dieser gesagt hatte. Es war, als ob seine Augen die Gefangenenwache angetreten hätten, während seine Gedanken sich mit anderen Dingen beschäftigten. Jetzt holte er tief und lang Atem, erschauerte wie jemand, der aus einem bösen Traum erwacht, und sagte beinahe unhörbar: »Der Tod ist grauenvoll.« Das sagte dieser Mann des Todes.

»Für unsere unzivilisierten Vorfahren war er grauenvoll«, erwiderte der Spion ernsthaft, »weil sie nicht genug Intelligenz besaßen, um die Idee des Bewußtseins von der Idee der physischen Bedingungen zu trennen, unter denen er sich manifestiert, ganz so, wie eine noch niedrigere Intelligenzschicht, zum Beispiel der Affe, unfähig sein mag, sich ein Haus ohne Bewohner vorzustellen, und sich etwa beim Anblick einer zerstörten Hütte einbildet, der Bewohner sei krank. Für uns ist der Tod furchtbar, weil wir die Neigung geerbt haben, ihn infolge wilder und phantastischer Theorien über eine andere Welt dafür zu halten, so, wie auch die Namen von Orten Legenden hervorrufen, die sie erklären und die einen vernunftlos zu Anschauungen verleiten, die sie rechtfertigen. Sie können mich hängen, Herr General, aber damit endet Ihre böse Macht, zum Himmel können Sie mich nicht verurteilen.«

Der General schien nicht zugehört zu haben. Die Reden des Spions hatten lediglich seine Gedanken in ungewohnte Bahnen gelenkt, dort aber folgten sie ihrem freien Willen und kamen zu ihren eigenen Schlußfolgerungen. Der Sturm hatte aufgehört, und etwas vom feierlichen Ernst der Nacht hatte sich seinen Reflexionen mitgeteilt und ihnen die düstere Färbung eines übernatürlichen Grauens verliehen. Vielleicht war ein Element der Vorahnung darin enthalten. »Ich würde nicht gern sterben«, sagte er, »nicht heute nacht.«

Wenn er vorgehabt hätte, weiterzusprechen, so wurde er durch den Eintritt eines Offiziers aus seinem Stab unterbrochen, durch Hauptmann Hasterlick, den Profos der Feldgendarmen. Das brachte ihn wieder zu sich, und sein geistesabwesender Gesichtsausdruck verschwand.

»Hauptmann«, sagte er, den Gruß des Offiziers flüchtig erwidernd, »dieser Mann ist ein Spion der Yankees, der mit belastenden Papieren hinter unserer Front gefangen wurde. Er hat gestanden. Wie ist denn das Wetter?«

»Der Sturm ist vorbei, Sir, und der Mond scheint.«

»Gut. Nehmen Sie eine Schützengruppe, führen Sie den Mann sofort zum Exerzierplatz und lassen Sie ihn erschießen.«

Ein lauter Schrei löste sich von den Lippen des Spions. Er stürzte vorwärts mit gerecktem Hals, riß die Augen auf und rang die Hände.

»Lieber Gott!« rief er heiser, fast unartikuliert, »das meinen Sie doch nicht ernst? Sie vergessen – ich brauche nicht vor dem Morgen zu sterben.«

»Vom Morgen habe ich nichts gesagt«, erwiderte der General kalt, »das war nur Ihre eigene Annahme. Sie sterben jetzt.«

»Aber, Herr General, ich bitte – ich flehe Sie an, sich zu erinnern – ich soll ja gehängt werden! Es braucht etwas Zeit, den Galgen zu errichten – zwei Stunden – eine Stunde. Spione werden gehängt, ich habe Anspruch auf die Erfüllung der Vorschriften des Standrechts. Um Himmels willen, Herr General, bedenken Sie, wie kurz –«

»Hauptmann, folgen Sie meinem Befehl.«

Der Offizier zog seinen Säbel, und die Augen auf den Gefangenen gerichtet, deutete er schweigend auf den Ausgang des Zeltes. Der Gefangene, der totenbleich war, zögerte, und der Offizier nahm ihn beim Kragen und drängte ihn sanft vorwärts. Als er zu der Zeltstange am Eingang kam, sprang der wahnsinnige Mensch darauf zu und ergriff mit katzenhafter Behendigkeit das Jagdmesser, riß es aus der Scheide und stürzte sich, den Hauptmann zur Seite schleudernd, mit der Tollwut eines Irren auf den General, indem er ihn zu Boden warf und der Länge nach über ihn fiel. Der Tisch stürzte um, die Kerze erlosch, und sie kämpften blindlings im Finstern. Der Hauptmann hastete seinem Vorgesetzten zu Hilfe und wurde selber zwischen den Kämpfenden zu Boden gerissen. Flüche und unartikulierte Zorn- und Schmerzensschreie drangen aus dem Knäuel von Leibern und Gliedmaßen, das Zelt stürzte über ihnen zusammen, und unter dieser Decke, die sie dicht umschloß und hemmte, ging der Kampf weiter. Der Gemeine Tassman, der von seinem Botengang zurückkam und die Situation nur unklar erfaßte, warf seine Flinte zu Boden, griff aufs Geratewohl nach der auf und ab hüpfenden Zeltleinwand und versuchte vergeblich, sie von den daruntersteckenden Menschen wegzuziehen, und der Posten, der weiter vorn auf und ab schritt und nicht gewagt hätte, seinen Platz zu verlassen, selbst wenn der Himmel eingestürzt wäre, feuerte sein Gewehr ab. Der Schuß alarmierte das ganze Lager, Trommelwirbel riefen zum Appell und Hornsignale zum Sammeln und brachten Schwärme von halbbekleideten Männern ins Mondlicht heraus, die sich im Laufen anzogen und auf scharfe Kommandos ihrer Offiziere Aufstellung nahmen. Das war gut, denn in geordneter Aufstellung waren die Leute unter Kontrolle, sie standen in der Haltung ›Stillgestanden‹, während der Stab des Generals und die Offiziere seiner Eskorte Ordnung in das Durcheinander brachten, das zusammengestürzte Zelt hochhoben und die atemlosen und blutenden Akteure dieses eigenartigen Schauspiels einzeln hervorzogen.

Tatsächlich atemlos war einer von ihnen: der Hauptmann war tot, der Griff des Jagdmessers ragte aus seiner Kehle und war hinter sein Kinn so weit hinaufgepreßt, daß das Ende sich im Unterkiefer festgeklemmt hatte und die Hand, die den Stoß geführt hatte, nicht imstande war, die Waffe wieder heraus-

zuziehen. Der Tote umklammerte seinen Säbel mit einem Griff, welcher der Kraft der Lebenden spottete. Die Klinge war rot bis zum Heft.
Als man den General auf die Füße stellte, sank er stöhnend wieder zu Boden und wurde ohnmächtig. Außer Quetschungen hatte er zwei Säbelhiebe, einen durch den Schenkel, den anderen durch die Schulter.
Der Spion hatte am wenigsten Schaden genommen. Abgesehn von einem Bruch des rechten Armes waren seine Verwundungen von der Art, wie er sie sich bei einem gewöhnlichen Zweikampf mit natürlichen Waffen hätte zuziehen können, aber er war verwirrt und schien kaum zu begreifen, was geschehen war. Er wich vor denen, die ihn untersuchten, zurück, kauerte sich auf die Erde und stieß unverständliche Klagen aus. Sein Gesicht, das von Prellungen geschwollen und von Blut befleckt war, war trotzdem unter dem zerrauften Haar noch schneeweiß, so weiß wie das einer Leiche.
»Der Mann ist nicht geistesgestört«, antwortete der Stabsarzt, der die Verbände vorbereitete, auf eine Frage, »er hat Angstzustände. Wer und was ist er?«
Der Gemeine Tassman begann es zu erklären. Es war die Chance seines Lebens, und er ließ nichts aus, was auf irgendeine Weise die Wichtigkeit seiner eigenen Beziehungen zu den nächtlichen Begebenheiten unterstreichen konnte, aber niemand schenkte ihm die geringste Beachtung, als er seine Geschichte beendet hatte und im Begriff war, sie von vorn zu beginnen.
Der General war jetzt wieder zu Bewußtsein gekommen. Er richtete sich mit dem Ellbogen auf, sah ringsumher, und als er den Spion gewahrte, der unter Bewachung an einem Lagerfeuer kauerte, sagte er nur: »Nehmen Sie diesen Mann zum Exerzierplatz und erschießen Sie ihn.«
»Der Herr General spricht im Fieber«, sagte ein daneben stehender Offizier.
»Keineswegs spricht er im Fieber«, erwiderte der Adjutant des Generals, »ich habe ein Memorandum von ihm über diese

Angelegenheit. Hasterlick hatte er denselben Befehl gegeben, und –«, hier machte er eine Handbewegung zu dem toten Hauptmann hin, »und bei Gott, der Befehl wird ausgeführt!«
Zehn Minuten später wurde der Sergeant Parker Adderson von der Unionsarmee, Philosoph und Witzbold, der im Mondlicht kniete und inkonsequent um sein Leben flehte, von zwanzig Mann erschossen. Als die Salve durch die scharfe Luft der winterlichen Mitternacht krachte, öffnete General Clavering, der weiß und still im roten Schein des Lagerfeuers lag, seine großen blauen Augen, sah froh auf die Männer, die ihn umstanden, und sagte: »Wie ruhig alles ist!«
Der Militärarzt blickte ernst und bedeutungsvoll zum Adjutanten. Die Augen des Patienten schlossen sich langsam, und so lag er ein paar Sekunden lang, dann sagte er leise, während sich ein Lächeln voll unsagbarem Wohlbefinden über sein Gesicht breitete: »Ich nehme an, dies ist der Tod«, und damit starb er.

Die Geschichte eines Gewissens

Hauptmann Parrol Hartroy stand bei dem vorgeschobenen Posten seiner Feldwache und sprach in gedämpftem Ton mit dem Diensttuenden. Dieser Vorposten befand sich auf einer Chaussee, die das Lager des Hauptmanns, eine halbe Meile weiter hinten, in zwei Teile schnitt, aber das Lager war von hier aus nicht sichtbar. Anscheinend gab der Offizier dem Soldaten bestimmte Instruktionen, vielleicht erkundigte er sich auch nur, ob vorn alles ruhig sei. Während die beiden dort standen und leise miteinander redeten, kam aus der Richtung des Lagers ein Mann auf sie zu, der nachlässig vor sich hin pfiff, und wurde prompt von dem Wachsoldaten angehalten. Es war offenbar ein Zivilist, ein langer Mensch, gekleidet in das grobe, hausgewebte, gelblichgraue Zeug, ›Butternuß‹ genannt, das in den späten Tagen der Konföderation die einzige Kleidung der Leute darstellte. Auf dem Kopf trug er einen einstmals weißen Schlapphut aus Filz, unter dem Massen von wirrem Haar herunterhingen, das anscheinend weder Schere noch Kamm kannte. Das Gesicht des Mannes war ziemlich auffallend: eine breite Stirn, scharfe Nase und magere Wangen, der Mund nicht zu sehen in dem vollen dunklen Bart, der ebenso vernachlässigt war wie das Haar. Die Augen waren groß und hatten jene Ruhe und stetige Aufmerksamkeit, die so häufig eine bedachtsame Intelligenz und einen Willen kennzeichnen, der nicht leicht von seinem Ziel abirrt – so behaupten jedenfalls die Physiognomiker, die diese Art Augen selber besitzen. Im großen und ganzen war es jemand, der wahrscheinlich überall auffiel und dem auch selbst nichts entging. Er trug einen frisch im Wald geschnittenen Wanderstecken, und seine abgetragenen rindsledernen Stiefel waren weiß von Staub.

»Zeigen Sie Ihren Paß«, sagte der Unionssoldat, vielleicht ein bißchen herrischer, als er es für nötig gehalten hätte, wäre es nicht unter den Augen seines Kommandeurs gewesen, der vom Straßenrand aus mit verschränkten Armen zusah.

»Denke, werden sich an mich erinnern, General«, sagte der Wanderer gemütlich, während er das verlangte Papier aus seiner Tasche zum Vorschein brachte. In seinem Ton lag etwas – vielleicht eine schwache Andeutung von Ironie –, was die Rangerhöhung, die er dem lästigen Kontrolleur zuteil werden ließ, diesem würdigen Krieger weniger angenehm machte, als Beförderungen es im allgemeinen sind. »Nehme an, sind alle gezwungen, mächtige Umstandskrämer zu sein«, setzte er in versöhnlichem Tone hinzu, als ob er es halbwegs entschuldigen wollte, daß man ihn angehalten hatte.
Nachdem der Soldat den Paß gelesen hatte, wobei er seine Flinte auf den Boden stützte, gab er das Dokument wortlos zurück, schulterte seine Waffe und ging wieder zu seinem Hauptmann. Der Zivilist wanderte mitten auf der Straße weiter, und als er ein paar Schritte in den Bereich der Konföderierten eingedrungen war, fing er wieder zu pfeifen an und war bald außer Sicht, weil die Straße dort eine Biegung machte, die an dieser Stelle in einen nicht sehr dichten Wald führte. Plötzlich ließ der Offizier seine verschränkten Arme sinken, riß seinen Revolver aus dem Gürtel und rannte hastig in dieselbe Richtung, den Wachsoldaten in verwirrtem Erstaunen auf seinem Posten stehenlassend. Nachdem dieser den verschiedenen sichtbaren Naturerscheinungen das bindende Gelöbnis gemacht hatte, daß der Teufel ihn holen möge, nahm der ehrenwerte Soldat wieder den Ausdruck von Stumpfsinn an, der dem Zustand wachsamer militärischer Aufmerksamkeit als angemessen betrachtet wird.

II

Hauptmann Hartroy führte ein unabhängiges Kommando. Seine Truppen bestanden aus einer Infanteriekompanie, einer Kavallerieschwadron und einer Artillerieabteilung, dem Armeekorps, dem sie zugehörten, entnommen, um einen wichtigen Engpaß der Cumberlandberge in Tennessee zu verteidigen. Es war das Kommando eines Stabsoffiziers, ausgeübt von einem Frontoffizier, der aus dem Mannschaftsstand heraus befördert worden war, in dem er bescheiden seinen Dienst getan hatte, bis er gewissermaßen ›entdeckt‹ wurde. Seine vorgeschobene Stellung war eine von den allergefährlichsten, ihre Verteidigung bedeutete die Übernahme einer schweren Verantwortung, und wohlweislich hatte man ihm entsprechende geheime Vollmachten verliehen, die wegen der großen Entfernung von der Hauptarmee um so notwendiger waren, auch wegen der prekären Natur seiner Verbindungsmöglichkeiten und der zügellosen Art, mit der die feindlichen Freischärler diese Region verwüsteten. Er hatte sein kleines Feldlager, das ein Dorf mit einem halben Dutzend Wohnhäusern und einem ländlichen Kramladen mit einschloß, stark befestigt und eine beachtliche Menge an Vorräten angelegt. Einigen der Dorfbewohner, deren Loyalität bekannt und mit denen Handel zu treiben nützlich war, von deren Diensten auch auf verschiedenen Gebieten er mitunter Gebrauch machte, hatte er geschriebene Passierscheine ausgestellt, die ihnen innerhalb seiner Stellungen Bewegungsfreiheit gewährten. Es ist leicht begreiflich, daß ein Mißbrauch dieses Privilegs im Interesse des Feindes ernsthafte Folgen haben konnte. Hauptmann Hartroy hatte einen Befehl ausgegeben, daß jeder, der den Passierschein solcherart mißbrauchte, im Schnellverfahren erschossen werden konnte.

Während der Wachtposten den Passierschein des Zivilisten prüfte, hatte der Hauptmann diesen schärfer ins Auge gefaßt. Seine Erscheinung kam ihm bekannt vor, und zuerst hatte er keinen Zweifel gehabt, daß er ihm den Paß, der den Posten befriedigte, selber ausgestellt habe. Erst als der Mann schon außer Sicht- und Hörweite war, enthüllte ihm ein Erinnerungsblitz seine Identität. Der Offizier reagierte auf diese Erleuchtung mit soldatischer Exaktheit des Handelns.

III

Für jeden, außer für einen ganz übermäßig selbstsicheren Menschen, ist das Erscheinen eines Offiziers der militärischen Streitmacht mit seiner einschüchternden Uniform, der in der einen Hand einen gezückten Säbel und in der anderen einen entsicherten Revolver hält und einen in wilder Jagd verfolgt, bestimmt in höchstem Grade beunruhigend. Doch auf den Mann, dem die Verfolgung in diesem Moment galt, schien es keine andere Wirkung zu haben, als daß es seine heitere Gelassenheit noch ein wenig erhöhte. Leicht hätte er nach rechts oder links in den Wald entkommen können, wählte aber eine andere Art des Verhaltens. Er drehte sich um, sah dem Hauptmann ruhig entgegen, und als dieser herangekommen war, sagte er: »Ich nehme an, Sie haben mir etwas mitzuteilen, was Sie vorhin vergessen haben? Was ist es, Herr Nachbar?«

Aber der ›Nachbar‹ antwortete nicht, sondern war mit der unnachbarlichen Tätigkeit befaßt, sich mit einer entsicherten Pistole zu decken. »Ergeben Sie sich«, sagte der Hauptmann so ruhig, wie seine leichte Atemlosigkeit von der überstandenen Anstrengung es gestattete, »oder Sie sterben!«

Es lag keine Drohung im Ton dieser Aufforderung, die lag schon in der Sache selbst und in der Gebärde, die das Verlangen verdeutlichte. Auch lag etwas durchaus nicht Beruhigendes in dem Blick des kalten grauen Auges, der über den Lauf der Schußwaffe hinglitt. Eine Sekunde lang standen die beiden Männer und sahen sich schweigend an, dann zog der Zivilist, ohne Zeichen von Furcht und mit genau derselben augenscheinlichen Gleichgültigkeit, mit der er das weniger unfreundliche Verlangen des Postens erfüllt hatte, langsam das Papier, das jenen bescheidenen Funktionär zufriedengestellt hatte, aus der Tasche, hielt es dem Hauptmann hin und sagte: »Ich nehme an, dieser Paß ist von Mister Hartroy –«

»Der Passierschein ist eine Fälschung«, unterbrach ihn der Offizier. »Ich bin Hauptmann Hartroy – und Sie, Sie sind Dramer Brune.«

Es hätte eines sehr scharfen Auges bedurft, um das leichte Erblassen des Zivilisten bei diesen Worten zu bemerken, und das einzige andere Anzeichen, das deren Bedeutung bestätigte, war ein spontanes Loslassen der Finger, die das verdächtigte Papier hielten, welches auf die Straße fiel, von einem sanften Wind weggeweht wurde und dann staubbedeckt, wie gedemütigt durch die Lüge, die es enthielt, still liegenblieb. Gleich darauf sagte der Zivilist, der immer noch ungerührt in den Pistolenlauf blickte:
»Ja, ich bin Dramer Brune, ein konföderierter Spion und Ihr Gefangener. Ich trage, wie Sie bald entdecken werden, einen Plan Ihres Forts und seiner Bestückung bei mir, einen Bericht über die Aufstellung Ihrer Truppe und deren Anzahl und eine Landkarte für die Zugänge, die die Positionen Ihrer sämtlichen Vorposten enthält. Mein Leben ist Ihnen gänzlich anheimgegeben, wenn Sie es mir aber auf eine formellere Art als durch Ihre eigene Hand zu nehmen wünschen und wenn Sie bereit sind, mir die Entwürdigung zu ersparen, vor der Mündung Ihrer Pistole ins Lager hineinzumarschieren, so verspreche ich Ihnen, daß ich weder Widerstand leisten noch fliehen, noch protestieren, sondern mich jeglicher Strafe unterwerfen werde, die über mich verhängt wird.«
Der Offizier ließ seine Pistole sinken, sicherte sie und steckte sie an ihren Platz im Gürtel. Brune trat einen Schritt näher und streckte seine rechte Hand aus.
»Es ist die Hand eines Spions und Verräters«, sagte der Offizier kalt und nahm sie nicht an. Der andere verbeugte sich.
»Kommen Sie«, sagte der Offizier, »wir wollen zum Lager gehn. Sie sollen nicht vor morgen früh sterben.«
Er wandte seinem Gefangenen den Rücken, und die zwei rätselhaften Männer gingen den Weg zurück, den sie gekommen waren, und gingen bald an dem Wachsoldaten vorbei, der seinen umfassenden Sinn für das Gegebene durch ein unnötiges und übertrieben strammes Salutieren vor seinem Kommandeur zum Ausdruck brachte.

IV

Am frühen Morgen, der diesen Begebenheiten folgte, saßen die beiden Männer, der Erbeutete und der Erbeuter, im Zelt des letzteren. Auf dem zwischen ihnen stehenden Tisch lagen unter einer Anzahl von Briefen, dienstlichen und privaten, die der Hauptmann während der Nacht geschrieben hatte, die belastenden Papiere, die bei dem Spion gefunden worden waren. Dieser Ehrenmann hatte die Nacht in einem angrenzenden Zelt unbewacht durchgeschlafen. Beide rauchten jetzt, nachdem sie gefrühstückt hatten.

»Mister Brune«, sagte Hauptmann Hartroy, »Sie wissen vielleicht nicht, wieso ich Sie trotz Ihrer Verkleidung erkannt habe und Ihren Namen wußte.«

»Ich habe nicht danach gefragt, Herr Hauptmann«, sagte der Gefangene mit ruhiger Würde.

»Trotzdem möchte ich, daß Sie es erfahren, wenn Sie nichts dagegen einzuwenden haben. Sie müssen wissen, daß meine Kenntnis Ihrer Person bis zum Herbst 1861 zurückreicht. Zu jener Zeit dienten Sie als Gemeiner in einem Ohio-Regiment, ein sehr tapferer und vertrauenswürdiger Soldat. Zur Überraschung und zum Kummer Ihrer Vorgesetzten und Kameraden desertierten Sie und gingen zum Feind über. Bald darauf wurden Sie bei einem Scharmützel gefangengenommen, erkannt, vor ein Militärgericht gestellt und dazu verurteilt, erschossen zu werden. Bis zur Exekution wurden Sie ohne Fesseln in einen Güterwagen gesperrt, der auf einem Nebengleis stand.«

»In Grafton, Virginia«, sagte Brune und streifte mit dem kleinen Finger der Hand, in der er seine Zigarre hielt, die Asche ab, ohne aufzuschauen.

»In Grafton, Virginia«, wiederholte der Hauptmann. »In einer finsteren, stürmischen Nacht wurde ein Soldat, der gerade einen langen, ermüdenden Marsch hinter sich hatte, zu Ihrer Bewachung abkommandiert. Er saß in dem Waggon auf einer Kiste, dicht bei der Tür, mit geladenem Gewehr und aufgepflanztem Bajonett. Sie saßen in einer Ecke, und er hatte den Befehl, Sie zu töten, falls Sie versuchten aufzustehn.«

»Falls ich aber bitten sollte, aufstehn zu dürfen, so konnte er den diensttuenden Korporal rufen.«

»Ja. Und während die langen, schweigenden Stunden verstrichen, gab der Soldat dem Gebot der Natur nach: er selber setzte sich der Todesstrafe aus, als er auf seinem Wachtposten einschlief.«

»Das taten Sie allerdings.«

»Was? Sie erkennen mich also? Sie haben die ganze Zeit gewußt, wer ich bin?«

Der Hauptmann hatte sich erhoben und ging sichtlich erregt im Zelt auf und ab. Sein Gesicht war gerötet, die grauen Augen hatten den kalten, erbarmungslosen Blick verloren, den sie gehabt hatten, als Brune sie über dem Revolverlauf sah. Sie waren seltsam weich geworden.

»Ich erkannte Sie«, sagte der Spion in seiner gewohnten Gelassenheit, »in dem Moment, als Sie mir gegenüberstanden und verlangten, daß ich mich ergäbe. Unter den obwaltenden Umständen wäre es nicht ganz schicklich gewesen, Sie an jene Dinge zu erinnern. Vielleicht bin ich ein Verräter, und sicher bin ich ein Spion, aber ein um Gnade Bettelnder möchte ich nicht sein.«

Der Hauptmann war stehengeblieben und sah seinen Gefangenen an. Als er wieder sprach, war seine Stimme auffallend heiser.

»Mister Brune, was immer Ihr Gewissen Ihnen zu sein gestatten mag – jedenfalls haben Sie mir das Leben gerettet, obwohl Sie glauben mußten, daß das auf Kosten des Ihrigen geschah. Bis gestern, als Sie von meinem Posten angehalten wurden, habe ich Sie für tot gehalten – ich dachte, Sie hätten das Schicksal erlitten, dem Sie durch meine Schuld leicht hätten entgehen können. Sie brauchten nur aus dem Güterwagen zu springen und mich an Ihrer Stelle dem Exekutionskommando zu überlassen. Sie hatten ein übermenschliches Erbarmen. Meine Müdigkeit tat Ihnen leid, Sie ließen mich schlafen, wachten für mich, und als die Zeit der Wachablösung kam, die mich bei meinem Vergehen entdeckt hätte, weckten Sie mich sanft auf. Ach, Brune – Brune – das war gut von Ihnen, das war groß – das –«

Die Stimme des Hauptmanns versagte, die Tränen liefen ihm übers Gesicht und glänzten ihm auf Bart und Brust. Er setzte sich wieder an den Tisch, begrub sein Gesicht in den Armen und schluchzte. Sonst war alles ganz still.

Plötzlich hörte man das klare Schmettern eines Signalhorns, das zum Appell blies. Der Hauptmann fuhr zusammen und hob sein feuchtes Gesicht von den Armen, und es war totenblaß. Von draußen waren die Geräusche der im Sonnenlicht antretenden Mannschaften zu hören, die Stimmen der Sergeanten, die den Tagesbefehl verlasen, und die Schläge der Trommler, die ihre Instrumente stimmten. Der Hauptmann sprach von neuem:

»Ich hätte mein Vergehen gestehen sollen, um die Geschichte von Ihrer Hochherzigkeit zu berichten. Ich hätte Ihre Begnadigung erwirken können. Hundertmal hatte ich den Entschluß gefaßt, es zu tun, aber die Scham verhinderte mich daran. Außerdem war Ihre Strafe richtig und rechtmäßig. Ja – und der Himmel möge mir verzeihn! Ich schwieg, und mein Regiment wurde kurz darauf nach Tennessee versetzt, und ich habe nie wieder etwas über Sie gehört.«

»Es war ganz in Ordnung, Sir«, sagte Brune ohne erkennbare Gemütsbewegung, »ich entkam und kehrte zu meiner Fahne zurück – der Fahne der Konföderierten. Ich möchte nur bemerken, daß ich, bevor ich damals desertierte, dringlich um meine Entlassung ersucht hatte, und zwar auf Grund veränderter Überzeugungen. Man antwortete mir aber mit Bestrafung.«

»Ach, aber wenn ich die Strafe für mein Vergehen erlitten hätte, wenn Sie mir nicht großmütig das Leben geschenkt hätten, das ich ohne Dankbarkeit angenommen habe, dann wären Sie nicht von neuem in den Schatten und die Bedrohung des Todes geraten!«

Der Gefangene schrak ein wenig zusammen, und etwas wie Unruhe erschien auf seinem Gesicht. Man hätte aber auch meinen können, daß er überrascht war. In diesem Augenblick erschien ein Leutnant, der Adjutant, in der Zeltöffnung und salutierte. »Herr Hauptmann«, sagte er, »das Bataillon ist angetreten.«

Hauptmann Hartroy hatte seine Fassung wiedergewonnen, er wandte sich zu dem Offizier und sagte: »Leutnant, gehn Sie zu Hauptmann Graham und sagen Sie, daß ich ihm befehle, das Kommando über das Bataillon zu übernehmen und es aus der Befestigung hinausmarschieren zu lassen. Dieser Herr ist Deserteur und Spion, er wird in Gegenwart der Truppen erschossen. Er wird Sie begleiten, ungefesselt und unbewacht.«

Während der Adjutant am Eingang wartete, erhoben sich die beiden Männer im Zelt, tauschten zeremoniöse Verbeugungen, und hierauf entfernte Brune sich sofort.

Eine halbe Stunde später erschrak der Koch, ein alter Neger, der einzige Mensch, der außer dem Kommandanten im Lager zurückgeblieben war, dermaßen über den Krach einer Musketensalve, daß er den Kessel fallen ließ, den er gerade vom Feuer heben wollte. Aber bei all seiner Bestürzung und trotz dem Zischen, das der Inhalt des Kessels zwischen den glühenden Kohlen verursachte, hätte er doch, und zwar aus größerer Nähe, den Revolverschuß hören können, durch den Hauptmann Hartroy auf das Leben verzichtete, das ihm durch sein Gewissen nicht länger erträglich war.

In Erfüllung des Wortlauts einer Notiz, die er dem Offizier hinterließ, der die Nachfolge seines Kommandos übernahm, wurde er, gleich dem Deserteur und Spion, ohne militärische Ehren begraben, und im ernsten Schatten des Berges, der keinen Krieg mehr kennt, schlafen die beiden friedlich in längst vergessenen Gräbern.

Ein sonderbarer Offizier

Formen der Höflichkeit

»Hauptmann Ransome, es ist Ihnen nicht gestattet, irgend etwas zu wissen. Es genügt, daß Sie meinem Befehl gehorchen, den ich mir zu wiederholen erlaube: Wenn Sie irgendeine Truppenbewegung an Ihrer Front beobachten, eröffnen Sie das Feuer, und wenn Sie angegriffen werden, dann halten Sie die Stellung, solange Sie können. Habe ich mich verständlich ausgedrückt, Sir?«

»Nichts könnte klarer sein. – Leutnant Price!« Dies war an einen Offizier gerichtet, der zu Hauptmann Ransomes eigener Batterie gehörte und der so rechtzeitig herangeritten war, daß er den Befehl mitgehört hatte. »Was der Herr General meint, ist doch klar, nicht wahr?«

»Vollkommen.«

Der Leutnant ritt weiter, auf seinen Posten. General Cameron und der Batterieführer sahen sich in ihren Sätteln einen Moment lang schweigend an. Mehr war nicht zu sagen, anscheinend war schon zuviel gesagt worden. Dann nickte der ranghöhere Offizier kühl und wendete sein Pferd, um wegzureiten. Der Artillerist salutierte langsam, ernst und äußerst formell. Jemand, der mit den Feinheiten militärischer Etikette vertraut ist, hätte gesagt, daß der Hauptmann auf diese Weise sein Verständnis für den Tadel bezeigte, den er sich soeben zugezogen hatte. Es ist einer der wichtigsten Bräuche der Höflichkeit, seinem Bedauern Ausdruck zu geben.

Nachdem der General seinen Stab und seine Eskorte erreicht hatte, die ihn ein Stückchen weiter entfernt erwarteten, bewegte sich die ganze Kavalkade nach rechts, zu den Geschützen hin, und verschwand im Nebel. Hauptmann Ransome blieb allein, schweigend und reglos wie eine Reiterstatue. Der graue Nebel, der jede Sekunde dichter wurde, schloß ihn ein wie ein sichtbar gewordenes Verhängnis.

Unter welchen Umständen Menschen sich nicht gerne totschießen lassen

Die Kämpfe am Vortag waren planlos und unentschieden gewesen. An den Hauptpunkten der Zusammenstöße hatte der Rauch der Schlacht in blauen Fetzen zwischen den Ästen der Bäume gehangen, bis er vom strömenden Regen in nichts aufgelöst wurde. Im aufgeweichten Erdboden hatten die Räder der Kanonen und Munitionswagen tiefe, holperige Furchen gezogen, und die Bewegungen der Infanterie waren sichtlich vom Schlamm behindert, der an den Füßen der Soldaten haftete, während sie sich in triefenden Uniformen und mit Gewehren, die von den weiten Krägen der Mäntel nur unzulänglich geschützt waren, in gewundenen Linien durch nasse Wälder und überschwemmte Felder hin und her schleppten. Berittene Offiziere, deren Köpfe aus Gummiponchos herausschauten, die wie schwarze Rüstungen glänzten, bahnten sich einzeln oder in lockeren Gruppen, mit offenbarer Ziellosigkeit vor- und zurückreitend, ihren Weg zwischen den Soldaten und heischten von niemandem Beachtung als von ihresgleichen. Hie und da kam der entmutigende Anblick eines Gefallenen – die Uniform von Erde beschmutzt, das Gesicht mit einem Tuche bedeckt oder aber gelb geworden in Regen und Schlamm – zu den übrigen trübseligen Wirkungen des Schauplatzes hinzu und vermehrte das allgemeine Unbehagen durch eine besondere Art von Bedrückung. Recht abstoßend sahen diese menschlichen Wracks aus, nicht im mindesten heroisch, und niemand war dafür anfällig, von ihrem patriotischen Beispiel angesteckt zu werden. Gefallen auf dem Felde der Ehre, jawohl, aber das Feld der Ehre war so schrecklich naß, und das änderte die Sache.

Das allgemeine Gefecht, das alle erwartet hatten, hatte nicht stattgefunden, keiner der kleinen Vorteile, die in vereinzelten und zufälligen Zusammenstößen einmal dieser, einmal der anderen Seite zufielen, konnte ausgenützt werden. Unbeherzte Angriffe riefen lahmen Widerstand hervor, der wie-

derum nur lässig abgewiesen wurde, Kommandos wurden mit mechanischem Gehorsam befolgt, keiner tat mehr als seine bloße Pflicht.
»Die Armee ist heute feig«, sagte General Cameron, der Kommandeur einer Unionsbrigade, zu seinem Adjutanten.
»Die Leute sind lasch«, erwiderte der Angeredete, »und – ja, sie möchten nicht gern diesem hier gleichen.«
Er zeigte auf einen der Toten, der in einer flachen Wasserpfütze lag und dessen Uniform und Gesicht von Hufen und Rädern mit Schlamm bespritzt waren.
Die Waffen der Armee schienen sich mit den Menschen in die militärische Pflichtvergessenheit zu teilen, das Knattern des Gewehrfeuers klang schwach und geringschätzig. Es war bedeutungslos und weckte die noch nicht einbezogenen Abschnitte der Kampflinie und die dahinter wartenden Reserven kaum zu Beachtung und Bereitschaft. Schon aus geringer Entfernung hörte sich das Geschützfeuer in Stärke und Detonation schwächlich an, es hatte weder Kraft noch Resonanz, die Kanonen schienen mit leichten Ladungen abgefeuert, ohne Blei. Und so ging der leere Tag weiter bis zu seinem tristen Ende, und dann folgte einer Nacht voller Unbehagen ein Tag voller Beklommenheit.
Eine Armee ist eine Persönlichkeit. Neben den individuellen Gedanken und Empfindungen der Teile, aus denen sie besteht, denkt und fühlt sie als eine Einheit. Und in diesem weiten, umfassenden Bewußtsein von den Dingen liegt ein tieferes Wissen als die bloße Summe aller ihrer Kenntnisse. An jenem trübseligen Morgen hatte dieses große, grobe Wesen, das am Grunde eines weißen Nebelmeeres zwischen Bäumen, die wie Tang aussahen, dahintappte, ein dumpfes Bewußtsein davon, daß alles schlecht stand, daß das Manövrieren eines ganzen Tages nur zu fehlerhaften Stellungen der einzelnen Teile geführt hatte, zu blinder Zerstreuung seiner Kräfte. Die Leute fühlten sich unsicher und sprachen untereinander von taktischen Mißgriffen, soweit sie sie mit ihrem mageren militärischen Wortschatz zu benennen vermochten. Stabs- und Front-

offiziere standen in Gruppen beisammen und sprachen ihrerseits fachkundiger über das, was sie – ebenso unklar – befürchteten. Brigade- und Divisionskommandeure prüften besorgt ihre Verbindungen nach rechts und links, schickten Stabsoffiziere mit Erkundungsaufträgen aus und schoben Gefechtslinien leise und behutsam voran in die unsichere Region zwischen dem Bekannten und dem Unbekannten. An ein paar Stellen der Front bauten sich die Truppen, offenbar aus eigenem Entschluß, Verteidigungsstellungen aus, soweit sie das ohne die lautlosen Spaten und die lärmenden Äxte konnten.
Eine dieser Stellen wurde durch Hauptmann Ransomes Batterie gehalten, die aus sechs Kanonen bestand. Jederzeit mit Schanzzeug versehen, hatten seine Leute eifrig die Nacht über gegraben, und jetzt streckten die Geschütze ihre schwarzen Mündungen aus den Schießscharten einer wahrhaft imponierenden Befestigung. Sie krönte eine leichte Böschung, die frei von Unterholz war und unbehindertes Feuern gestattete, welches das gegenüberliegende Gelände auf unbekannte Distanz hin bestreichen konnte. Die Stellung hätte kaum besser gewählt sein können. Sie hatte jene Besonderheit, die Hauptmann Ransome, dem Gebrauch des Kompasses in hohem Maße zugetan, nicht versäumt hatte zu beobachten: sie sah nordwärts, indes er wußte, daß die Hauptfront der Armee nach Osten sah. Tatsächlich war dieser Teil der Front ›refüsiert‹, das heißt: nach rückwärts gebogen, weg vom Feinde. Das bedeutete, daß Hauptmann Ransomes Batterie irgendwo dicht an der linken Flanke der Armee war, denn eine Armee in Schlachtlinie nimmt ihre Flanken zurück, wenn die Art des Geländes das erlaubt; sie sind ihre verwundbaren Stellen. Wirklich schien Hauptmann Ransome die äußerste Linke der Front zu halten, denn in dieser Himmelsrichtung waren keinerlei Truppen zu sehen außer seinen eigenen. Unmittelbar hinter seinen Geschützen hatte jenes Gespräch zwischen ihm und seinem Brigadekommandeur stattgefunden, über dessen abschließenden und dramatischeren Teil weiter oben schon berichtet worden ist.

Hauptmann Ransome saß reglos und schweigend zu Pferde, ein paar Schritt weiter standen seine Leute bei ihren Geschützen. Irgendwo – überall innerhalb weniger Meilen – waren hunderttausend Mann, Freund und Feind. Dennoch war er allein. Der Nebel isolierte ihn so völlig, als wäre er im Herzen einer Wüste. Seine Welt bestand aus ein paar Quadratmetern feuchten und niedergetretenen Erdbodens rund um die Hufe seines Pferdes. Seine Kameraden waren in diesem geisterhaften Bezirk unsichtbar und unhörbar. Dies waren gute Voraussetzungen zum Denken, und so dachte er nach. Seine klargeschnittenen, hübschen Gesichtszüge gaben keinen Anhaltspunkt für die Art seiner Gedanken, sein Ausdruck war so undurchdringlich wie der einer Sphinx. Weshalb hätte er auch eine Miene verziehen sollen, wenn keiner da war, es zu bemerken? Beim Geräusch von Schritten wandte er nur die Augen in die Richtung, aus der sie kamen. Einer seiner Sergeanten, der in der täuschenden Perspektive des Nebels wie ein Gigant aussah, kam heran, und als er durch die Nähe deutlich auf seinen wirklichen Umfang begrenzt und reduziert war, salutierte er und stand stramm.

»Nun, Morris?« sagte der Offizier und erwiderte den Gruß seines Untergebenen.

»Leutnant Price hat mir befohlen, Ihnen zu sagen, Sir, daß der größte Teil der Infanterie zurückgezogen worden ist. Wir haben nicht genug Unterstützung.«

»Ja, ich weiß.«

»Ich soll ausrichten, daß zwei von unseren Leuten ein paar hundert Meter über die Stellungen hinaus gewesen sind und erkundet haben, daß an unserer Front keine Vorposten stehen.«

»Ja.«

»Sie waren so weit vorne, daß sie den Feind gehört haben.«

»Ja.«

»Sie haben das Räderrattern von Artillerie gehört und die Kommandos von Offizieren.«

»Ja.«
»Der Feind bewegt sich auf unsere Batteriestellung zu.«
Hauptmann Ransome, der, immer noch rückwärts gewendet, zu dem Punkt hingeschaut hatte, wo der Brigadekommandeur mit seiner Kavalkade vom Nebel verschluckt worden war, zügelte sein Pferd herum und blickte jetzt in die entgegengesetzte Richtung. Danach saß er wieder so reglos wie zuvor.
»Wer sind die Leute, die das festgestellt haben?« fragte er, ohne den Sergeanten anzusehen. Seine Augen waren geradeaus über den Kopf seines Pferdes weg in den Nebel gerichtet.
»Unteroffizier Hassman und Kanonier Manning.«
Hauptmann Ransome schwieg einen Augenblick. Eine leichte Blässe überzog sein Gesicht, seine Lippen preßten sich leicht zusammen, aber es hätte eines vertrauteren Beobachters bedurft, als Sergeant Morris es war, um die Veränderung zu bemerken. Nicht verändert war seine Stimme.
»Sergeant, überbringen Sie Leutnant Price meine Empfehlungen und sagen Sie ihm, er soll mit sämtlichen Geschützen das Feuer eröffnen. Kartätschen.«
Der Sergeant salutierte und verschwand im Nebel.

Um General Masterson vorzustellen

Auf der Suche nach seinem Divisionskommandeur war General Cameron mit seiner Eskorte der Kampffront fast eine Meile, rechts von Ransomes Batterie, gefolgt und hatte dort erfahren, daß der Divisionskommandeur auf der Suche nach dem Korpskommandeur fortgeritten war. Es schien, als ob jeder nach seinem unmittelbaren Vorgesetzten Ausschau hielt – ein unheilvoller Umstand. Es bedeutete, daß niemand sich ganz sicher fühlte. So ritt General Cameron noch eine halbe Meile weiter, als er durch einen glücklichen Zufall General Masterson traf, den Divisionskommandeur, der auf dem Rückweg war.
»Ah, Cameron«, sagte der höhere Offizier, sein Pferd zügelnd,

und warf sein rechtes Bein in höchst unmilitärischer Weise über den Sattelknopf, »ist was los? Hab 'ne gute Stellung für Ihre Batterie gefunden, hoff' ich – wenn in solchem Nebel überhaupt ein Platz besser ist als der andere.«

»Gewiß, General«, sagte der andere mit der größeren Würde, die seiner weniger hohen Dienststellung anstand, »meine Batterie ist sehr gut plaziert. Ich wünschte nur, ich könnte sagen, daß sie ebensogut geführt wird.«

»Eh, was soll das heißen? Ransome? Ich halte ihn für einen feinen Kerl. Wir von der Armee sollten stolz auf ihn sein.«

Es war bei den aktiven Offizieren der regulären Armee üblich, von dieser als der ›Armee‹ zu sprechen. Wie die größten Städte am provinziellsten sind, so ist die Selbstgefälligkeit der Elite am offenmütigsten plebejisch.

»Er ist zu sehr vernarrt in seinen Eigensinn. Übrigens – um den Hügel zu besetzen, den er verteidigt, mußte ich meine Front gefährlich auseinanderziehen. Der Hügel ist an meiner Linken, das heißt: die linke Flanke der Armee.«

»O nein, die Brigade von Hart ist noch weiter links. Sie ist während der Nacht aus Dryton herbeordert worden und hat Befehl, an Ihre Stellung anzuschließen. Gehn Sie lieber und –«

Der Satz wurde nicht beendet: ein lebhaftes Geschützfeuer brach zur Linken los, und beide Offiziere, denen ihre Adjutanten und Ordonnanzen mit heftigem Rasseln und Klirren folgten, galoppierten schleunigst dem Lärm entgegen. Aber sie wurden sehr bald aufgehalten, weil der Nebel sie zwang, in Sicht der Kampflinie zu bleiben, hinter welcher Soldatenschwärme in Bewegung waren, die alle ihren Weg kreuzten. Überall nahm die Front schärfere und genauere Gestalt an, während die Soldaten an die Geschütze eilten und die Offiziere mit gezogenen Säbeln die Mannschaften ausrichteten. Fahnenträger entfalteten ihre Fahnen, Hornisten bliesen zum Appell, Sanitäter erschienen mit Tragbahren. Stabsoffiziere schwangen sich aufs Pferd und schickten ihre Mantelsäcke unter der Aufsicht von Farbigen hinter die Linien. Rückwärts,

im gespenstischen Bereich des Waldes, war das Rascheln und Stimmengewirr der sich sammelnden Reserve zu hören.
Und all diese Vorbereitungen waren durchaus nicht überflüssig, denn kaum waren fünf Minuten vergangen, seit Hauptmann Ransomes Geschütze die Waffenruhe des Zweifels gebrochen hatten, als auch schon die gesamte Gegend in Aufruhr war: der Feind hatte nahezu überall angegriffen.

Wie Geräusche Schatten besiegen können

Hauptmann Ransome ging hinter seinen Geschützen auf und ab, die rasch, aber regelmäßig feuerten. Die Kanoniere arbeiteten flink und ohne Hast oder sichtbare Aufregung. Es war auch wirklich kein Grund zur Aufregung, denn es bedeutet nicht viel, mit einer Kanone in den Nebel zu zielen und sie abzufeuern – jeder kann das zustande bringen.
Die Männer lächelten bei ihrer lärmenden Tätigkeit, die sie mit nachlassendem Eifer vollbrachten. Sie warfen neugierige Blicke auf ihren Hauptmann, der jetzt das Bankett der Befestigung erstiegen hatte und über die Brüstung sah, als ob er das Ergebnis seines Geschützfeuers beobachtete. Aber das einzige sichtbare Ergebnis waren weiße, tiefliegende Rauchschwaden anstelle des dicken Nebels. Plötzlich brach aus dieser Undurchdringlichkeit mächtiges Hurrageschrei, das mit bestürzender Deutlichkeit die Pausen zwischen den Kanonenschüssen füllte. Für die wenigen, die Muße und Gelegenheit zum Beobachten hatten, war der Ton überaus befremdend – so laut, so nah, so bedrohlich, und doch nichts zu sehn! Die Leute, die bei ihrem Werk gelächelt hatten, lächelten nicht mehr, sondern vollbrachten es mit ernster und fieberhafter Betriebsamkeit.
Von seinem Standort an der Brüstung sah Hauptmann Ransome nun eine Unmenge von undeutlichen grauen Gestalten in dem Nebel zu seinen Füßen Form annehmen und den Hang heraufschwärmen. Aber die Tätigkeit der Geschütze war jetzt rasch und heftig, sie bestrichen den bevölkerten Abhang mit

Salven von Schrapnells und Kartätschen, deren Orgeln man zwischen dem Donnern der Explosionen hören konnte. In diesem entsetzlichen Ansturm von Eisen stolperten die Angreifer vorwärts, Schritt für Schritt über ihre Toten hinweg, in die Schießscharten hineinfeuernd, ladend, wieder feuernd und schließlich ihrerseits fallend, ein bißchen weiter vorn als die, die vor ihnen gefallen waren. Bald war der Rauch dicht genug, um überhaupt alles zu bedecken. Er senkte sich auf die Angreifenden nieder, und als er zurücktrieb, hüllte er die Verteidiger ein. Die Kanoniere sahen kaum noch genug, um ihre Geschütze zu bedienen, und wenn gelegentlich feindliche Gestalten über der Brustwehr auftauchten, weil sie zufällig das Glück gehabt hatten, zwischen zwei Schießscharten geschützt vor den Kanonen nahe genug heranzukommen, dann wirkten sie so körperlos, daß es den wenigen Infanteristen kaum der Mühe wert schien, sich mit dem Bajonett über sie herzumachen und sie wieder in den Graben hinunterzustürzen.
Da der Führer einer in Tätigkeit befindlichen Batterie etwas Besseres zu tun hat, als ein paar einzelne Schädel zu spalten, hatte Hauptmann Ransome sich von der Brustwehr auf seinen eigentlichen Platz hinter den Geschützen zurückgezogen, wo er mit gekreuzten Armen stand, neben sich seinen Hornisten. Hier kam, während das hitzige Gefecht auf seinem Siedepunkt war, Leutnant Price auf ihn zu, der soeben innerhalb der Befestigung einen übermütigen Angreifer mit dem Säbel niedergemacht hatte. Zwischen den beiden Offizieren erfolgte eine lebhafte Unterredung, lebhaft zumindest von seiten des Leutnants, der heftig gestikulierte und seinem Vorgesetzten immer wieder ins Ohr schrie, weil er bemüht war, sich bei dem infernalischen Getöse des Geschützfeuers verständlich zu machen. Von einem Schauspieler kühl beobachtet, wären seine Gesten als solche des Protestes erklärt worden: man hätte meinen können, er sei mit dem Geschehen nicht einverstanden. Ob er sich ergeben wollte?
Hauptmann Ransome hörte ihm zu, ohne daß sich seine Hal-

tung oder seine Miene veränderte, und als der andere seine Ansprache beendet hatte, sah er ihm kühl in die Augen und sagte, während der Aufruhr gerade rechtzeitig nachließ: »Leutnant Price, es ist Ihnen nicht gestattet, irgend etwas zu wissen. Es genügt, daß Sie meinen Befehlen gehorchen.«
Der Leutnant kehrte zu seinem Posten zurück, und da die Sicht von der Schutzwehr aus jetzt anscheinend klar war, ging Hauptmann Ransome wieder dorthin, um einen Blick hinunterzuwerfen. Als er auf das Bankett kam, sprang ein Mann auf die Brüstung und schwenkte eine große, prächtige Fahne. Der Hauptmann zog eine Pistole aus dem Gürtel und schoß ihn tot. Der Körper schlug nach vorn und hing über der inneren Kante der Brüstung, die Arme nach unten ausgestreckt, mit beiden Händen noch die Fahne festhaltend. Die paar Mann, die ihm gefolgt waren, kehrten um und flohen den Hang hinunter. Als der Hauptmann über die Wehr sah, erblickte er nichts Lebendes mehr. Auch bemerkte er, daß keine Kugeln mehr in die Befestigung drangen.
Er gab dem Hornisten ein Zeichen, der das Kommando ›Feuer einstellen!‹ blies. An allen anderen Punkten hatte die Gefechtstätigkeit bereits mit der Abwehr des Angriffs der Konföderierten geendet, und mit dem Aufhören des Geschützfeuers war die Stille jetzt vollkommen.

Weshalb es nicht das beste ist, B anzugreifen, wenn man von A angegriffen ist

General Masterson kam in die Batteriestellung geritten. Die Leute standen in Gruppen beisammen, redeten laut und gestikulierten. Sie deuteten auf die Toten, indem sie von einem Leichnam zum anderen liefen. Sie vergaßen ihre heißen, geschwärzten Geschütze und vergaßen, ihre Mäntel wieder anzuziehen. Sie liefen zur Brüstung und sahen hinüber, und ein paar sprangen in den Graben hinunter. Ein Dutzend von ihnen drängte sich um eine Fahne, die krampfhaft von einem Toten festgehalten wurde.

»Na also, meine Braven, da habt ihr mal ein wackeres Gefecht gehabt«, sagte der General vergnügt.
Sie starrten ihn an, niemand antwortete. Die Gegenwart des berühmten Mannes schien Beklommenheit und Schreck hervorzurufen.
Da seine Freundlichkeit kein Echo fand, pfiff der gutgelaunte Offizier ein populäres Lied, und während er zur Brüstung hinaufritt, sah er auf die Toten hin. Eine Sekunde darauf hatte er sein Pferd herumgerissen und galoppierte hinter den Geschützen entlang, und seine Augen waren überall zu gleicher Zeit. Ein Offizier saß auf dem Lafettenschwanz eines Geschützes und rauchte eine Zigarre. Als der General herangesprengt kam, stand er auf und salutierte gleichmütig.
»Hauptmann Ransome!« Die Worte fielen scharf und barsch, wie das Klirren von Stahlklingen. »Sie haben gegen unsere eigenen Leute gekämpft – unsere eigenen Leute, Sir! Hören Sie? Gegen Harts Brigade!«
»Herr General, das weiß ich.«
»Sie wissen es? Sie wissen das und sitzen hier und rauchen? O verflucht, Hamilton, ich verliere meine Selbstbeherrschung!« Dies sagte er zu seinem Provostmarschall. »Sir – Hauptmann Ransome, haben Sie die Güte, mir zu sagen – zu sagen, warum Sie gegen unsere eigenen Leute gekämpft haben?«
»Das zu sagen, bin ich leider nicht imstande. In den Befehlen an mich war diese Information nicht enthalten.«
Offensichtlich begriff der General nicht.
»Wer war der Angreifer bei diesem Gefecht? Sie oder General Hart?« fragte er.
»Ich.«
»Und hätten Sie denn nicht wissen können – konnten Sie denn nicht sehn, Sir, daß Sie unsere eigenen Leute angriffen?«
Die Antwort war verblüffend.
»Ich wußte es, Herr General. Das schien mich aber nichts angehen zu sollen.«
Dann brach er das tödliche Schweigen, das seiner Antwort folgte, und sagte:

»Ich muß Sie an General Cameron verweisen.«
»General Cameron ist tot, Sir, so tot, wie er nur sein kann, so tot wie nur irgendeiner in diesem Armeekorps! Er liegt da hinten unter einem Baum. Wollten Sie damit sagen, daß er irgend etwas mit dieser furchtbaren Sache zu schaffen hatte?«
Hauptmann Ransome antwortete nicht. Seine Leute hatten den Wortwechsel bemerkt und standen herum, um das Resultat zu beobachten. Sie waren sehr erregt. Der Nebel, den das Schießen teilweise zerrissen hatte, hatte sich jetzt wieder so dicht um sie geschlossen, daß sie sich enger zusammendrängten, bis der Richter im Sattel und der Beschuldigte, der ruhig vor ihm stand, nur noch einen ganz kleinen Platz hatten, der von seinem Zudrang frei war. Es war das unformellste aller Kriegsgerichte, aber alle empfanden, daß das spätere, formelle, das Urteil nur noch bestätigen konnte. Es hatte keine Jurisdiktion, aber es hatte prophetische Bedeutung.
»Hauptmann Ransome!« rief der General heftig, aber in seiner Stimme lag etwas beinahe Flehentliches, »wenn Sie irgend etwas vorbringen können, was ein bißchen Licht auf Ihr unbegreifliches Verhalten wirft, so bitte ich Sie, das zu tun!«
Nachdem dieser hochherzige Soldat seine Fassung wiedergefunden hatte, suchte er nach etwas, was seine instinktiv wohlwollende Attitüde einem tapferen Menschen gegenüber angesichts der Bedrohung eines unehrenhaften Todes rechtfertigen konnte.
»Wo ist Leutnant Price?« fragte der Hauptmann.
Dieser stand weiter vorn, und sein finsteres, verdrossenes Gesicht sah unter dem blutigen Tuch, das um seine Stirn gewunden war, ein wenig abstoßend aus. Er begriff, daß er als Zeuge vorgeladen war, und bedurfte keiner Aufforderung, um zu sprechen. Er blickte nicht auf den Hauptmann, sondern wandte sich an den General:
»Während des Gefechtes entdeckte ich die Sachlage und benachrichtigte den Batterieführer. Ich wagte, darauf zu drängen, daß das Feuer eingestellt würde. Aber ich wurde insultiert und auf meinen Posten zurückgeschickt.«

»Wissen Sie irgend etwas über die Befehle, nach denen ich mich gerichtet habe?« fragte der Hauptmann.

»Von irgendwelchen Befehlen, nach denen der Batterieführer sich gerichtet hat«, fuhr der Leutnant fort und sprach immer noch zum General, »weiß ich nichts.«

Hauptmann Ransome fühlte, wie die Welt unter seinen Füßen versank. In den grausamen Worten hörte er das Branden der Jahrhunderte an die Küsten der Ewigkeit. Er hörte die Stimme des Gerichts, sie sagte in kalter, mechanischer, gleichmäßiger Betonung: »Achtung! Anlegen! Feuer!«, und er fühlte die Kugeln sein Herz in Stücke reißen. Er hörte, wie die Erde auf seinen Sarg fiel und, falls der liebe Gott so barmherzig wäre, den Gesang eines Vogels über seinem vergessenen Grab. Ruhig löste er seinen Säbel aus dem Wehrgehenk und übergab ihn dem Provostmarschall.

Ein Offizier und ein Mann

Hauptmann Graffenreid stand an der Spitze seiner Kompanie. Das Regiment war nicht im Gefecht. Es bildete einen Teil der vorderen Kampflinie, die sich zur Rechten in einer sichtbaren Länge von fast zwei Meilen über das offene Gelände ausdehnte. Die linke Flanke war durch Gehölz verborgen, auch nach rechts hin war die Front der Sicht entzogen, erstreckte sich aber noch viele Meilen weiter. Hundert Meter dahinter lag eine zweite Linie, hinter dieser die Reserve der Brigaden und Divisionen in Marschkolonnen aufgeteilt. Die Artillerie hielt den Zwischenraum besetzt und krönte die niedrigen Hügel. Gruppen von Reitern – Generäle mit ihren Stäben und Eskorten und die Regimentskommandeure – unterbrachen die Gleichförmigkeit der Linien und Kolonnen. Viele dieser bemerkenswerten Persönlichkeiten hielten Feldstecher vor die Augen und saßen bewegungslos, während sie die Gegend vor der Front kritisch prüften, andere kamen und entfernten sich wieder in leichtem Galopp, um Befehle zu überbringen. Es gab Sanitätsabteilungen, Ambulanzen, Munitionswagen und Offiziersburschen im Rücken von alledem – von alledem, was sichtbar war, denn hinter diesem wiederum, entlang den Chausseen, erstreckte sich viele Meilen weit die Unmenge der Nichtkämpfenden, die mit ihrer verschiedenartigen Bagage zu dem ruhmlosen, aber wichtigen Dienst bestimmt sind, den vielfältigen Bedarf der Kampftruppe zu ergänzen.

Eine Armee in Schlachtordnung, die den Angriff erwartet oder bereitsteht, ihn zu liefern, bietet seltsame Kontraste. Vorn herrscht Genauigkeit, Strenge, Reglosigkeit und Stille. Nach hinten zu werden diese Merkmale immer weniger und weniger deutlich und gehen schließlich ganz und gar in Konfusion, Bewegung und Lärm verloren. Das Gleichartige wird ungleichartig, es fehlt Präzision, Ruhe wird abgelöst von anscheinend zielloser Aktivität, Harmonie löst sich auf in Wirrwarr, Form in Unordnung. Überall herrscht Durcheinander

und unaufhörliche Unruhe. Die Männer, die nicht kämpfen, werden niemals fertig.
Von seinem Platz aus, zur Rechten seiner Kompanie, im vordersten Glied, hatte Hauptmann Graffenreid unbehinderte Sicht zum Feind hin. Vor ihm lag eine halbe Meile offener und fast ebener Grund und dahinter ein ungleichmäßig bestandener Wald, der eine leichte Bodenerhebung bedeckte. Nirgendwo war ein menschliches Wesen zu sehen. Er hätte sich gar nichts Friedlicheres vorstellen können als den Anblick dieser freundlichen Landschaft mit den langen Strecken brauner Felder, über denen die Luft in der heißen Morgensonne zu zittern anfing. Kein Ton kam aus Wald oder Feld, nicht einmal das Bellen eines Hundes oder das Krähen eines Hahnes bei dem zwischen den Bäumen auf dem Hügelrücken halb sichtbaren Wohnhaus der Plantage. Trotzdem wußte jeder einzelne in dieser ganzen Region, daß er und der Tod sich Aug in Auge gegenüberstanden.
Hauptmann Graffenreid hatte noch nie in seinem Leben einen bewaffneten Feind gesehen, und der Krieg, in welchem sein Regiment eines der ersten war, die die Schlacht beginnen sollten, war zwei Jahre alt. Er hatte den seltenen Vorzug einer militärischen Erziehung genossen, und wenn seine Kameraden an die Front marschiert waren, war er für administrative Dienste in der Hauptstadt seines Staates reklamiert worden, weil man dort der Ansicht war, daß er höchst nützlich sein könnte. Er protestierte wie ein schlechter Soldat und gehorchte wie ein guter. Er stand in engen offiziellen und persönlichen Beziehungen zum Gouverneur seines Staates und erfreute sich seines Vertrauens und seiner Gunst, hatte aber Beförderungen energisch abgelehnt und erlebte, wie Jüngere ihn im Rang überholten. In seinem fernen Regiment war der Tod am Werk gewesen, wieder und wieder waren Lücken unter den Frontoffizieren entstanden, aber aus dem ritterlichen Gefühl heraus, daß die kriegerischen Ehren rechtmäßig denjenigen zustanden, die Stürme und Strapazen der Schlacht ertrugen, behielt er seinen bescheidenen Rang bei und förderte großmü-

tig die Erfolge der anderen. Seine schweigende Unterordnung unter Prinzipien war aber schließlich doch siegreich: er war von seinen verhaßten Pflichten befreit und an die Front kommandiert worden, und jetzt stand er, noch ohne seine Feuerprobe hinter sich zu haben, in der Vorhut der Schlacht, Führer einer Kompanie verwegener Veteranen, für die er nur ein Name gewesen war und dieser Name nur ein Spitzname. Von keinem, nicht einmal von seinen Kameraden, zu deren Gunsten er auf seine Rechte verzichtet hatte, wurde sein Pflichtgefühl begriffen. Sie waren viel zu beschäftigt, um gerecht zu sein; man betrachtete ihn als jemanden, der sich seinen Pflichten entzogen hatte, bis er gezwungen wurde, ins Feld zu gehn. Zu stolz, um Erklärungen abzugeben, aber nicht zu unempfindlich, um zu fühlen, konnte er nur durchhalten und hoffen.

Im ganzen Unionsheer hatte an diesem Sommermorgen keiner so freudig den Kampf gebilligt wie Anderton Graffenreid. Er war in gehobener Stimmung und voll unbändigem Tatendrang, in einem Zustand geistiger Erregtheit, und konnte das Zögern des Feindes, den Angriff zu eröffnen, kaum noch ertragen. Für ihn bedeutete es die willkommene Gelegenheit – die Ergebnisse kümmerten ihn nicht. Sieg oder Niederlage – wie Gott es geben mochte. Im einen wie im anderen würde er sich als Soldat und Held zeigen, er würde beweisen, daß er ein Recht hatte auf den Respekt seiner Leute und auf die Kameradschaft seiner Mitoffiziere, auf die Beachtung seiner Vorgesetzten. Wie ihm das Herz in der Brust geschlagen hatte, als die Trompete die erregenden Töne zum ›Sammeln‹ blies; mit wie leichten Schritten, unter denen er den Boden kaum spürte, strebte er voran, an der Spitze seiner Kompanie, und mit welch innerem Jubel begrüßte er die taktischen Dispositionen, die sein Regiment in die vorderste Linie stellten! Und wenn ihm zufällig ein Paar dunkler Augen einfielen, die vielleicht einen weicheren Schimmer annahmen, wenn sie den Bericht über die Vorfälle dieses Tages lasen – wer mag ihn für den unkriegerischen Gedanken tadeln oder diesen eine Verfälschung soldatischen Eifers nennen?

Plötzlich erhob sich aus dem gegenüberliegenden, eine halbe Meile entfernten Wald – scheinbar aus den oberen Ästen der Bäume, in Wirklichkeit aber vom Hügelkamm dahinter – eine hohe weiße Rauchsäule. Eine Sekunde später kam eine tiefe, erschütternde Explosion, gefolgt, ja begleitet fast von einem häßlich sausenden Geräusch, das mit unfaßbarer Geschwindigkeit über den dazwischenliegenden Raum daherraste und in viel zu raschem Tempo vom Rauschen zum Tosen anschwoll, als daß die Aufmerksamkeit die einzelnen Stadien seiner grausigen Entwicklung hätte wahrnehmen können. Ein sichtbares Beben lief die Linien der Soldaten entlang, alle gerieten vor Schreck in Bewegung. Hauptmann Graffenreid bog sich zur Seite und hielt beide Hände, die Flächen nach außen, vor den Kopf. Während er das tat, hörte er einen harten, lauten Donnerschlag und sah auf einem Abhang hinter der Front eine ungestüme Rauch- und Staubmasse – die Explosion der Granate. Sie war links von ihm, in einer Entfernung von hundert Fuß, vorbeigesaust. Er hörte oder glaubte doch ein leises, spöttisches Lachen zu hören, und als er sich in die Richtung umdrehte, aus der es kam, sah er die Augen seines Oberleutnants mit einem nicht mißzuverstehenden Ausdruck der Erheiterung auf sich gerichtet. Er blickte die Reihe der Gesichter in der vordersten Linie entlang: die Leute lachten. Über ihn? Dieser Gedanke brachte wieder Farbe in sein blutleeres Gesicht, allzuviel Farbe. Seine Wangen glühten vor Scham.
Der feindliche Schuß wurde nicht erwidert. Der Offizier, der an jenem exponierten Teil der Front das Kommando hatte, fühlte offensichtlich nicht den Wunsch, eine Kanonade zu entfesseln. Hauptmann Graffenreid war sich eines Gefühls der Dankbarkeit für diesen Verzicht bewußt. Er hatte nicht geahnt, daß ein fliegendes Geschoß ein Phänomen von so erschreckender Art war. Seine Vorstellung vom Krieg hatte bereits eine grundlegende Änderung erfahren, und es war ihm klar, daß seine neue Art zu empfinden sich in sichtbarer Beunruhigung offenbarte. Das Blut kochte ihm in den Adern, er hatte ein würgendes Gefühl und meinte, daß, wenn er jetzt

ein Kommando zu geben hätte, es unhörbar oder zumindest unverständlich sein würde. Die Hand, in der er den Säbel hielt, zitterte, die andere bewegte sich mechanisch und krallte sich in die verschiedensten Teile seiner Kleidung. Er fand es schwierig, still zu stehen, und glaubte, daß seine Leute das merkten. War dies Furcht? Er befürchtete es.

Von irgendwoher weit rechts kam, da der Wind günstig war, ein dumpfes, an- und abschwellendes Rauschen, wie von der Meeresbrandung bei Sturm, wie von einem fernen Eisenbahnzug, wie vom Wind in den Pinien – drei Geräusche, einander so gleich, daß ein Ohr, ohne die Herkunft zu kennen, sie nicht unterscheiden kann. Die Augen der Truppen wandten sich in jene Richtung, die berittenen Kommandeure sahen mit ihren Feldstechern hin. In das Rauschen mischte sich ein unregelmäßiges Klopfen. Zuerst hielt er es für das fieberhafte Pulsieren des Blutes in seinen Ohren, sodann für ferne Baßtrommelschläge.

»An der rechten Flanke ist der Tanz eröffnet worden«, sagte ein Offizier.

Hauptmann Graffenreid verstand: die Töne waren Gewehr- und Artilleriefeuer. Er nickte und versuchte zu lächeln, aber anscheinend hatte sein Lächeln nichts Ansteckendes.

Jetzt brach eine leichte Kette blauer Rauchwölkchen aus dem gegenüber entlanglaufenden Waldrand hervor, gefolgt von Gewehrgeknatter. Die Luft war erfüllt von schneidenden, peitschenden Pfiffen, die mit jähen, dumpfen Aufschlägen in der Nähe endeten. Der Soldat neben Hauptmann Graffenreid ließ sein Gewehr fallen, seine Knie gaben nach, und er schlug schwerfällig vornüber und fiel aufs Gesicht. Jemand schrie: »Hinlegen!«, und der tote Mensch war von den lebendigen kaum noch zu unterscheiden; es sah aus, als hätten diese paar Gewehrschüsse zehntausend Mann getötet. Lediglich die Kommandeure blieben in aufrechter Haltung. Ihr Zugeständnis an die Situation bestand darin, daß sie absaßen und ihre Pferde in den Schutz der unmittelbar hinter ihnen liegenden niedrigen Hügel schickten.

Hauptmann Graffenreid lag ausgestreckt neben dem toten Soldaten, unter dessen Brust ein kleines Rinnsal von Blut hervorfloß. Es hatte einen schwachen süßlichen Geruch, der ihm Übelkeit verursachte. Das Gesicht war in die Erde gedrückt und flach gequetscht, es war bereits gelb und sah abstoßend aus. Nichts sprach von der Glorie des Soldatentodes oder milderte das Ekelhafte des Vorfalls. Er konnte dem Leichnam nicht den Rücken zudrehen, ohne sich von seiner Kompanie wegzuwenden.
Er richtete den Blick auf den Wald, in dem es wieder still geworden war, und versuchte sich vorzustellen, was dort vorging – die Reihen der Truppen, die sich zum Angriff formierten, die mit den Händen ganz bis an den Waldrand vorgeschobenen Geschütze. Er meinte, er könnte schon die schwarzen Mündungen sehen, wie sie aus dem Unterholz vorragten, bereit, ihren Hagel von Geschossen loszulassen, Geschosse wie das von vorhin, dessen schrilles Pfeifen seine Nerven so aus der Fassung gebracht hatte. Das Hinüberstarren wurde qualvoll, ein Schleier schien sich vor seine Augen zu senken, er vermochte jenseits des Feldes nichts mehr zu erkennen, wollte aber den Blick nicht wegwenden, um nicht den toten Menschen neben sich zu sehen.
Gerade jetzt brannte das Feuer des Kampfes nicht gerade sehr hell in der Seele dieses Kriegers, aus der Untätigkeit war ein Schauen nach innen geworden. Er wollte lieber seine Gefühle analysieren als sich durch Mut und Hingabe auszeichnen. Das Resultat war tief enttäuschend. Er bedeckte das Gesicht mit den Händen und stöhnte laut.
Das heisere Geräusch der Schlacht zur Rechten wurde immer deutlicher und deutlicher. Tatsächlich war das Murmeln zu einem Brüllen geworden, das Klopfen zum Donnern. Der Kampfeslärm hatte sich jetzt schräg zur Front vorgeschoben; anscheinend wurde der linke Flügel des Feindes zurückgetrieben, und der günstige Moment, gegen den vorspringenden Winkel seiner Linie vorzudringen, würde bald kommen. Die Stille und das Rätselhafte dort vorn waren unheimlich, alle

fühlten, daß sie für die Angreifer nur Schlimmes bedeuten konnten.
Hinter den flach am Boden liegenden Reihen waren die Hufschläge galoppierender Pferde zu hören, und die Männer drehten sich, um hinzusehen. Ein Dutzend Stabsoffiziere kam zu den verschiedenen Brigade- und Regimentskommandeuren geritten, die wieder aufgesessen waren. In der nächsten Sekunde erhob sich ein Chor von Stimmen, die alle die gleichen Worte ausstießen: »Achtung, Bataillon!« Die Soldaten sprangen auf die Füße und wurden von den Kompanieführern ausgerichtet. Sie erwarteten das Wort ›Vorwärts!‹ und erwarteten auch mit klopfenden Herzen und zusammengebissenen Zähnen den Hagel von Blei und Eisen, der bei ihrer ersten Bewegung, die sie, diesem Befehl gehorchend, machten, über sie hinfegen würde. Das Wort fiel nicht, der Sturm brach nicht los. Die Verzögerung war schrecklich, zum Verrücktwerden, sie enervierte wie ein Aufschub unter dem Fallbeil der Guillotine.
Hauptmann Graffenreid stand an der Spitze seiner Kompanie, den toten Mann zu seinen Füßen. Rechts hörte er die Schlacht, Rattern und Krachen der Gewehre, unaufhörlichen Kanonendonner, unzusammenhängendes Hurrageschrei unsichtbarer Kämpfer. Er bemerkte Rauchwolken, die aus fernen Wäldern aufstiegen, und er nahm die unheimliche Stille des gegenüberliegenden Waldes wahr. Diese extremen Kontraste brachten alle seine Gefühle in Aufruhr. Die Spannung seines Nervensystems wurde unerträglich. Abwechselnd ward ihm heiß und kalt. Er japste nach Luft wie ein Hund und vergaß dann wieder einzuatmen, bis ein Schwindelgefühl ihn daran mahnte.
Plötzlich wurde er ruhig. Beim Hinunterschauen war sein Blick auf seinen gezogenen Säbel gefallen, den er mit der Spitze zum Boden hielt. In der Verkürzung, in der er ihn sah, erinnerte er ein wenig, wie er meinte, an die kurze, schwere Klinge der alten Römer. Diese Vorstellung war voller Suggestionskraft, unheilvoll, schicksalhaft, heroisch.

Der Sergeant im rückwärtigen Glied, unmittelbar hinter Hauptmann Graffenreid, beobachtete jetzt etwas Sonderbares. Nachdem seine Aufmerksamkeit durch eine eigenartige Bewegung des Hauptmanns erregt war – ein plötzliches Ausstrecken der Hände, weit nach vorn, ihre heftige Rückbewegung, die Ellbogen nach außen, wie beim Rudern –, sah er zwischen den Schultern des Offiziers eine glänzende Metallspitze herausdringen, die immer länger wurde, fast halb so lang wie ein Arm – eine Säbelklinge. Sie war ein bißchen gerötet, und ihre Spitze kam so schnell und so nah an die Brust des Sergeanten, daß er vor Schreck zurückwich. Im selben Augenblick schlug Hauptmann Graffenreid schwer vornüber auf den toten Soldaten und starb.
Eine Woche später gab der Generalmajor, der das linke Korps der Unionsarmee kommandierte, folgenden offiziellen Rapport:
›Sir: Ich habe die Ehre, in bezug auf die Aktion am 19. ds. zu berichten, daß durch den Rückzug des Feindes von meiner Front, der seinen geschlagenen linken Flügel verstärken mußte, meine Truppen nicht ernstlich ins Gefecht kamen. Meine Verluste waren wie folgt: Gefallen: ein Offizier, ein Mann.‹

George Thurston

Drei Begebenheiten im Leben eines Mannes

George Thurston war Oberleutnant und Adjutant im Stab von Oberst Brough, der eine Brigade in der Unionsarmee kommandierte. Oberst Brough hatte das Kommando nur vorübergehend, als der rangälteste Oberst, weil der Brigadegeneral schwer verwundet gewesen und auf Erholungsurlaub war. Leutnant Thurston war, glaube ich, beim Regiment von Oberst Brough, zu welchem er, zusammen mit seinem Chef, natürlich wieder zurückversetzt worden wäre, wenn er bis zur Genesung unseres Brigadekommandeurs gelebt hätte. Der Adjutant, dessen Stelle Thurston einnahm, war in der Schlacht gefallen. Thurstons Erscheinen in unserem Stab war der einzige Personalwechsel auf Grund des Wechsels der Kommandeure. Wir mochten ihn nicht, er war unkameradschaftlich. Dies wurde aber von anderen mehr bemerkt als von mir. Denn ob im Lager oder auf dem Marsch, in Baracken, Zelten oder im Biwak hielten mich meine Pflichten als Topograph fest wie ein Arbeitstier – ich war den ganzen Tag im Sattel und dann die halbe Nacht an meinem Zeichentisch, um das Resultat meiner Beobachtungen auf die Pläne zu übertragen. Es war eine gefährliche Sache. Je näher ich an die feindlichen Linien vordringen konnte, um so wertvoller wurden meine Feststellungen im Kampfgelände und die daraus entstehenden Karten. Es war eine Aufgabe, bei der Menschenleben gleich Null zählten im Vergleich zu der Chance, eine Straße bestimmen oder eine Brücke einzeichnen zu können. Mitunter mußten ganze Kavallerieschwadronen als Eskorte ausgeschickt werden, um auf einen starken Infanterievorposten loszubrausen, nur damit die kurze Zeit zwischen Angriff und unvermeidlichem Rückzug dazu benutzt werden konnte, eine Furt zu erkunden oder den Punkt festzuhalten, an dem zwei Straßen sich kreuzten.

In ein paar finsteren Winkeln von England und Wales haben sie einen uralten Brauch, die ›Grenzeinbleuung‹ der Kirchspiele. An einem bestimmten Tag bildet alljährlich die gesamte Einwohnerschaft eine Prozession und zieht an den Grenzen der Kirchsprengel von einer Landmarke zur anderen. An den wichtigsten Punkten werden die jungen Burschen tüchtig mit Ruten verprügelt, damit sie sich ihr ganzes späteres Leben an die betreffenden Plätze erinnern. Sie werden zu Autoritäten. Unsere häufigen Gefechte mit den Vorposten der Konföderierten, ihren Patrouillen und Spähtrupps hatten zufällig denselben erzieherischen Wert, sie befestigten in meinem Gedächtnis ein lebhaftes und unauslöschliches Bild der Lokalität, ein Bild, das an Stelle genauer Geländenotizen diente, die zu machen wahrhaftig nicht immer sehr gemütlich war, zwischen Karabinergeknatter, Säbelklirren und Hufgetrappel ringsum. Diese munteren Gefechte waren Erfahrungen, die sich in Rot einprägten.

Eines Morgens, als ich an der Spitze meiner Eskorte zu einer besonders gewagten Expedition aufbrach, kam Leutnant Thurston an meine Seite geritten und fragte, ob ich etwas gegen seine Begleitung einzuwenden hätte, zu der der kommandierende Oberst ihm die Erlaubnis erteilt hatte.

»Keineswegs«, antwortete ich ziemlich mürrisch, »aber als was wollen Sie mitkommen? Sie sind kein Topograph, und Rittmeister Burling kommandiert meine Eskorte.«

»Ich werde als Beobachter mitkommen«, sagte er. Er schnallte sein Säbelgehenk ab, zog die Pistolen aus den Halftern und händigte alles seinem Burschen ein, der es ins Brigadequartier zurückbrachte. Die Grobheit meiner Bemerkung war mir klar, da ich aber keine rechte Möglichkeit fand, mich zu entschuldigen, schwieg ich.

An diesem Nachmittag trafen wir auf ein ganzes Regiment feindlicher Kavallerie in Linienstellung und auf ein Feldgeschütz, das eine schnurgerade Meile der Landstraße beherrschte, auf der wir herangekommen waren. Meine Eskorte kämpfte in ausgezogener Front in den Waldungen zu beiden Seiten, Thurston aber blieb in der Mitte der Straße, die in Intervallen von wenigen Sekunden mit Feuerstößen von Granaten und Kartätschen bestrichen wurde, die im Vorüberzischen die Luft weithin zerrissen. Er hatte die Zügel auf den Hals seines Pferdes fallen lassen und saß kerzengerade mit verschränkten Armen im Sattel. Bald aber war er unten und sein Pferd in Stücke gerissen. Meinen Bleistift, mein Notizbuch und meine Aufgabe vergessend, beobachtete ich ihn vom Straßenrand aus, wie er sich von dem Kadaver löste und aufstand. In diesem Augenblick und nachdem die Kanone aufgehört hatte zu schießen, fegte ein stämmiger konföderierter Reiter auf einem feurigen Pferd mit gezücktem Säbel wie der Blitz die Straße daher. Thurston sah ihn kommen, richtete sich zu voller Größe auf und verschränkte wieder die Arme. Er war zu tapfer, um vor dem Säbel wegzulaufen, und meine unhöflichen Worte hatten ihn der Waffen beraubt. Er war nur Beobachter. Noch eine Sekunde, und er wäre wie eine Makrele in zwei Teile zerlegt worden, aber eine gesegnete Kugel streckte seinen Angreifer auf die staubige Straße nieder, so nah, daß die Vehemenz seines Ansturms den Körper noch bis zu Thurstons Füßen rollen ließ. Während ich an diesem Abend meine hastigen Notizen übertrug, fand ich Zeit, mir eine Entschuldigung auszudenken, von der ich glaube, daß sie die rohe, primitive Form des Eingeständnisses besaß, daß ich wie ein bösartiger Idiot geredet hätte.

Einige Wochen darauf unternahm unsere Armee einen Angriff auf den linken Flügel des Feindes. Die Attacke, die auf eine unbekannte Stellung und auf fremdem Boden gemacht wurde, war angeführt von unserer Brigade. Der Grund war so uneben und das Unterholz so dicht, daß sämtliche berittenen Offiziere und Mannschaften gezwungen waren, zu Fuß zu kämpfen, inbegriffen der Brigadekommandeur und sein Stab. In dem Durcheinander wurde Thurston von uns getrennt, und wir fanden ihn, schwer verwundet, erst, nachdem wir die letzte Defensive des Feindes überwunden hatten. Er war monatelang im Lazarett in Nashville, Tennessee, kam aber schließlich wieder zu uns zurück. Er sagte wenig über sein Mißgeschick, nur, daß er sich verirrt habe und in die feindlichen Linien geraten und niedergeschossen worden sei. Aber von einem der Leute, die ihn damals festgenommen hatten und den wir unsererseits dann gefangennahmen, erfuhren wir die Einzelheiten. »Er spazierte genau auf uns zu, wie wir da in der vordersten Linie lagen«, sagte der Soldat. »Unsere ganze Kompanie sprang augenblicklich auf, und wir zielten mit unseren Flinten auf seine Brust, manche berührten ihn schon beinah. ›Schmeiß den Säbel weg und ergib dich, du verdammter Yank!‹ schrien ein paar Korporale. Der Kerl sah die Reihe von Flintenläufen entlang, verschränkte die Arme über der Brust, wobei er aber noch den Säbel festhielt, und sagte ganz gemächlich: ›Das tu ich nicht.‹ Hätten wir alle geschossen, dann hätten wir ihn zu Brei gemacht. Manche von uns schossen eben nicht, zum Beispiel ich. Nichts hätte mich dazu bringen können.«

Wenn man dem Tod unbewegt ins Auge blickt und ihm jedes Zugeständnis verweigert, so hat man natürlich eine gute Meinung von sich selber. Ich weiß nicht, ob es dieses Gefühl war, was bei Thurston in sturem Verhalten und verschränkten Armen zum Ausdruck kam. In seiner Abwesenheit fand eines Tages im Kasino unser Quartiermeister, der ein unheilbarer Stotterer war, sobald er eine Kleinigkeit getrunken hatte, eine andere Erklärung dafür: »Ist b-b-bloß seine Art, eine angeb-b-borene N-n-neigung zum Reißaus-n-n-nehmen zu überwinden.«

»Was!« brach ich los und sprang empört auf, »wollen Sie damit andeuten, daß Thurston ein Feigling ist? Und in seiner Abwesenheit?«

»W-w-wenn er ein F-f-feigling w-w-wäre, w-w-würde er ja n-n-nicht v-v-versuchen, es zu überwinden. Und w-w-wenn er hier w-w-wäre, w-w-würde ich nicht w-w-wagen, d-d-darüber zu reden«, war die besänftigende Antwort.

Dieser unerschrockene Mensch, George Thurston, starb eines schmachvollen Todes. Die Brigade lag in Ruhestellung, die Zelte der Truppenführung waren in einem Gehölz riesiger Bäume aufgeschlagen. An einem hohen Ast eines dieser Bäume hatte ein waghalsiger Kletterer die beiden Enden eines hundert Fuß langen Seiles festgeknüpft und eine Schaukel hergestellt. Aus fünfzig Fuß Höhe heruntertauchen, den ganzen Bogen eines Kreises mit diesem Radius entlang- und ebenso wieder in die entsprechende Höhe hinauffliegen, dort einen atemlosen Moment lang einhalten, schwindlig wieder zurückfegen – keiner, der das nicht ausprobiert hat, kann sich die Schrecken von solchem Sport für einen Ungeübten vorstellen. Thurston kam eines Tages aus seinem Zelt heraus und bat um Aufklärung über das Geheimnis, die Schaukel in Schwung zu bringen, über die Kunst, sich zu strecken und in die Knie zu gehen, die jeder Bub beherrscht. Nach ein paar Augenblicken hatte er den Trick heraus, und schon schwang er sich höher, als die Geübtesten von uns je gewagt hatten. Es schauderte uns, seinen beängstigenden Flügen zuzusehen.

»H-h-haltet ihn an«, sagte der Quartiermeister, der langsam und lässig vom Kasinozelt, wo er zu Mittag gegessen hatte, herangeschlendert kam. »Er w-w-weiß nicht, daß d-d-die Schaukel aufhört zu schwingen, w-w-wenn er höher schaukelt als d-d-der H-h-halbkreis ist.«

Der kräftige Mensch schwang sich mit einer derartigen Energie durch die Luft, daß sein auf der Schaukel stehender Körper an jedem Wendepunkt des Bogens, der jedesmal zunahm, fast horizontal lag. Wenn er über die Höhe hinausgeriet, in der das Seil befestigt war, so war er verloren. Das Seil mußte dann schlaff werden, und er würde senkrecht fallen, genauso tief, wie er hinaufgekommen war, und dann würde die plötzliche Spannung ihm das Seil aus den Händen reißen. Alle erkannten die Gefahr, alle schrien ihm zu aufzuhören und machten ihm erregte Zeichen, sooft er, unkenntlich und mit einem Geräusch wie von einer sausenden Kanonenkugel, durch die tieferen Bereiche seines schrecklichen Pendelschwunges an uns vorbeischoß. Eine Frau, die ein Stückchen weiter entfernt stand, wurde ohnmächtig und sank unbeachtet zu Boden. Soldaten kamen aus dem Lager eines benachbarten Regiments herbeigerannt, um zuzusehen, und alle schrien.

Plötzlich, als Thurston gerade in seiner Aufwärtskurve war, verstummten die Schreie.

Die Schaukel und Thurston hatten sich voneinander getrennt – das ist alles, was man darüber weiß. Beide Hände zugleich hatten das Seil losgelassen. Der Schwung der leichten Schaukel erschöpfte sich, sie fiel zurück, der des Mannes aber trug ihn, aufrecht beinah, empor und vorwärts, nicht mehr in seinem bisherigen Bogen, sondern in einer noch weiter ausschwingenden Kurve. Es kann nur einen Augenblick gedauert haben, aber es schien wie eine Ewigkeit. Ich schrie oder glaubte zu schreien: »Mein Gott, hört er denn gar nicht mehr auf, höher zu fliegen?« Er kam dicht an einem Ast vorbei, und ich erinnere mich an ein Gefühl der Freude, weil ich meinte, er könnte danach greifen und sich retten. Ich überlegte die Möglichkeit, ob der Ast sein Gewicht tragen könnte. Er flog über ihn weg, und von meinem Platz aus gesehen zeichnete er sich scharf gegen den blauen Himmel ab. Nach all den vielen Jahren noch kann ich mir genau das Bild eines Menschen am Himmel ins Gedächtnis rufen, den Kopf erhoben, die Füße dicht beisammen, seine Hände – die Hände sehe ich nicht. Ganz jäh, mit erstaunlicher Plötzlichkeit und Schnelle, überschlägt er sich und fällt abwärts. Ein neuer Schrei kommt aus der Menge, die instinktiv nach vorn gerannt ist. Der Mann ist nur noch ein wirbelnder Gegenstand, hauptsächlich Beine. Dann erfolgt ein nicht wiederzugebendes Geräusch, das Geräusch eines Aufpralls, der den Erdboden erschüttert, und diesen Leuten, die vertraut sind mit dem Tod in seinen fürchterlichsten Formen, wird übel. Viele gehen schwankend von dem Platz hier weg, andere stützen sich gegen Baumstämme oder setzen sich auf die Wurzeln. Der Tod hat einen unfairen Vorteil errungen. Er hat mit einer unvertrauten Waffe zugeschlagen, er hat einen neuen, beunruhigenden Kunstgriff angewendet. Wir hatten nicht gewußt, daß er so entsetzliche Wirkungsmittel besaß, Möglichkeiten so grauenvollen Schrekkens.

Thurstons Leichnam lag auf dem Rücken. Ein Bein war über

dem Knie gebrochen, der Unterschenkel verbogen und in die Erde getrieben. Der Bauch war geplatzt, die Gedärme quollen heraus. Das Genick war gebrochen.
Die Arme waren fest über der Brust verschränkt.

Das berühmte Gilson-Vermächtnis

Es war hart für Gilson. So lautete das kurze, kühle, aber nicht ganz teilnahmslose Urteil des besseren Publikums von Mammon Hill, der Ausspruch der Respektabilität. Die Meinung der Opposition oder, besser, des opponierenden Elementes, desjenigen Elementes, das unruhig und mit entzündeten Augen um Moll Gurneys ›Bruchbude‹ herumlungerte, während die Respektabilität sich die Sache in Mr. Jo Bentleys prächtigem Bar-Saloon versüßte, kam so ziemlich zum gleichen Ergebnis, wenn es auch durch malerischere Ausschmückungen, die zu zitieren überflüssig ist, ein bißchen farbiger zum Ausdruck gebracht wurde. Im wesentlichen war Mammon Hill sich über den Fall Gilson einig. Und es muß zugegeben werden, daß es im lediglich irdischen Sinne um Mr. Gilson gar nicht gut stand. Er war diesen Morgen von Mr. Brentshaw ins Städtchen gebracht und öffentlich des Pferdediebstahls angeklagt worden, während sich der Sheriff unterdessen mit ›dem Baum‹ und einem neuen Strick aus Manilahanf beschäftigte. Und der Tischler Pete arbeitete zwischen seinen Schnäpsen emsig an einer Tannenholzkiste von der ungefähren Länge und Breite des Mr. Gilson. Nachdem die Gesellschaft ihren Urteilsspruch gefällt hatte, stand zwischen Gilson und der Ewigkeit nur noch, anstandshalber, die Formalität einer Gerichtsverhandlung.

Dies die kurze, einfache Geschichte des Häftlings: Er war eben noch Einwohner von New Jerusalem, an der nördlichen Gabelung des Little Stony, gewesen, war aber in die neu entdeckte, goldhaltige Gegend von Mammon Hill gekommen, noch kurz vor dem Ansturm, durch den New Jerusalem dann entvölkert wurde. Die Entdeckung der neuen Goldminen war Mr. Gilson gelegen gekommen, denn gerade kurz zuvor hatte ihm der Überwachungsausschuß von New Jerusalem angedeutet, daß es seine Aussichten im Leben – und überhaupt zu leben – verbessern würde, wenn er woandershin ginge. Und die Liste der Orte, an die zu gehen er wagen konnte, enthielt keines der älteren Schürfungslager. So ließ er sich natürlich in Mammon Hill nieder. Als ihm hierher schließlich seine sämtlichen Richter nachfolgten, stellte er sein Betragen mit beachtlicher Umsicht darauf ein; da man aber noch niemals gehört hatte, daß er auch nur einen Tag lang eine ehrliche Arbeit in irgendeinem der vom gestrengen lokalen Moralkodex sanktionierten Gewerbe verrichtet hatte, es sei denn, Poker zu spielen, blieb er weiter ein Gegenstand des Argwohns. Tatsächlich wurde vermutet, daß er der Urheber der vielen dreisten Plünderungen sei, die in letzter Zeit mit Pfanne und Bürste an den Behältern der Goldstaubwäscher verübt worden waren.

Führend unter jenen, bei denen dieser Verdacht zur unerschütterlichen Überzeugung gereift war, war Mr. Brentshaw. Zu allen gelegenen und ungelegenen Zeiten bekannte sich Mr. Brentshaw zu seinem festen Glauben an den Zusammenhang zwischen Mr. Gilson und diesen sündhaften mitternächtlichen Unternehmungen und auch zu seiner eigenen Entschlossenheit, den Sonnenstrahlen einen Weg durch den Körper eines jeden zu bereiten, der es etwa für angebracht hielte, eine andere Meinung zu äußern – was in seiner Gegenwart zu tun niemand sich sorgfältiger hütete als die friedliebende Persönlichkeit, die es am allermeisten anging. Was immer in dieser Sache die Wahrheit gewesen sein mag, so steht doch jedenfalls fest, daß Gilson an Jo Bentleys Spieltisch oft mehr ›goldenen Staub‹ verlor, als er gemäß der örtlichen Fama beim Pokern ehrlich gewonnen hatte, seitdem das Schürfungslager überhaupt existierte. Und endlich hatte Mr. Bentley, der vielleicht befürchtete, das profitablere Wohlwollen von Mr. Brentshaw einzubüßen, sich entschieden geweigert, Gilson seine Moneten verklingeln zu lassen, indem er zugleich in seiner geraden, offenen Art zu verstehen gab, daß das Privileg, bei ›dieser Bank‹ Geld verlieren zu dürfen, erstens einem nur zukam bei, zweitens logischerweise herrührte von und drittens verbunden war mit der Bedingung notorischer kommerzieller Rechtschaffenheit und guter gesellschaftlicher Reputation.

Mammon Hill fand es höchste Zeit, sich um eine Person zu

kümmern, der unter beachtlichem persönlichem Opfer einen Tadel zu erteilen der meistgeachtete Bürger für seine Pflicht gehalten hatte. Insbesondere das New-Jerusalem-Kontingent fing an, etwas von der Toleranz abzubauen, die erzeugt war vom Amüsement über den eigenen Mißgriff: daß sie einen fragwürdigen Mitmenschen aus dem Ort, den sie dann selber verließen, an den Ort verbannt hatten, in den sie nun gezogen waren. Ganz Mammon Hill war schließlich ein und derselben Meinung. Es wurde nicht viel darüber gesagt, aber ›es lag in der Luft‹, daß Gilson hängen mußte. In diesem kritischen Moment aber ließ er Zeichen eines veränderten Lebenswandels, wenn nicht gar eines veränderten Charakters erkennen. Vielleicht rührte es nur daher, daß er, da ihm ›die Bank‹ verschlossen war, für Goldstaub keine Verwendung mehr hatte – jedenfalls blieben die Behälter der Goldwäscher fortan und für alle Zeit unangetastet. Aber es war unmöglich, die überschüssigen Energien einer solchen Natur wie der seinigen zu unterdrücken, und er verfolgte, möglicherweise aus Gewohnheit, die krummen Wege weiter, die er zum Vorteil Mr. Bentleys eingeschlagen hatte. Nach ein paar versuchten und ergebnislos verlaufenen Unternehmungen auf dem Gebiet des Straßenraubs – falls man eine kleine Agentur zur Erhebung von Wegezoll überhaupt mit einem so rauhen Namen bezeichnen darf – machte er ein oder zwei bescheidene Versuche mit Pferdediebstahl, und es war mitten in einem vielversprechenden Experiment dieser Art und gerade, als er die Gezeit der Flut wahrgenommen hatte, um sein Schiffchen flottzumachen, daß er auf Grund lief. In einer nebelverschleierten Mondnacht nämlich holte Mr. Brentshaw eine Persönlichkeit ein, die offensichtlich diesen Landesteil soeben verlassen wollte, legte eine Hand auf den Halfter, der Mr. Gilsons Handgelenk mit Mr. Harpers brauner Stute verband, klopfte Mr. Gilson vertraulich mit dem Lauf eines Marinerevolvers auf die Wange und erbat sich das Vergnügen seiner Begleitung in die Richtung, die derjenigen, in welche er ritt, entgegengesetzt war.

Wirklich, es war hart für Gilson.
Am Morgen nach seiner Verhaftung wurde er vor Gericht gestellt, für schuldig befunden und verurteilt. Was seine irdische Laufbahn betrifft, bleibt nur noch zu berichten, daß er gehängt wurde, unter Vorbehalt ausführlicherer Darlegungen über seinen Letzten Willen, sein Testament, das er mit großer Sorgfalt im Gefängnis zustande brachte und in welchem er, wohl aus irgendeiner verworrenen und lückenhaften Vorstellung von den Rechten derer, die jemanden festnehmen, alles, was er besaß, seinem ›rechtmäsiken Exekuhter‹, Mr. Brentshaw, vermachte. Doch wurde an die Erbschaft für den Legatar die Bedingung geknüpft, daß er den Leichnam des Erblassers von ›dem Baum‹ herunternahm und ihn feierlich, ›nicht etwah wie 'nen Nigger, einbuddelte‹.
So wurde also Mr. Gilson – fast hätte ich gesagt ›aufgebaumelt‹, aber ich fürchte, es gibt schon ein bißchen zu viel derartige Ausdrücke in diesem knappen Tatsachenbericht, und außerdem läßt sich die Art und Weise, in der das Gesetz seinen Lauf nahm, auch viel akkurater mit derjenigen Wendung ausdrücken, die der Richter bei der Urteilsverkündung gebrauchte: Mr. Gilson wurde ›gehenkt‹.
Zum gegebenen Zeitpunkt begab sich Mr. Brentshaw, möglicherweise ein wenig gerührt über die offenbar etwas törichte Ehrenbezeigung des Testamentes, zu ›dem Baum‹, um die Frucht zu pflücken. Als der Leichnam heruntergenommen war, fand man in seiner Westentasche einen ordnungsgemäß bestätigten Zusatz zu dem bereits aufgesetzten Testament. Die darin enthaltenen Verfügungen machten die Art und Weise verständlich, in der dieser Zusatz zurückgehalten worden war, denn hätte Mr. Brentshaw früher von den Bedingungen erfahren, unter denen er die Erbschaft von Gilsons Besitz antreten sollte, so hätte er die Verantwortung sicher abgelehnt. Kurz zusammengefaßt war der Inhalt des Zusatzes folgender:
In Anbetracht dessen, daß gewisse Personen geltend gemacht hatten, der Erblasser habe zu mehreren Malen und an ver-

schiedenen Orten ihre Schürfbehälter beraubt, sollte, falls jemand während der dem Datum dieser Urkunde unmittelbar folgenden fünf Jahre den Wahrheitsbeweis für eine solche Beschuldigung vor einem Gerichtshof erbringen könnte, der Betreffende als Entschädigung die gesamte Sklavenschaft sowie Grund und Boden, die der verstorbene Testator besaß und hinterließ, abzüglich der Gerichtskosten und einer festzusetzenden Entschädigung für den Testamentsvollstrecker, Henry Clay Brentshaw, erhalten. Angenommen, daß mehr als eine Person den erwähnten Wahrheitsbeweis erbringen würde, sollte der Besitz zwischen oder unter diesen Personen gleichmäßig aufgeteilt werden. Sollte aber niemand imstande sein, des Erblassers Schuld dergestalt zu beweisen, so sollte der gesamte Besitz, abzüglich aller Gerichtsspesen, wie zuvor bereits gesagt, an den erwähnten Henry Clay Brentshaw gehen, zu dessen eigenem Gebrauch, wie kundgetan im Testament.

Die Syntax dieses bemerkenswerten Dokumentes war vielleicht kritisierbar, doch dies war jedenfalls sein hinreichend klarer Sinn. Die Orthographie gehörte keinem bekannten System an, da sie aber hauptsächlich phonetisch war, gab es keinerlei Ungewißheiten. Wie der bestallte Richter bemerkte, hätte man fünf Asse ziehen müssen, um das Testament anzufechten. Mr. Brentshaw lächelte aufgeräumt, und nachdem er die letzten traurigen Riten mit belustigendem Gepränge vollzogen hatte, ließ er sich ordnungsgemäß als Testamentsvollstrecker und konditionaler Erbe unter den Bestimmungen eines Gesetzes einschwören, das eiligst von einer witzigen Legislatur, dank der Bemühung eines Mitglieds vom Distrikt Mammon Hill, verabschiedet wurde, eines Gesetzes übrigens, von dem man später entdeckte, daß es auch drei oder vier lukrative Posten ins Leben rief und die Verausgabung einer beachtlichen Summe öffentlicher Gelder zum Bau einer bestimmten Eisenbahnbrücke ermöglichte, die vermutlich mit etwas mehr Nutzen auf der Strecke einer tatsächlich existierenden Eisenbahn hätte errichtet werden können.

Selbstverständlich erwartete Mr. Brentshaw weder Profit aus dem Testament noch Rechtsstreitigkeiten als Folge der ungewöhnlichen Vorkehrungen, denn wenn Gilson auch oft verschwenderisch mit Geld umging, so war er doch ein Mensch, bei dem Steuereinschätzer und Steuereinnehmer immer schon froh gewesen waren, wenigstens kein Geld einzubüßen. Aber eine beiläufige und nur der Form halber vorgenommene Nachforschung unter seinen Papieren förderte Eigentumsurkunden über wertvolle Besitztümer im Osten zutage sowie Bestätigungen von Guthaben in unglaublicher Höhe auf Banken, die weniger ernste Skrupel hatten als die ›Bank‹ des Mr. Jo Bentley.

Die erstaunlichen Neuigkeiten verbreiteten sich stracks und versetzten Mammon Hill in fieberhafte Erregung. Der ›Mammon Hill Patriot‹, dessen Herausgeber ein Spiritus rector bei den Maßnahmen gewesen war, die in Gilsons Abreise aus New Jerusalem gipfelten, veröffentlichte einen höchst würdigen Nachruf über den Verblichenen und war so liebenswürdig, die Aufmerksamkeit auf die Tatsache hinzulenken, daß sein ehrloser Kollege, der ›Squaw Gulch Clarion‹, die Tugend beleidige, indem er das Angedenken von jemandem, der bei Lebzeiten diese minderwertige Zeitung als etwas Gemeinschädliches von seiner Schwelle gewiesen hatte, mit Schmeichelei begeifere. Von der Presse jedenfalls nicht abgeschreckt, waren diejenigen, die Ansprüche wegen des Testamentes erhoben, nicht faul, mit ihren Beweisen zu erscheinen, und so riesig der Gilson-Besitz auch war, erschien er auffallend armselig, verglichen mit der ungeheuren Zahl der Schürfbehälter, aus denen er, den Behauptungen gemäß, gewonnen worden war. Das Land erhob sich wie ein Mann.

Mr. Brentshaw zeigte sich den Umständen gewachsen. Unter schlauer Ausnutzung der Anspruchslosigkeit unzulänglicher Steinmetzen errichtete er augenblicklich über den Gebeinen seines Wohltäters ein kostbares Monument, das alle rohen Holzkreuze auf dem Friedhof überragte, und veranlaßte einsichtsvollerweise, daß ein Epitaph seiner eigenen Erfindung

darauf eingemeißelt wurde, in welchem Rechtschaffenheit, Gemeinschaftssinn und ähnliche Tugenden desjenigen gepriesen wurden, der darunter schlummerte, ›ein Opfer der ehrenrührigen Schmähungen verleumderischer Vipernbrut‹.
Zudem engagierte er den besten Juristen der ganzen Gegend, um das Andenken seines dahingegangenen Freundes zu verteidigen, und fünf lange Jahre hindurch waren die territorialen Gerichtshöfe mit Prozessen beschäftigt, die aus dem Gilson-Testament erwuchsen. Um forensische Spitzfindigkeiten zu verfeinern, setzte Mr. Brentshaw Spitzfindigkeiten dagegen, die forensisch noch verfeinerter waren. In der Bemühung um käufliche Gefälligkeiten bot er Preise, die den Markt vollständig in Unordnung brachten. Die Richter fanden in seinem gastfreien Haus eine Bewirtung für Mensch und Reittiere, wie es sie bisher noch niemals in dem Territorium gegeben hatte. Er konfrontierte lügenhafte Zeugen mit Zeugen überlegener Lügenhaftigkeit.
Auch blieb die Schlacht nicht beschränkt auf den Tempel der Göttin mit den verbundenen Augen, sondern sie brach ein in Presse, Kanzel, Wohngemach, sie wütete auf Markt und Börse, in der Schule, in Bergschluchten und an Straßenecken. Und am letzten Tag der gedenkenswerten Zeitspanne, auf welche die rechtsgültigen Aktionen, laut letztwilliger Gilson-Verfügung, beschränkt waren, sank die Sonne über einer Region, in welcher der Sinn für Moral tot, das soziale Gewissen verhärtet, die intellektuellen Fähigkeiten verkrüppelt, geschwächt und verwirrt waren. Aber Mr. Brentshaw war siegreich auf der ganzen Linie.
In der gleichen Nacht geschah es zufällig, daß der Friedhof an der Ecke, in der die nun so verehrten Reste des entschlafenen Milton Gilson, Hochwohlgeboren, ruhten, teilweise unter Wasser stand. Von unaufhörlichem Regen angeschwollen, hatte der Car Creek seine zornige Flut über die Ufer gespien, die überall, wo der Erdboden Gräber enthielt, garstige Löcher ausgehöhlt hatte, dann teilweise abgelaufen war, als ob sie sich wegen des Sakrilegs schämte, und nun vieles entblößt

zurückließ, was fromm verborgen gewesen war. Sogar das berühmte Gilson-Monument, der Stolz und die Glorie von Mammon Hill, war nicht länger mehr ein aufrecht stehender Vorwurf für die ›Vipernbrut‹: den verzehrenden Wassern weichend, war es längelang zu Boden gesunken. Die dämonische Flut hatte den armseligen, zerfallenen Tannenholzsarg ausgegraben, der jetzt halb preisgegeben dalag, in kläglichem Kontrast zu dem pompösen Monolithen, der, wie ein riesenhaftes Denkmal der Bewunderung, der Entblößung einen besonderen Nachdruck gab.

Zu diesem deprimierenden Platz, von irgendeiner sanften Gewalt gezogen, der er nicht zu widerstehen und die er nicht zu analysieren versuchte, kam Mr. Brentshaw. Ein veränderter Mann war Mr. Brentshaw. Fünf Jahre der Mühsal, Angst und Schlaflosigkeit hatten seine schwarzen Locken mit Streifen und Flecken von Grau durchmischt, seine vornehme Gestalt gebeugt, sein Gesicht scharf und spitz gemacht und seinen Gang zu einem zittrigen Schlurfen entstellt. Und nicht weniger hatte sich dieses Lustrum wilder Streiterei auf sein Gemüt und seinen Geist ausgewirkt. Der leichtherzige Humor, mit dem er bereitwillig das Vertrauen des toten Mannes akzeptiert hatte, war einer chronischen Neigung zur Melancholie gewichen. Der scharfe, lebhafte Intellekt war zur geistigen Armut einer zweiten Kindheit aufgeweicht. Sein ganzer Verstand bot nur noch Raum für einen einzigen Gedanken, und an Stelle der gelassenen, zynischen Skepsis früherer Tage war er nun von einem quälenden Glauben an das Übernatürliche besessen, der seine Seele umflatterte und umschwirrte, schattenhaft, fledermausartig, ein Vorbote von Geisteskrankheit. Unsicher in allen anderen Dingen, hielt sein Verstand mit der Hartnäckigkeit eines zerstörten Intellekts an einer einzigen Überzeugung fest: an der unerschütterlichen Gewißheit von der vollkommenen Unschuld des toten Gilson. Er hatte das so oft vor Gericht beschworen und in privaten Unterredungen verfochten, hatte es so häufig und so erfolgreich durch Zeugenaussagen, die ihn teuer genug zu stehen kamen, bekräftigt – und an diesem selben Tage hatte er auch den letzten noch übrigen Dollar aus dem Gilson-Besitz an Mr. Jo Bentley gezahlt, den letzten Zeugen für den guten Charakter Gilsons –, daß das für ihn zu einer Art religiösen Glaubens geworden war. Es schien ihm die eine große, zentrale und grundlegende Lebenswahrheit, die einzige lichte Wahrheit in einer Welt der Lügen.

In dieser Nacht, als er sich schwermütig auf dem umgestürzten Monument niederließ und im schwachen Mondlicht die Grabschrift zu entziffern versuchte, die er fünf Jahre zuvor mit heimlichem Kichern – woran er sich übrigens nicht erinnerte – entworfen hatte, kamen ihm die Tränen der Reue in die Augen, da er daran dachte, daß er den hauptsächlichen Anlaß zum Tode dieses guten Menschen geliefert hatte, indem er falsche Anklage gegen ihn erhob. Denn während irgendeines der gerichtlichen Verfahren war Mr. Harper aufgestanden und hatte gegen ein Entgelt – jetzt ebenfalls vergessen – beschworen, daß der Verstorbene bei der kleinen Transaktion mit der braunen Stute in strikter Übereinstimmung mit den Harperschen Wünschen gehandelt habe, die dem Verstorbenen im geheimen mitgeteilt worden seien und die er auf Kosten seines Lebens getreulich für sich behalten habe. Alles, was Mr. Brentshaw seither für das Andenken des Toten getan hatte, schien jämmerlich unzulänglich, höchst schäbig, armselig und durch Eigensucht entwertet!

Als er dort so saß und sich mit nutzloser Reue abquälte, fiel ein schwacher Schatten auf sein Gesicht. Er schaute zum tief im Westen stehenden Mond und bemerkte etwas, was wie eine undeutliche, verschwommene Wolke aussah, die ihn verdunkelte. Als es sich aber bewegte, so daß die Mondstrahlen es seitlich beleuchteten, erkannte er den klaren, scharfen Umriß einer menschlichen Gestalt. Die Erscheinung wurde jetzt deutlicher und wuchs sichtlich, sie näherte sich. So verwirrt seine Sinne waren, halb betäubt vor Schreck und überwältigt von gräßlichen Vorstellungen, konnte Mr. Brentshaw dennoch nicht umhin, in dieser unheimlichen Gestalt eine merkwürdige Ähnlichkeit mit dem sterblichen Teil des seligen Milton zu erkennen oder doch wenigstens zu meinen, daß er sie erkenne, so, wie Milton Gilsons Person ausgesehen hatte, als sie vor fünf Jahren von ›dem Baum‹ abgenommen wurde. Die Übereinstimmung war in der Tat vollkommen, sogar bis zu den vorquellenden, versteinerten Augen und einem gewissen dunklen Ring um den Hals. Die Gestalt war ohne Mantel und Hut, genau wie Gilson, als er in seinen armseligen, billigen Sarg von den nicht unsanften Händen des Tischlers Pete gelegt wurde, dem inzwischen schon längst irgend jemand denselben menschlichen Dienst erwiesen hatte. Das Gespenst, falls es sich um ein solches handelte, schien etwas in der Hand zu halten, was Mr. Brentshaw nicht recht erkennen konnte. Es kam näher und hielt schließlich neben dem Sarg inne, der die Gebeine des seligen Mr. Gilson enthielt und dessen Deckel verschoben war und das ungewisse Innere halb enthüllte. Indem es sich darüber beugte, schien das Phantom aus einer Schale irgend etwas Dunkles von zweifelhafter Konsistenz hineinzuschütten und glitt dann verstohlen in den am tiefsten gelegenen Teil des Friedhofs zurück. Dort hatte die zurückweichende Flut eine Anzahl offener Särge hingeschwemmt, zwischen denen sie mit tiefem Glucksen und leisem Murmeln herumplätscherte. Die Erscheinung beugte sich tief über einen dieser Särge und füllte den Inhalt sorgsam in ihre Schale, kehrte dann zu ihrem eigenen Sarg zurück und leerte das Gefäß genau wie zuvor über diesem aus. Die mysteriöse Handlung wurde bei jedem der bloßgelegten Särge wiederholt, wobei das Gespenst manchmal die gefüllte Schale ins fließende Wasser hielt und sie vorsichtig hin und her schwenkte, um sie von dem verunreinigenden Lehm zu befreien, und dann jedesmal den Rückstand darin in seinem eigenen Privatbehälter hortete. Kurzum, der unsterbliche Teil des seligen Milton Gilson reinigte den Staub seiner Friedhofsnachbarn und fügte denselben sorgsam seinem eigenen hinzu.

Vielleicht war es die Phantasmagorie eines gestörten Geistes in einem fieberhaft erregten Organismus. Vielleicht war es ein feierlich wirkender Schabernack, in Szene gesetzt von übermütigen Existenzen, die die an der Grenze zu einer anderen Welt ruhenden Schatten bedrängen. Gott weiß es. Uns ist lediglich zu wissen gestattet, daß, als die Sonne des nächsten Tages mit goldener Zier den verwüsteten Friedhof von Mammon Hill berührte, ihr sanftester Strahl auf das stille weiße Gesicht Henry Brentshaws fiel, eines Toten unter Toten.

Eine Totenwache

In einem der oberen Zimmer eines unbewohnten Hauses in dem Teil von San Franzisko, der als North Beach bekannt ist, lag unter einem Laken der Leichnam eines Mannes. Es war gegen die neunte Abendstunde, und das Zimmer war durch eine Kerze schwach erhellt. Obgleich warmes Wetter herrschte, waren die beiden Fenster entgegen dem Brauch, den Toten viel Luft zu gewähren, geschlossen und die Jalousien heruntergezogen. Die Einrichtung des Zimmers bestand aus nur drei Möbelstücken: einem Lehnstuhl, einem kleinen Lesepult mit der Kerze darauf und einem langen Küchentisch, auf dem der Leichnam des Mannes lag. Dies alles, wie auch der Leichnam, schien erst vor kurzem hereingebracht worden zu sein, denn ein Beobachter – wäre einer dagewesen – hätte gesehen, daß diese Dinge von Staub frei waren, während alles übrige im Raum reichlich damit bedeckt war, und in den vier Zimmerecken gab es auch Spinnweben.

Unter dem Leintuch konnte man die Umrisse des Körpers erkennen, sogar die Gesichtszüge, welche jene unnatürlich scharfe Ausgeprägtheit hatten, die zum Antlitz eines Toten zu gehören scheint, die aber wirklich charakteristisch nur für diejenigen ist, die an einem zehrenden Leiden zugrunde gegangen sind. Aus der Stille des Raumes hätte man mit Recht geschlossen, daß er nicht an der Vorderfront des Hauses, nicht zu einer Straße hin lag. Tatsächlich blickten auch die Fenster nur auf eine hohe Felswand, da die Rückfront des Gebäudes gegen einen Berg gesetzt war.

Als die Glocke einer nahegelegenen Kirche neun Uhr schlug, mit einer Indolenz, in der so viel Gleichgültigkeit gegen das Fliehen der Zeit lag, daß man sich verwundert fragen mußte, warum sie sich überhaupt die Mühe machte zu schlagen, öffnete sich die Zimmertür, ein Mann kam herein und ging zu dem Leichnam hin. Während er dies tat, schloß sich die Tür, offenbar von selber. Es gab ein knirschendes Geräusch, wie von einem Schlüssel, der sich schwer umdrehen läßt, und dann das Schnappen des einrastenden Türschlosses. Draußen im Korridor verhallten Schritte, die sich entfernten, und der Mann war allem Anschein nach ein Gefangener. Einen Moment stand er vor dem Tisch und sah auf die Leiche hinab, dann ging er mit leichtem Achselzucken zu einem der Fenster und zog die Jalousie hoch. Draußen herrschte vollkommene Finsternis, und die Scheiben waren bedeckt von Staub; als er ihn aber wegwischte, konnte er sehen, daß das Fenster mit starken Eisenstäben vergittert war, die das Glas in Abständen von wenigen Zoll überkreuzten und auf beiden Seiten ins Mauerwerk eingelassen waren. Er untersuchte das andere Fenster: es war genauso. Er zeigte kein besonderes Interesse für diese Angelegenheit, nicht einmal so viel, daß er das Fenster öffnete. Wenn er ein Gefangener war, so war er jedenfalls ein fügsamer. Nachdem er die Untersuchung des Raumes beendet hatte, ließ er sich im Lehnstuhl nieder, nahm ein Buch aus der Tasche, zog das Pult mit der Kerze näher und begann zu lesen.

Der Mann war jung, nicht älter als dreißig Jahre, von dunklem Teint, bartlos, und hatte braunes Haar. Sein Gesicht war schmal, mit scharfer Nase und breiter Stirn; Kinn und Kieferpartie waren stark ausgeprägt; was diejenigen, bei denen es auch so ist, für Zeichen von Energie ansehen. Die grauen Augen waren ruhig und immer fest auf ein ganz bestimmtes Ziel gerichtet. Jetzt blickten sie meistens in das Buch, gelegentlich aber wandte er sie dem Körper auf dem Tisch zu, doch offensichtlich weder aus irgendeiner düsteren Faszination, die unter solchen Umständen sogar einen couragierten Menschen hätte befallen, noch in bewußter Auflehnung gegen ein entgegengesetztes Empfinden, das einen furchtsamen Menschen hätte beherrschen können. Er sah ihn an, als ob er beim Lesen auf etwas gestoßen wäre, was ihn an seine Umgebung erinnert hätte. Sicher ließ dieser Totenwächter seine Überlegenheit mit Intelligenz und Haltung walten, wie es seiner wohl würdig war.

Nachdem er etwa eine halbe Stunde gelesen hatte, schien er

ans Ende eines Kapitels gekommen zu sein und legte das Buch ruhig beiseite. Dann stand er auf, nahm das Pult vom Boden, trug es in eine Zimmerecke in die Nähe eines der beiden Fenster, ergriff die Kerze und kehrte zu dem Platz am leeren Kamin zurück, vor dem er gesessen hatte.

Einen Augenblick darauf ging er zu dem Leichnam am Tisch hinüber, hob das Laken und zog es vom Kopf weg, wobei er eine Masse von dunklem Haar aufdeckte, sowie ein dünnes Tuch, unter dem die Gesichtszüge sich mit noch deutlicherer Schärfe zeigten als zuvor. Während er die Augen beschattete, indem er seine freie Hand zwischen sich und die Kerze hielt, die ihn blendete, stand er und sah mit ernstem und gelassenem Blick auf seinen reglosen Gefährten. Befriedigt von dieser Inspektion, zog er das Leintuch wieder über das Gesicht, kehrte zu seinem Stuhl zurück und entnahm dem Kerzenständer ein paar Streichhölzer, steckte sie in die Jackentasche und setzte sich nieder. Dann nahm er die Kerze aus dem Halter und betrachtete sie kritisch, als berechnete er, wie lange sie noch reichen könnte. Sie war gerade noch zwei Zoll lang, und in einer Stunde würde er im Finstern sein. Er steckte sie in den Halter zurück und blies sie aus.

II

In einem ärztlichen Sprechzimmer in der Kearny Street saßen drei Männer um einen Tisch, tranken Punsch und rauchten. Es war spätabends, beinahe schon Mitternacht, und an Punsch hatte es keinen Mangel gegeben. Doktor Helberson, der älteste der drei, war der Gastgeber, und sie befanden sich in seinen Räumen. Er war etwa dreißig Jahre alt, die beiden anderen waren sogar noch jünger, und alle drei waren Mediziner.

»Die abergläubische Furcht der Lebenden vor den Toten«, sagte Doktor Helberson, »ist ererbt und unheilbar. Keiner braucht sich ihrer zu schämen, genauso wenig wie beispielsweise der Tatsache, daß er eine Unbegabtheit für Mathematik geerbt hat oder eine Neigung zum Lügen.«

Die anderen lachten. »Soll sich ein Mensch denn nicht schämen, ein Lügner zu sein?« fragte der Jüngste von den dreien, der eigentlich noch Medizinstudent war und noch keinen akademischen Grad hatte.

»Mein lieber Harper, davon habe ich nichts gesagt. Die Neigung zum Lügen ist eine Sache für sich, Lügen eine andere.«

»Aber halten Sie denn dieses abergläubische Gefühl«, sagte der dritte, »diese Furcht vor den Toten, so unvernünftig sie unseres Wissens ist, für ganz allgemein? Ich persönlich bin mir ihrer nicht bewußt.«

»Ach, sie steckt aber in Ihnen drin«, erwiderte Helberson. »Es bedarf nur der richtigen Bedingungen – dessen, was Shakespeare das begünstigende Klima nennt, damit sie sich auf eine recht unangenehme Art zeigt, die Ihnen dann die Augen öffnet. Natürlich sind Mediziner und Soldaten viel eher fast frei davon als andere Leute.«

»Mediziner und Soldaten – warum fügen Sie nicht hinzu: Henker und Scharfrichter? Sagen wir: alles in allem die Kategorie der Mörder.«

»Nein, mein lieber Mentcher. Die Geschworenen lassen die öffentlichen Strafvollstrecker nicht zu genügender Vertrautheit mit dem Tod kommen, um gänzlich unberührt von ihm zu sein.«

Der junge Harper, der sich an einem Seitentischchen mit einer neuen Zigarre bedient hatte, setzte sich wieder auf seinen Platz. »Was würden Sie denn als diejenigen Bedingungen betrachten, unter denen ein vom Weibe geborener Mensch sich in unerträglicher Weise seines individuellen Anteils an unserer allgemeinen Schwäche in dieser Hinsicht bewußt würde?« fragte er etwas weitschweifig.

»Nun, ich würde sagen: wenn ein Mann die ganze Nacht über mit einer Leiche eingesperrt wäre, allein, in einem finsteren Raum eines leerstehenden Hauses, ohne Bettdecken, die er sich über den Kopf ziehen könnte, und das durchhielte, ohne im geringsten überzuschnappen – dann könnte er sich wohl rühmen, weder vom Weibe auf normale Weise geboren noch auch durch einen Kaiserschnitt – wie Macduff – zur Welt gekommen zu sein.«

»Ich dachte schon, Sie würden gar nicht mehr damit aufhören, die Bedingungen zu häufen«, sagte Harper. »Aber ich kenne einen Mann, der weder Mediziner noch Soldat ist und der sie alle akzeptieren wird – darauf wette ich, was Sie wollen.«

»Wer ist denn das?«

»Er heißt Jarette – ein Zugewanderter hier in Kalifornien, kommt aus der gleichen Stadt in New York wie ich. Ich habe nicht das Geld, um auf ihn zu wetten, aber das wird er selber reichlichst besorgen.«

»Woher wissen Sie das?«

»Weil er lieber wetten als essen würde. Und was die Furcht angeht, so wage ich zu behaupten, daß er sie für eine Art Hautkrankheit hält oder möglicherweise auch für eine besondere Sorte religiöser Irrlehre.«

»Wie sieht er aus?« Helberson wurde offensichtlich interessierter.

»Genau wie Mentcher – könnte sein Zwillingsbruder sein.«

»Ich nehme die Wette an«, sagte Helberson bereitwillig.

»Denke, daß ich Ihnen für das Kompliment schrecklich verpflichtet bin«, gähnte Mentcher, der immer müder wurde. »Kann ich da nicht auch mitmachen?«

»Nicht gegen mich«, sagte Helberson, »nicht Ihr Geld will ich.«

»Schön«, sagte Mentcher, »dann werde ich eben die Leiche spielen.«

Die anderen lachten.

Das Ergebnis dieses verrückten Gespräches haben wir bereits gesehen.

III

Bei der Schonung seiner mageren Kerzenration war es Mr. Jarettes Absicht, sie für einen unvorhergesehenen Bedarfsfall aufzusparen. Auch mochte er gedacht oder doch halbwegs ge-

dacht haben, daß die Finsternis zur einen Zeit nicht schlimmer sein würde als zu einer anderen und daß es, falls die Situation unerträglich würde, besser wäre, die Möglichkeit zu haben, sie zu erleichtern, oder sogar, sich aus ihr zu befreien. Auf alle Fälle war es klug, eine kleine Lichtreserve zu haben, auch wenn sie nur dazu taugte, daß er auf seine Uhr sehen konnte.
Kaum hatte er die Kerze ausgeblasen und sie neben sich auf den Fußboden gestellt, als er sich auch schon bequem in seinem Sessel zurechtsetzte, sich zurücklehnte und die Augen schloß, in der Hoffnung und Erwartung einzuschlafen. Hierin wurde er enttäuscht. Nie in seinem Leben hatte er sich weniger schläfrig gefühlt, und nach ein paar Minuten gab er den Versuch auf. Was aber sollte er anfangen? Er konnte doch nicht in vollkommener Finsternis herumtappen, auf das Risiko hin, sich irgendwo zu stoßen, auf das Risiko auch, gegen den Tisch zu stolpern und den Toten grob zu stören. Wir alle erkennen ihr Recht an, in Frieden zu ruhen, geschützt vor allem, was roh und gewalttätig ist. Jarette hatte beinahe Erfolg damit, sich einzureden, daß Überlegungen dieser Art ihn davon zurückhielten, die Kollision zu riskieren, und ihn an seinen Sessel festnagelten.
Während er über diese Angelegenheit nachdachte, bildete er sich ein, aus der Richtung des Tisches ein schwaches Geräusch zu hören – welche Art von Geräusch, hätte er schwerlich erklären können. Er wandte den Kopf nicht um. Warum sollte er auch – in dieser Dunkelheit? Aber er horchte – warum sollte er auch nicht? Und horchend wurde er schwindlig und packte die Armlehnen des Sessels, um sich zu stützen. In seinen Ohren summte ein befremdliches Klingen, sein Kopf schien zu bersten, seine Brust war bedrängt von der Beengung seiner Kleider. Er fragte sich, woher das komme und ob es Symptome der Angst seien. Plötzlich schien seine Brust unter seinem langen, heftigen Ausatmen zusammenzufallen, und mit dem mächtigen, schweren Einatmen, mit dem sich seine erschöpften Lungen wieder füllten, verließ ihn das Schwindelgefühl, und er merkte, daß er dermaßen angestrengt

gehorcht hatte, daß er den Atem fast bis zum Ersticken anhielt. Diese Erkenntnis war ihm verdrießlich. Er stand auf, stieß den Stuhl mit dem Fuß beiseite und strebte mit langen Schritten zur Mitte des Zimmers. Aber in der Dunkelheit kommt man auf diese Art nicht sehr weit. Er begann umherzutasten, und als er die Wand gefunden hatte, verfolgte er sie bis zur Zimmerecke, machte eine Wendung, folgte ihr an den beiden Fenstern vorbei, und da, in der nächsten Zimmerecke, stieß er heftig gegen das Lesepult und warf es um. Das Klappern erschreckte ihn. Er war ärgerlich. »Verdammt, wie konnte ich denn vergessen, wo es steht?« brummte er und ertastete sich die dritte Wand entlang den Weg zum Kamin. »Ich muß die Sachen wieder in Ordnung bringen«, sagte Mr. Jarette und tastete am Boden nach der Kerze.

Nachdem er sie gefunden hatte, zündete er sie an und richtete den Blick sofort auf den Tisch, wo sich natürlich nicht das mindeste verändert hatte. Das Lesepult lag irgendwo am Boden, er hatte vergessen, daß er es ›in Ordnung bringen‹ wollte. Er sah sich im ganzen Raum um, dessen tiefere Schatten er durch die Bewegungen mit der Kerze zerstreute, und schließlich versuchte er, nachdem er zur Tür hinübergegangen war, sie zu öffnen, indem er mit aller Kraft an dem Griff drehte und zog. Der aber gab nicht nach, was ihm eine gewisse Befriedigung zu gewähren schien. Tatsächlich sicherte er ihn noch zusätzlich durch einen Riegel, den er zuvor nicht bemerkt hatte. Zu seinem Stuhl zurückgekehrt, schaute er auf die Uhr – es war halb zehn. Mit erschreckter Verwunderung hielt er die Uhr ans Ohr. Sie stand keineswegs. Die Kerze war jetzt deutlich kürzer. Wieder löschte er sie und stellte sie wie vorher neben sich auf den Boden.

Mr. Jarette war es nicht behaglich zumute, er war durchaus unzufrieden mit seiner Umgebung und mit sich selbst darüber, daß er das war. ›Was habe ich denn zu fürchten?‹ dachte er. ›Das ist lächerlich und unwürdig. Ich werde doch kein solcher Narr sein?‹ Aber Mut kommt weder, wenn man sagt: ›Ich will mutig sein‹, noch weil man ihn der Gelegenheit angemessen findet. Je mehr Jarette sich selber mißbilligte, um so mehr Grund gab er sich zur Mißbilligung. Je größer die Anzahl der Varianten wurde, die er sich über das Thema von der Harmlosigkeit der Toten vorspielte, um so schlimmer wurde der Mißklang seiner Empfindungen. »Was?« rief er ganz laut in seiner Seelenqual, »soll ich, der keinen Schatten von Aberglauben im Herzen hat, ich, der nicht an die Unsterblichkeit glaubt und der weiß, und zwar noch niemals bestimmter als gerade jetzt, daß das Leben nach dem Tode ein Wunschtraum ist – soll ich etwa meine Wette verlieren und meine Ehre und meine Selbstachtung, womöglich meinen Verstand, weil irgendwelche barbarische Vorfahren, die in Höhlen und Erdlöchern lebten, die monströse Idee ausgeheckt haben, daß die Toten bei Nacht herumwandeln, daß –.« Deutlich und unverkennbar hörte Mr. Jarette hinter sich ein leichtes, weiches Geräusch von Schritten, behutsam, gleichmäßig, näher und näher kommend.

IV

Kurz vor Anbruch des nächsten Morgens fuhren Doktor Helberson und sein junger Freund Harper in dem Coupé des Arztes durch die Straßen von North Beach.

»Haben Sie immer noch das Vertrauen der Jugend zur Courage oder Stumpfheit Ihres Freundes?« fragte der Ältere. »Glauben Sie, daß ich die Wette verloren habe?«

»Das weiß ich sogar«, erwiderte der andere mit entwaffnender Emphase.

»Na, jedenfalls hoffe ich es zu Gott.«

Das wurde inbrünstig gesagt, beinahe feierlich. Ein paar Sekunden herrschte Schweigen.

»Harper«, begann der Doktor wieder und schaute sehr ernst in das vorübergleitende Halblicht, das jedesmal in den Wagen fiel, wenn sie eine Straßenlaterne passierten, »mir ist ganz und gar nicht wohl bei dieser Sache. Wenn Ihr Freund mich nicht gereizt hätte durch die verächtliche Art, mit der er mei-

nen Zweifel an seiner Standhaftigkeit abtat – die ja eine rein physische Eigenschaft ist –, und durch die zynische Roheit seines Vorschlags, daß es der Leichnam eines Arztes sein solle, dann hätte ich die Sache nicht länger mitgemacht. Wenn irgend etwas passiert sein sollte, dann sind wir so ruiniert, wie ich fürchte, daß wir es eigentlich auch verdienen.«
»Was kann denn passieren? Selbst wenn die Sache eine ernsthafte Wendung nehmen sollte, was ich nicht im geringsten befürchte, so braucht Mentcher doch weiter nichts zu tun, als ›aufzuerstehen‹ und alles zu erklären. Mit einer echten Leiche aus dem Seziersaal oder mit einem Ihrer toten Patienten wäre es freilich etwas anderes gewesen.«
Also war Doktor Mentcher seinem Vorsatz treu geblieben: er war die ›Leiche‹.
Doktor Helberson schwieg lange, während der Wagen im Schneckentempo die gleiche Straße entlangschlich, die er schon zwei- oder dreimal durchfahren hatte. Jetzt sprach Helberson von neuem: »Also hoffen wir, daß Mentcher, falls er von den Toten hat auferstehen müssen, sich taktvoll benommen hat. Ein Fehler dabei würde die Dinge schlimmer statt besser machen.«
»Ja«, sagte Harper, »Jarette würde ihn umbringen. Aber, Doktor –«, er sah auf seine Uhr, als der Wagen wieder an einer Gaslaterne vorbeikam, »es ist schon beinahe vier Uhr.«
Einen Augenblick später hatten die beiden das Gefährt verlassen und gingen rasch auf das seit langem unbewohnte Haus zu, das dem Doktor gehörte und in dem sie Mr. Jarette gemäß den Bedingungen der verrückten Wette eingeschlossen hatten. Als sie sich dem Hause näherten, begegneten sie einem rennenden Mann. »Können Sie mir sagen«, rief er, sein Tempo plötzlich mäßigend, »wo ich einen Arzt finden kann?«
»Was ist los?« fragte Helberson zurückhaltend.
»Gehn Sie selber nachsehen«, rief der Mann und rannte davon.
Sie hasteten weiter. Am Hause angelangt, sahen sie mehrere Leute, die rasch und aufgeregt hineingingen; nebenan und

gegenüber lehnten sich Köpfe aus ein paar geöffneten Fenstern. Alle stellten Fragen, und keiner beachtete die Fragen der anderen. Hinter einigen Fenstern mit heruntergelassenen Jalousien brannte Licht, weil die Bewohner sich anzogen, um hinunterzugehen. Genau gegenüber der Haustür, zu der sie hinstrebten, warf eine Straßenlaterne gelbes, unzulängliches Licht über die Szene und schien zu sagen, daß sie ein gut Teil mehr enthüllen könnte, wenn sie nur wollte. Harper, der jetzt totenblaß war, blieb an der Türe stehen und legte die Hand auf den Arm seines Begleiters. »Mit uns ists aus, Doktor«, sagte er in hellster Aufregung, die seltsam zu seinen leichten burschikosen Worten kontrastierte, »das Spiel hat sich gegen uns gewendet. Lassen Sie uns lieber nicht reingehn, ich bin für Vorsicht.«

»Ich bin Arzt«, sagte Doktor Helberson ruhig, »vielleicht wird hier ein Arzt gebraucht.«

Sie gingen die Eingangsstufen hinauf und waren im Begriff einzutreten. Die Haustür stand offen, und eine Laterne der gegenüberliegenden Straßenseite beleuchtete den Flur, auf den die Tür führte. Er war voller Menschen. Einige von ihnen hatten die weiter rückwärts liegende Treppe erklommen und warteten, da sie keinen Einlaß bekamen, auf gut Glück. Alles redete durcheinander, und keiner hörte zu. Plötzlich entstand auf dem oberen Treppenabsatz heftige Bewegung; ein Mensch war aus einer der Türen gedrungen und durchbrach die Behinderung derer, die ihn zurückhalten wollten. Schon kam er mitten durch die Menge der erschreckten Müßiggänger herunter, puffte sie zur Seite, drückte sie hier platt gegen die Wand, zwang sie dort, sich ans Treppengeländer zu klammern, würgte sie an der Kehle, prügelte wild auf sie ein, schleuderte sie rücklings die Stufen hinunter und trat auf die am Boden Liegenden. Seine Kleider waren zerrissen, er war ohne Hut. In seinem wilden, unsteten Blick lag etwas, was noch erschreckender wirkte als seine anscheinend übermenschliche Körperkraft. Sein glattrasiertes Gesicht war blutleer, seine Haare waren schneeweiß.

Als die Menge, die am Fuß der Treppe mehr Platz hatte, zurückwich, um ihn durchzulassen, sprang Harper herzu. »Jarette! Jarette!« rief er.
Doktor Helberson faßte Harper am Kragen und zog ihn zurück. Der Mann blickte ihnen ins Gesicht, offenbar ohne sie zu sehen, und lief durch die Haustür, die Stufen hinunter, auf die Straße und davon. Ein stämmiger Polizist, der nur langsam vorangekommen war, als er sich die Treppe hinunterkämpfte, folgte ihm kurz darauf und begann die Jagd, und alle Leute in den Fenstern – jetzt nur noch Frauen und Kinder – wiesen ihm schreiend die Richtung.
Da die Menschen auf die Straße hinuntergelaufen waren, um Flucht und Verfolgung mitanzusehen, war die Treppe jetzt halbwegs frei, und so stieg Doktor Helberson, gefolgt von Harper, zu dem Treppenabsatz hinauf. An einer Tür des oberen Korridors verwehrte ein Beamter den Eintritt. »Wir sind Ärzte«, sagte der Doktor, und sie traten ein. Der Raum war voller Menschen, die nur undeutlich sichtbar waren und sich um einen Tisch drängten. Die Neugekommenen bahnten sich ihren Weg und blickten über die Schultern derer, die in der vordersten Reihe standen. Auf dem Tisch lag, die unteren Gliedmaßen mit einem Laken bedeckt, der Körper eines Mannes, hell beleuchtet vom Kegel einer Blendlaterne, die ein am Fußende stehender Polizist hielt. Die übrigen Personen, außer denen nahe am Kopfende, auch der Beamte, waren alle im Dunkeln. Das Gesicht der Leiche war gelb, abstoßend, scheußlich. Die Augen waren halb geöffnet und nach oben verdreht und das Kinn heruntergesunken, Spuren von Schaum besudelten die Lippen, das Kinn und die Wangen. Ein langer Mensch, offensichtlich ein Arzt, beugte sich über den Leichnam und hielt die Hand unter die Hemdbrust. Dann zog er sie heraus und steckte zwei Finger in den offenstehenden Mund. »Der Mann ist seit etwa sechs Stunden tot«, sagte er. »Das ist ein Fall für den Untersuchungsrichter.«
Er zog eine Karte aus der Tasche, händigte sie dem Beamten ein und ging auf die Tür zu.

»Räumen Sie das Zimmer! Alles raus!« rief der Beamte, und die Leiche verschwand, als wäre sie weggezaubert worden, da er die Blendlaterne bewegte und den Lichtkegel hier und dort auf die Gesichter in der Menge fallen ließ. Der Effekt war verblüffend. Die Menschen, geblendet, verwirrt, beinah erschreckt, stürzten in einem Tumult zur Tür, stießen und drängten sich und taumelten einer über den andern, indem sie, wie die Heerscharen der Finsternis vor den Lichtspeeren Apollos, entflohen. Über die sich sträubende, trampelnde Menge ließ der Beamte das Licht unaufhörlich ohne Erbarmen hin- und herzucken. Eingekeilt in den Strom, wurden Helberson und Harper mit aus dem Raum hinaus, die Treppe hinunter und bis auf die Straße geschwemmt.

»Allmächtiger Gott! Doktor, habe ich Ihnen nicht gesagt, daß Jarette ihn umbringen würde?« fragte Harper, sowie sie sich von der Menge entfernt hatten.

»Ich glaube, das haben Sie getan«, antwortete der andere, ohne sich offenbar über diese Äußerung zu wundern.

Sie gingen schweigend weiter, Straße um Straße. Gegen den erblassenden Osten zeichneten sich die Behausungen der Hügelbewohner als Silhouetten ab. Der vertraute Milchwagen war bereits munter in den Straßen unterwegs, bald würde der Bäckerjunge auf der Bildfläche erscheinen, der Zeitungsausträger war schon aus der Stadt draußen.

»Es kommt mir so vor, junger Mann«, sagte Helberson, »als ob Sie und ich unlängst zuviel von der Morgenluft abgekriegt hätten. Sie ist unbekömmlich. Wir brauchen eine Abwechslung. Was meinen Sie zu einer Europareise?«

»Wann?«

»Das ist mir ziemlich egal. Ich möchte annehmen, daß heute nachmittag vier Uhr früh genug wäre.«

»Wir treffen uns am Schiff«, sagte Harper.

V

Sieben Jahre danach saßen diese beiden Männer auf einer Bank am Madison Square, New York, in vertrautem Gespräch. Ein anderer Mann, der sie, von ihnen unbemerkt, eine Weile beobachtet hatte, ging jetzt auf sie zu und sagte, indem er höflich den Hut von seinen Locken zog, die weiß wie Schnee waren: »Ich bitte um Verzeihung, meine Herren, aber wenn man einen Menschen dadurch umgebracht hat, daß man selber zum Leben erwachte, so ist es am besten, man tauscht die Kleider mit ihm und macht bei der ersten Gelegenheit einen Ausbruchsversuch, um in Freiheit zu kommen.«

Helberson und Harper wechselten bedeutungsvolle Blicke. Sie waren anscheinend belustigt. Dann sah Helberson dem Fremden freundlich in die Augen und entgegnete:

»Das war schon immer mein Plan. Ich stimme völlig mit Ihnen überein hinsichtlich der Vorteile –«

Plötzlich hielt er inne, sprang auf und wurde totenbleich. Er starrte den Menschen offenen Mundes an und zitterte sichtlich.

»Oh«, sagte der Fremde, »ich sehe, Sie fühlen sich nicht wohl, Doktor? Wenn Sie sich nicht selber behandeln können, so bin ich sicher, daß Doktor Harper Ihnen helfen kann.«

»Wer, zum Teufel, sind Sie?« fragte Harper barsch.

Der Fremde trat näher, und während er sich zu ihnen beugte, sagte er flüsternd: »Manchmal nenne ich mich Jarette, aber aus alter Freundschaft will ich Ihnen verraten, daß ich Doktor William Mentcher bin.«

Diese Enthüllung brachte auch Harper auf die Füße. »Mentcher!« rief er, und Helberson fügte hinzu: »Bei Gott, es ist wahr!«

»Ja«, sagte der Fremde, unbestimmt lächelnd, »es ist gewiß wahr, kein Zweifel.«

Er zögerte und schien den Versuch zu machen, sich an etwas zu erinnern, begann aber dann, einen populären Schlager zu summen. Offenbar hatte er ihre Gegenwart vergessen.

»Hören Sie, Mentcher«, sagte der Ältere der beiden, »erzählen Sie uns genau, was in jener Nacht passiert ist – mit Jarette, Sie wissen doch!«
»Ach ja, das mit Jarette«, sagte der andere. »Ist doch komisch, daß ich unterlassen habe, es Ihnen zu erzählen – ich erzähle es doch so oft! Also sehn Sie – ich wußte, weil ich ihn laut mit sich selber reden hörte, daß er ganz hübsch Angst hatte. Da konnte ich der Versuchung nicht widerstehn, wieder lebendig zu werden und mir auf seine Kosten ein bißchen Spaß zu verschaffen – ich konnte einfach nicht anders. Und das gelang auch, obwohl ich bestimmt nicht dachte, daß er es so ernst nehmen würde, wahrhaftig, das hatte ich nicht gedacht. Und nachher – na ja, es war eine harte Aufgabe, die Rolle mit ihm zu tauschen, und dann – Gott verdamm euch! Ihr habt mich ja nicht rausgelassen.«
Nichts hätte die Grausamkeit überbieten können, mit der diese letzten Worte ausgestoßen wurden. Beide Männer schraken bestürzt zurück.
»Wir? Aber wieso – wieso denn –«, stammelte Helberson, völlig die Selbstbeherrschung verlierend, »wir hatten doch nichts damit zu tun!«
»Hab ich denn nicht gesagt, Sie wären die Ärzte Hellborn und Sharper?« erkundigte sich der Irre lachend.
»Mein Name ist Helberson, ja, und dieser Herr hier ist Mr. Harper«, antwortete der erstere, durch das Lachen Mentchers beruhigt. »Aber wir sind keine Ärzte mehr. Wir sind – na ja, zum Henker damit, lieber Freund – wir sind Spieler.«
Und das war die Wahrheit.
»Ein sehr guter Beruf, wirklich sehr gut. Übrigens – ich hoffe, Sharper hat Jarettes Geld ausbezahlt wie ein ehrlicher Bankhalter? Ein sehr guter, ehrenhafter Beruf«, wiederholte er nachdenklich, indem er sich zerstreut entfernte, »aber ich, ich bleibe bei meinem früheren. Ich bin Erster Offizial der medizinischen Oberbehörde im Bloomingdale-Irrenhaus. Ich habe das Amt, den Oberaufseher zu kurieren.«

Ist so etwas möglich?

Eine Todesdiagnose

»Ich bin nicht so abergläubisch wie mancher von euch Ärzten – Männern der Wissenschaft, wie ihr euch so gerne nennen hört«, sagte Hawver, indem er auf eine Beschuldigung entgegnete, die gar nicht erhoben worden war. »Ein paar von euch, wenige, das gebe ich zu, glauben an die Unsterblichkeit der Seele und an Erscheinungen, die ihr nicht ehrlich genug seid, Gespenster zu nennen. Ich aber gehe nicht weiter als bis zu der Überzeugung, daß die Lebenden manchmal dort zu sehen sind, wo sie nicht sind, wo sie aber einmal waren, wo sie so lange, vielleicht so intensiv gelebt haben, daß sie in allem, was sie umgab, ihren Eindruck hinterließen. Tatsächlich weiß ich, daß die Umgebung eines Menschen dermaßen von seiner Persönlichkeit behaftet sein kann, daß sie sein Abbild noch lange danach den Augen eines anderen verrät. Natürlich muß die beeindruckende Persönlichkeit die richtige Art Persönlichkeit sein, genau wie die wahrnehmenden Augen die richtige Art Augen sein müssen – meine, zum Beispiel.«

»Jawohl, die richtige Art Augen, um der verkehrten Art von Gehirn Sinneswahrnehmungen zu vermitteln«, sagte Dr. Frayley lächelnd.

»Besten Dank. Man sieht eine Voraussicht gern bestätigt. Das ist ungefähr die Antwort, die ich von Ihrer Höflichkeit erwartet habe.«

»Verzeihung. Aber Sie sagen, daß Sie wissen. Das ist eine kühne Behauptung, finden Sie das nicht selbst? Vielleicht machen Sie sich freundlicherweise die Mühe, zu verraten, wie Sie zu diesem Wissen gekommen sind?«

»Sie werden es eine Halluzination nennen«, sagte Hawver, »aber das macht nichts.« Und er erzählte die Geschichte.

»Letzten Sommer fuhr ich weg, wie Sie sich erinnern werden, um die heiße Jahreszeit in dem Städtchen Meridian zu verbringen. Der Verwandte, in dessen Haus ich hatte wohnen wollen, war krank, daher suchte ich nach einer anderen Unterkunft. Nach einigen Schwierigkeiten gelang es mir, ein freies Haus zu mieten, das einem exzentrischen Arzt namens Mannering gehörte, der schon seit Jahren weggezogen war – keiner wußte wohin, nicht einmal sein Verwalter. Er hatte das Haus selbst bauen lassen und es mit einem alten Diener etwa zehn Jahre lang bewohnt. Seine Praxis, die nie sehr groß gewesen war, hatte er nach ein paar Jahren schon wieder aufgegeben. Und nicht nur das – er hatte sich auch vom geselligen Leben gänzlich zurückgezogen und war zum Einsiedler geworden. Vom Kreisarzt, der so ungefähr der einzige Mensch gewesen war, zu dem er einige Verbindung aufrechterhalten hatte, hörte ich, daß er sich in seiner Zurückgezogenheit ausschließlich einem einzigen Studium gewidmet hatte, dessen Ergebnis er in einem Buch niederlegte. Dieses hatte aber den Beifall seiner Berufsgenossen nicht gefunden, die ihn vielmehr für geistig nicht ganz in Ordnung hielten. Ich habe das Buch nie gesehen und erinnere mich nicht an seinen Titel, aber ich habe gehört, daß er darin eine ziemlich überraschende Hypothese aufstellte. Er behauptete, daß man manchem Menschen, der bei bester Gesundheit sei, präzise seinen Tod voraussagen könnte, Monate bevor dieses Ereignis einträte. Die längste Zeit waren, glaube ich, achtzehn Monate. Im Städtchen liefen Geschichten um, wie er seine Begabung für die Prognose praktisch angewendet hätte – oder vielleicht würden Sie es Diagnose nennen. Und es wurde behauptet, daß in jedem dieser Fälle die betreffende Person, deren Angehörige er gewarnt hatte, zu der genannten Zeit plötzlich gestorben war, und zwar ohne erkennbare Ursache. Dies alles hat aber nichts mit dem zu tun, was ich zu berichten habe, ich dachte nur, daß es Sie als Arzt vielleicht amüsieren würde.

Das Haus war möbliert, noch genauso, wie er es bewohnt hatte. Es war eine ziemlich düstere Behausung für jemanden, der weder Einsiedler noch Gelehrter war, und ich glaube, es hat etwas von seinem Wesen auf mich übertragen, vielleicht vom Wesen seines früheren Bewohners. Ich spürte nämlich immer eine gewisse Melancholie dort, die nicht in meiner Natur steckt und, glaube ich, auch nicht vom Alleinsein herrührte. Ich hatte keine Dienerschaft, die im Hause schlief, aber wie Sie wissen, bin ich immer recht gern in meiner eigenen Gesellschaft, gewöhnt, viel zu lesen, wenn auch nur wenig wissenschaftlich zu arbeiten. Aber was auch immer der Grund war, der Effekt war jedenfalls Niedergeschlagenheit und ein Gefühl von drohendem Unheil. Besonders war das so in Doktor Mannerings Arbeitszimmer, obwohl dieser Raum der hellste und luftigste im Hause war. Das lebensgroße Ölporträt des Doktors hing in diesem Zimmer und schien es völlig zu beherrschen. Es war nichts Besonderes an dem Bilde. Er war offenbar ein gut aussehender Mann, ungefähr fünfzig Jahre alt, mit stahlgrauem Haar, einem glattrasierten Gesicht und dunklen, ernsten Augen. Irgend etwas an diesem Bild zog meine Aufmerksamkeit an und hielt sie fest. Die Erscheinung des Mannes wurde mir vertraut und ›verfolgte‹ mich geradezu.

Eines Abends durchquerte ich den Raum mit einer Lampe, um in mein Schlafzimmer zu gehen – es gibt kein Gas in Meridian. Wie üblich, blieb ich vor dem Bild stehen, das im Lampenlicht einen neuen Ausdruck zu haben schien, nicht leicht zu beschreiben, jedenfalls entschieden unheimlich. Es interessierte mich, aber es beunruhigte mich nicht. Ich bewegte die Lampe hin und her und beobachtete die Effekte der wechselnden Beleuchtung. Während ich damit beschäftigt war, fühlte ich einen Impuls, mich umzudrehen, und als ich es tat, erblickte ich einen Menschen, der durch das Zimmer direkt auf mich zukam. Sobald er nah genug war, daß das Lampenlicht auf sein Gesicht fiel, sah ich, daß es Doktor Mannering selbst war. Es war, als ob das Porträt durchs Zimmer wandelte.

›Entschuldigen Sie‹, sagte ich ein wenig kühl, ›aber falls Sie angeklopft haben, habe ich jedenfalls nichts gehört.‹

Er ging auf Armeslänge an mir vorüber, hob wie warnend seinen rechten Zeigefinger und ging ohne ein Wort aus dem Zimmer, wenn ich auch von seinem Hinausgehen nicht mehr sah, als ich von seinem Eintritt gesehen hatte.

Natürlich brauche ich Ihnen nicht erst zu sagen, daß es sich um das handelte, was Sie eine Halluzination nennen und was ich eine Erscheinung nenne. Das Zimmer hatte nur zwei Türen, von denen die eine abgeschlossen war. Die andere führte in ein Schlafzimmer, von dem es keinen Ausgang gab. Aber daß ich das wußte und was ich dabei empfand, ist für den Vorfall selbst nicht wesentlich.

Selbstverständlich kommt Ihnen das wie eine ganz gewöhnliche ›Gespenstergeschichte‹ vor, eine, die nach den üblichen Mustern konstruiert ist, wie sie die alten Meister dieser Kunstgattung vorgezeichnet haben. Wenn es so wäre, hätte ich sie nicht erzählt, selbst wenn sie wahr wäre. Der Mann war nicht tot, ich habe ihn nämlich heute in der Union Street getroffen. Er ging im Gedränge an mir vorüber.«

Hawver hatte seine Erzählung beendet, und beide Männer schwiegen. Dr. Frayley trommelte zerstreut mit den Fingern auf den Tisch.

»Hat er heute irgend etwas gesagt?« fragte er, »irgend etwas, woraus Sie geschlossen haben, daß er nicht tot ist?«

Hawver starrte vor sich hin und antwortete nicht.

»Vielleicht«, fuhr Frayley fort, »hat er ein Zeichen gemacht, eine Geste, hat wie warnend einen Finger gehoben? Es war eine Eigenart, die er hatte, eine Angewohnheit, wenn er etwas Wichtiges sagte, zum Beispiel, wenn er eine Diagnose stellte.«

»Ja, das hat er getan – genau wie seine Erscheinung damals. Aber mein Gott! Haben Sie ihn denn je kennengelernt?«

Hawver war anscheinend nervös geworden.

»Ich kannte ihn. Ich habe sein Buch gelesen, wie jeder Arzt es eines Tages lesen wird. Es ist einer der eindrucksvollsten und wichtigsten Beiträge zur medizinischen Wissenschaft in diesem Jahrhundert. Ja, ich habe ihn gekannt. Ich behandelte ihn während einer Krankheit vor drei Jahren, an der er starb.«

Hawver sprang von seinem Stuhl auf, deutlich irritiert. Er ging im Zimmer auf und ab, dann trat er zu seinem Freund und fragte mit nicht ganz sicherer Stimme: »Doktor – haben Sie mir irgend etwas zu sagen? Als Arzt?«

»Nein, Hawver. Sie sind der gesündeste Mensch, den ich je gesehn habe. Als Ihr Freund rate ich Ihnen, in Ihr Zimmer zu gehn. Sie spielen Geige wie ein Engel. Spielen Sie. Spielen Sie etwas Leichtes und Lebhaftes, schlagen Sie sich diese verdammt eklige Sache aus dem Kopf.«

Am nächsten Tag fand man Hawver tot in seinem Zimmer, die Geige an der Schulter, den Bogen auf den Saiten, die Noten standen noch offen vor ihm, aufgeschlagen war Chopins Trauermarsch.

»Ist das Ihr Ernst? Glauben Sie wirklich, daß eine Maschine denkt?«
Ich bekam nicht sofort Antwort. Moxon war anscheinend eifrig mit den Kohlen auf dem Kaminrost beschäftigt, indem er sie geschickt mit dem Schüreisen hin und her rüttelte, bis sie endlich auf seine Bemühungen mit hellerer Glut reagierten. Seit Wochen hatte ich an ihm die zunehmende Gewohnheit beobachtet, beim Antworten selbst auf die trivialsten und alltäglichsten Fragen zu zögern. Aber seine Miene sah eher nach Zerstreutheit als nach Zögern aus: man konnte annehmen, daß ihm irgend etwas im Kopf herumging.
Jetzt sagte er:
»Was ist denn das: ›eine Maschine‹? Das Wort ist so verschiedenartig definiert worden. Hier haben Sie eine Definition aus einem Volkslexikon: ›Jedes Instrument oder Gefüge, durch welches Kraft zur Anwendung kommt oder wirksam gemacht wird oder durch welches ein gewünschtes Resultat erzielt wird.‹ Gut – ist dann also ein Mensch nicht auch eine Maschine? Und Sie werden zugeben, daß er denkt – oder denkt, daß er denkt.«
»Wenn Sie meine Frage nicht beantworten wollen«, sagte ich ziemlich gereizt, »warum sagen Sie es dann nicht? Alles, was Sie antworten, sind bloße Ausflüchte. Sie wissen ganz gut, daß ich, wenn ich ›Maschine‹ sage, nicht einen Menschen meine, sondern etwas, was der Mensch gemacht hat und was er beherrscht.«
»Sofern es nicht ihn beherrscht«, sagte er, während er plötzlich aufstand und aus dem Fenster sah, von wo es in der Finsternis einer stürmischen Nacht nichts zu sehen gab. Einen Augenblick später drehte er sich um und sagte lächelnd: »Verzeihn Sie mir, ich wollte keine Ausflüchte benutzen. Ich fand die Erklärung, die dieser Lexikonmensch abgibt, suggestiv und ganz brauchbar für eine Diskussion. Auf Ihre Frage kann ich mit Leichtigkeit auch eine direkte Antwort geben: ich

glaube in der Tat, daß eine Maschine über die Arbeit nachdenkt, die sie verrichtet.«

Das war ›direkt‹ genug, allerdings. Es war ganz und gar nicht erfreulich, denn es war dazu angetan, den traurigen Verdacht zu bestätigen, daß die Hingabe, mit der Moxon in seiner Maschinenwerkstatt grübelte und experimentierte, ihm nicht sehr gutgetan hatte. Zunächst wußte ich, daß er an Schlaflosigkeit litt, und das ist nicht so ohne weiteres auszuhalten. Hatte es seinen Verstand angegriffen? Seine Antwort auf meine Frage schien mir damals ein Beweis dafür. Heute würde ich vielleicht anders darüber denken, aber damals war ich jünger, und zu den Segnungen, die der Jugend nicht versagt sind, gehört auch Ignoranz. Angespornt durch dieses starke Reizmittel für den Widerspruch, sagte ich:

»Und mit was, bitte, denkt sie eigentlich – in Ermangelung eines Gehirns?«

Die Antwort, die mit weniger Verzögerung als üblich kam, erfolgte in seiner Lieblingsform, nämlich als Gegenfrage: »Mit was denkt eine Pflanze – in Ermangelung eines Gehirns?«

»Aha, Pflanzen gehören also ebenfalls zur Klasse der Philosophen? Ich wäre entzückt, etwas von ihren Konklusionen zu erfahren. Die Prämissen können Sie weglassen.«

»Vielleicht«, erwiderte er, anscheinend unberührt von meiner idiotischen Ironie, »wäre man imstande, aus ihren Handlungen auf ihre Erkenntnisse zu schließen. Ich will Ihnen die wohlbekannten Beispiele ersparen, von der sensitiven Mimose, von den verschiedenen insektenfressenden Blüten und von denen, deren Staubfäden sich herunterbiegen und ihre Pollen auf die hereinkriechenden Bienen streuen, damit sie andernorts weibliche Pflanzen damit befruchten. Aber hören Sie folgendes: An einer freien Stelle in meinem Garten habe ich eine Weinranke eingepflanzt. Als sie gerade eben aus der Erde kam, setzte ich einen Schritt von ihr einen Stecken in den Boden. Die Weinranke strebte sofort nach ihm hin, aber als sie ihn ein paar Tage später beinahe schon erreicht hatte, setzte ich ihn an eine andere Stelle. Sofort änderte die Ranke ihre Richtung, bildete einen scharfen Winkel und strebte wieder zu dem Stecken hin. Dieses Manöver wurde mehrmals wiederholt, aber schließlich gab die Weinranke, als wäre sie entmutigt, die Verfolgung auf, und indem sie weitere Versuche, sie abzulenken, ignorierte, bewegte sie sich auf einen kleinen Baum zu, der weiter weg stand und den sie dann erklomm.

Die Wurzeln des Eukalyptus verlängern sich auf der Suche nach Feuchtigkeit ganz unglaublich. Ein bekannter Gärtner berichtet, daß einmal eine in ein altes Wasserrohr hineinwuchs und dem Rohr folgte, bis sie zu einer Stelle kam, wo ein Stück von dem Rohr herausgebrochen war, um einer Mauer Platz zu machen, die man quer zu seinem Lauf gebaut hatte. Die Wurzel verließ das Rohr und folgte der Mauer, bis sie eine Lücke fand, wo ein Stein herausgefallen war. Sie wuchs hindurch, auf der anderen Seite der Mauer wieder hinunter, in den von ihr noch unerforschten Teil des Rohres hinein, und nahm ihre Wanderung wieder auf.«

»Und was wollen Sie mit alledem sagen?«

»Merken Sie denn nicht, was das bedeutet? Es zeigt das Bewußtsein der Pflanzen, es beweist, daß sie denken.«

»Selbst wenn es das bewiese – was weiter? Wir sprachen ja nicht von Pflanzen, sondern von Maschinen. Sie mögen teilweise aus Holz bestehen, aus Holz, das kein Leben mehr besitzt, oder auch ganz aus Metall sein. Können die Minerale etwa auch denken?«

»Wie wollen Sie denn zum Beispiel sonst das Phänomen der Kristallisation erklären?«

»Ich erkläre es überhaupt nicht.«

»Weil Sie es nicht können, ohne zu bestätigen, was Sie ableugnen möchten, nämlich die sinnvolle Zusammenarbeit der sich zu Kristallen fügenden Elemente. Wenn Soldaten Linien formieren oder Schützengräben buddeln, nennt ihr es Vernunft, wenn Wildgänse beim Flug ein V bilden, redet ihr von Instinkt. Wenn die homogenen Atome eines Minerals, die sich frei in einer Lösung bewegen, sich zu mathematisch perfekten Figuren ordnen oder die Partikel von gefrorener Feuchtigkeit in die schönen, symmetrischen Formen von Schneeflocken, dann wißt ihr nichts zu sagen. Ihr habt noch nicht einmal einen Fachausdruck gefunden, hinter dem ihr eure gewaltige Torheit verstecken könnt.«

Moxon sprach mit ungewöhnlicher Lebhaftigkeit und großem Ernst. Als er innehielt, hörte ich aus dem anstoßenden Raum, der mir als seine ›Maschinenwerkstatt‹ bekannt war und den niemand außer ihm betreten durfte, einen merkwürdig hämmernden Ton, so, wie wenn jemand mit der Hand auf einen Tisch schlägt. Moxon hörte es im selben Augenblick, er sprang sichtlich erregt auf und eilte in den Raum, aus dem der Ton kam. Ich fand es sonderbar, daß irgend jemand anders dort drinnen sein sollte, und mein Interesse für meinen Freund – sicherlich gemischt mit einem Anflug unbefugter Neugierde – verführte mich, angestrengt zu horchen, wenn auch nicht am Schlüsselloch, wie ich froh bin versichern zu können. Ich hörte verworrene Geräusche wie von einem Kampf oder einer Balgerei. Der Fußboden schütterte, und deutlich hörte ich keuchendes Atmen und ein heiseres Flüstern: »Hol dich der Satan!« Danach war alles still, und nun kam Moxon zurück und sagte mit einem recht trüben Lächeln:

»Verzeihn Sie, daß ich Sie so plötzlich allein gelassen habe. Ich habe da drin nämlich eine Maschine, die ihre gute Laune verloren hat und gewalttätig geworden ist.«

Indem ich meine Augen unverwandt auf seine linke Wange heftete, über welche vier blutende, parallele Hautabschürfungen liefen, fragte ich:

»Wie wäre es, wenn Sie ihr die Nägel schneiden würden?«

Ich hätte mir den Spott ersparen können, denn er schenkte ihm gar keine Beachtung, sondern setzte sich wieder auf den Stuhl, von dem er aufgesprungen war, und führte den unterbrochenen Monolog fort, als ob gar nichts geschehen wäre:

»Natürlich halten Sie es nicht mit denjenigen – die ich einem Menschen von Ihrer Belesenheit nicht erst zu nennen brauche –, die gelehrt haben, daß alle Materie mit Empfindung begabt,

daß jedes Atom ein lebendiges, fühlendes, bewußtes Wesen ist. Aber ich, ich halte es mit ihnen. So etwas wie tote, leblose Materie gibt es nicht: alles ist lebendig, alles durchdrungen von Kraft, wirkender und latenter Kraft, alles nimmt dieselben Kräfte in seiner Umgebung wahr und ist empfänglich für die Einflüsse höherer und subtilerer Kräfte, zu denen es in Beziehung gebracht werden kann, Kräfte, die in höher entwickelten Organismen leben, wie die des Menschen, wenn er sie zum Instrument seines Willens macht. Es absorbiert etwas von seiner Intelligenz und seinem Zielstreben – ja, mehr noch, wenn man die Kompliziertheit der daraus entstehenden Maschine und ihrer Leistung in Rechnung setzt.
Erinnern Sie sich zufällig an Herbert Spencers Definition von ›Leben‹? Ich habe sie vor dreißig Jahren gelesen. Soviel ich weiß, hat er sie wohl später geändert, aber in all diesen Jahren vermochte ich an kein einziges Wort zu denken, das mit Recht hätte geändert oder hinzugefügt oder gestrichen werden sollen. Es scheint mir nicht nur die beste, sondern die einzig mögliche Definition überhaupt.
›Leben‹, sagt er, ›ist eine bestimmte Kombination heterogener Veränderungen, simultan und fortschreitend zugleich, in Übereinstimmung mit äußeren Koexistenzen und Sequenzen.‹«
»Das definiert zwar das Phänomen«, sagte ich, »bietet aber keinen Hinweis auf seine Ursache.«
»Es ist alles«, erwiderte er, »was eine Definition überhaupt vermag. Wie Mill betont, kennen wir Ursache lediglich als vorausgegangenen Akt und Wirkung lediglich als Folge. Und von gewissen Phänomenen tritt eines niemals auf ohne ein anderes, das ihm ungleich ist: in Hinsicht auf die Zeit nennen wir das erste Ursache, das zweite Wirkung. Jemand, der schon öfter einen von einem Hund gehetzten Hasen gesehen hat, im übrigen aber weder Hasen noch Hunde kennt, würde den Hasen für die Ursache des Hundes halten.
Aber ich fürchte«, setzte er hinzu und lachte ganz ungezwungen, »daß mein Hase mich weit von der Spur meiner eigentlich verfolgten Beute abbringt: ich lasse mich aus Vergnügen

an der Jagd, um ihrer selbst willen, gehen. Was ich Ihnen klarmachen wollte, ist, daß in Herbert Spencers Definition vom Leben die Tätigkeit einer Maschine einbezogen ist – es gibt in dieser Definition nichts, was nicht auf sie anwendbar wäre. Wenn laut diesem schärfsten Beobachter und tiefsten Denker ein Mensch, solange er sich betätigt, lebendig ist, dann ist es auch eine Maschine, während sie arbeitet. Als Erfinder und Konstrukteur von Maschinen weiß ich, daß das stimmt.«

Moxon schwieg lange und starrte gedankenverloren ins Feuer. Es wurde allmählich spät, und ich fand es an der Zeit zu gehen, aber irgendwie widerstrebte es mir, ihn in diesem einsamen Haus allein zu lassen – ganz allein, abgesehen von der Gegenwart irgendeines Wesens, über dessen Beschaffenheit meine Mutmaßungen nicht weiter reichten, als daß es unfreundlich war, vielleicht bösartig. Ich beugte mich zu ihm und fragte, indem ich ihm eindringlich in die Augen sah und mit der Hand auf die Tür zu seiner Werkstatt deutete:

»Moxon, wen haben Sie dort drinnen?«

Ein wenig zu meiner Überraschung lachte er leichthin und antwortete ohne Zögern:

»Niemanden. Der Vorfall, an den Sie denken, kam von meiner Dummheit, eine in Aktion befindliche Maschine zu verlassen, ohne daß sie etwas hatte, woran sie arbeiten konnte, während ich den langwierigen Versuch unternahm, Ihren Geist zu erleuchten. Wissen Sie vielleicht zufällig, daß das Bewußtsein ein Geschöpf des Rhythmus ist?«

»Ach, zum Kuckuck mit allen beiden!« rief ich, stand auf und ergriff meinen Mantel. »Ich gehe jetzt und wünsche Ihnen eine gute Nacht. Ich möchte bloß noch sagen: ich hoffe, daß die Maschine, die Sie versehentlich in Tätigkeit gelassen haben, ihre Handschuhe anhat, wenn Sie es das nächste Mal nötig finden, sie anzuhalten.«

Ohne die Wirkung meiner Stichelei abzuwarten, verließ ich das Haus.

Regen fiel, und es herrschte tiefe Finsternis. Am Himmel, über dem dunklen Umriß eines Hügels, in dessen Richtung ich mir auf den wackligen Holzplanken des Bürgersteigs und über die morastige, ungepflasterte Fahrstraße meinen Weg ertastete, sah ich die schwache Helligkeit der Stadtlichter, aber hinter mir war nichts zu sehen als ein einziges Fenster in Moxons Haus. Es leuchtete, wie mir schien, mit einer geheimnisvollen und schicksalhaften Bedeutung. Ich wußte, daß es ein vorhangloses Fenster in der Maschinenwerkstatt meines Freundes war, und bezweifelte nicht, daß er die Experimente fortsetzte, die er während seiner Bemühung, mich über mechanisches Bewußtsein und die Vaterschaft des Rhythmus zu belehren, unterbrochen hatte. So kurios und bis zu einem gewissen Grade komisch mir seine Ansichten damals vorkamen, konnte ich mich doch nicht ganz von dem Gefühl befreien, daß sie in irgendeiner tragischen Beziehung zu seinem Leben und Charakter ständen – vielleicht zu seinem Schicksal –, wenn ich auch nicht mehr der Meinung war, daß sie die Hirngespinste eines gestörten Geistes seien, denn – für was man seine Ansichten auch halten mochte – dafür war deren Darlegung viel zu logisch. Immer aufs neue kamen mir seine letzten Worte in den Sinn: »Bewußtsein ist ein Geschöpf des Rhythmus.« Kurz und bündig, wie die Feststellung war, fand ich sie jetzt unendlich reizvoll. Jedesmal, wenn sie mir jetzt wieder einfiel, wurde sie umfassender in ihrer Bedeutung und suggestiver in ihrer gedanklichen Tiefe. Hier steckt doch, dachte ich, tatsächlich ein Weg zur Entwicklung einer Philosophie. Wenn Bewußtsein ein Produkt des Rhythmus ist, dann sind in der Tat alle Dinge bewußt, da alle Dinge Bewegung haben und jede Bewegung rhythmisch ist. Ich fragte mich, ob Moxon wohl die Wichtigkeit und Tragweite seines Gedankens erkannte – den ganzen Spielraum dieser folgenreichen Verallgemeinerung? Oder war er zu seinem philosophischen Glauben auf dem quälenden und unsicheren Wege der Beobachtung gelangt?

Dieser Glaube war freilich neu für mich, und zu ihm hatten mich Moxons sämtliche Erläuterungen keineswegs bekehrt. Aber jetzt schien es, als ob ringsum ein neues Licht leuchtete, gleich dem, das Saulus von Tarsus überkam, und dort draußen, mitten in Unwetter, Finsternis und Einsamkeit, widerfuhr mir, was Lewes ›die unendliche Vielfalt und das Erregende philosophischen Denkens‹ nennt. Ich frohlockte in einem ganz neuen Hochgefühl von Wissen, einem neuen Stolz der Erkenntnis. Meine Füße schienen die Erde kaum zu berühren, es war, als würde ich von unsichtbaren Flügeln aufgehoben und durch die Lüfte getragen.

Einem Impuls gehorchend, weiteres Licht zu empfangen von ihm, den ich nun als meinen Lehrer und Führer anerkannte, hatte ich mich unwillkürlich umgedreht, und fast ehe ich auch nur merkte, daß ich das getan hatte, war ich schon wieder vor Moxons Tür. Ich triefte vom Regen, fühlte aber kein Unbehagen. Da ich in meiner Aufregung die Klingel nicht fand, probierte ich instinktiv am Türknauf herum. Er ließ sich drehen, ich trat ein und ging die Treppe zu dem Zimmer hinauf, das ich vorhin erst verlassen hatte. Alles war dunkel und still, Moxon war, wie ich erwartet hatte, in dem anstoßenden Raum, der Maschinenwerkstatt. Ich tastete mich an der Wand entlang, bis ich die Verbindungstür fand, und klopfte laut, mehrere Male, bekam aber keine Antwort, was ich auf das Toben des Wetters draußen schob, denn es herrschte ein heftiger Sturm, der den Regen in Strömen gegen die dünnen Mauern prasseln ließ. Das Trommeln auf das Ziegeldach, das den unverschalten Raum überspannte, war laut und pausenlos.

Ich war nie aufgefordert worden, die Maschinenwerkstatt zu betreten, vielmehr war mir der Eintritt sogar ausdrücklich verwehrt worden, wie allen anderen Leuten, mit einer einzigen Ausnahme – einem geschickten Maschinenschlosser, von dem kein Mensch etwas wußte, außer daß sein Name Haley war und seine Gewohnheit, zu schweigen. Aber in meiner geistigen Erregtheit vergaß ich Diskretion und Anstand zugleich und machte die Tür auf. Was ich sah, beraubte mich augenblicklich sämtlicher philosophischer Spekulationen.

Moxon saß, das Gesicht mir zugewendet, hinter einem kleinen Tisch, auf dem eine Kerze stand und die einzige Beleuch-

tung des Raumes bildete. Gegenüber von Moxon, mit dem Rücken zu mir, saß eine zweite Person. Auf dem Tisch zwischen ihnen stand ein Schachbrett; die beiden spielten. Ich verstand wenig von Schach, aber daraus, daß nur noch ein paar Figuren auf dem Brett standen, war ersichtlich, daß das Spiel sich seinem Ende näherte. Moxon war in starker Spannung – nicht so sehr, wie mir schien, wegen des Spiels als wegen seines Gegners, den er dermaßen intensiv fixierte, daß er mich, obgleich ich direkt in seinem Blickfeld stand, überhaupt nicht bemerkte. Sein Gesicht war gespenstisch bleich, und seine Augen glitzerten wie Diamanten. Von seinem Gegenspieler sah ich nur den Rücken, aber das genügte vollkommen. Sein Gesicht hätte ich nicht sehr gern gesehen.
Anscheinend war er nicht größer als fünf Fuß und hatte Proportionen, die an die eines Gorillas erinnerten, ungeheuer breite Schultern, einen dicken, kurzen Nacken, einen breiten, flachen Kopf mit wirrem schwarzem Haar, und darauf gestülpt war ein hochroter Fes. Eine Tunika in derselben Farbe, eng um die Taille gegürtet, reichte bis zum Sitz, einer Kiste offenbar, auf der er saß, seine Beine und Füße waren nicht zu sehen. Sein linker Unterarm schien auf den Knien zu ruhen, er bewegte die Schachfiguren mit der rechten Hand, die unverhältnismäßig lang zu sein schien.
Ich war zurückgewichen und stand nun ein wenig seitlich der Tür und im Schatten. Hätte Moxon weiter geblickt als nur bis zum Gesicht seines Gegenübers, so hätte er jetzt nichts mehr sehen können, außer daß die Tür offenstand. Irgend etwas hielt mich davon ab, näher zu treten, wie auch davon, wegzugehen, irgendein Gefühl – ich weiß selbst nicht, woher es kam –, das mir sagte, daß ich in der Nähe einer drohenden Tragödie sei und meinem Freund vielleicht helfen könnte, wenn ich bliebe. Mit einem mir nur flüchtig bewußten Widerstreben gegen die Taktlosigkeit meines Verhaltens blieb ich also.
Das Spiel ging rasch vonstatten. Moxon sah kaum auf das Brett hin, wenn er seine Züge machte, und meinem ungeüb-

ten Auge schien es, als ob er die Figuren nur so schöbe, wie sie seiner Hand gerade am nächsten waren, und seine Bewegungen dabei waren rasch, nervös und ohne Präzision. Die Gegenzüge seines Mitspielers erfolgten ebenso prompt, wurden aber mit langsamen, gleichmäßigen, mechanischen und, wie ich fand, etwas theatralischen Gebärden des Armes ausgeführt, für mich eine harte Geduldsprobe. Das Ganze hatte etwas Unwirkliches, und ich merkte, daß ich zitterte. Aber ich war ja durchnäßt, und mir war kalt.

Zwei-, dreimal senkte der Fremde, nachdem er eine Figur gezogen hatte, leicht den Kopf, und ich beobachtete, daß Moxon dann jedesmal die Stellung seines Königs wechselte. Plötzlich kam mir der Gedanke, daß der Mann taub sei. Und dann der, daß es eine Maschine wäre, ein Schachspiel-Automat. Dann erinnerte ich mich, daß Moxon mir einmal gesagt hatte, er habe einen derartigen Mechanismus erfunden, obgleich ich ihn nicht so verstand, als hätte er die Erfindung auch wirklich ausgeführt. War vielleicht all sein Gerede über das Bewußtsein und die Intelligenz von Maschinen lediglich das Vorspiel zu einer schließlichen Vorführung seiner Erfindung, nur ein Trick, um die Wirkung der mechanischen Tätigkeit, bei meiner Unkenntnis ihrer Geheimnisse, um so eindringlicher zu gestalten?

Das war freilich ein nettes Ende all meiner intellektuellen Entzückungen, der ›unendlichen Vielfalt und des Erregenden‹ meines philosophischen Denkens! Ich war schon im Begriff, mich angewidert zurückzuziehen, als etwas geschah, was meine Neugierde fesselte. Ich bemerkte ein Zucken der breiten Schultern des Geschöpfs, als ob es erregt wäre, und das hatte etwas so Natürliches, so völlig Menschliches, daß es mich, bei meiner neuen Betrachtungsweise der Dinge, erschreckte. Aber das war noch nicht alles, sondern einen Augenblick später schlug es mit geballter Faust auf den Tisch. Über diese Bewegung schien Moxon sogar noch erschrockener als ich: er stieß seinen Stuhl ein bißchen zurück, wie in Alarm.

Jetzt hob Moxon, der an der Reihe war, die Hand hoch über

das Schachbrett, stieß damit wie ein Sperber auf eine seiner Figuren nieder, und mit dem Ruf »schachmatt!« sprang er rasch auf und stellte sich hinter seinen Stuhl. Der Automat saß regungslos da.

Der Wind draußen hatte sich jetzt gelegt, aber ich hörte, in immer kürzeren Abständen und zunehmend lauter werdend, das Rumpeln und Rollen von Donner. In den Zwischenpausen kam mir jetzt ein tiefes Summen oder Brummen zu Bewußtsein, das gleich dem Donner mit jedem Augenblick lauter und deutlicher wurde. Es schien aus dem Automaten zu kommen und war unverkennbar das Kreisen von Rädern. Es erweckte die Vorstellung von einem gestörten Mechanismus, der aus der hemmenden und regulierenden Tätigkeit irgendeines Kontrollteiles geraten war, eine Wirkung, wie sie etwa zu erwarten ist, wenn eine Sperrvorrichtung sich aus der Verzahnung eines Rades gelöst hätte. Aber bevor ich zu langen Mutmaßungen über die Art des Geräusches Zeit hatte, wurde meine Aufmerksamkeit von den sonderbaren Bewegungen des Automaten selbst in Anspruch genommen. Schwache, aber unaufhörliche Konvulsionen schienen Besitz von ihm ergriffen zu haben. Körper und Kopf schüttelten sich wie bei einem Menschen, der einen Schlaganfall erlitten oder der Schüttelfrost hat, und dies steigerte sich mit jeder Sekunde, bis die ganze Gestalt in wilder Bewegung war. Plötzlich sprang sie auf die Füße, und mit einer so schnellen Bewegung, daß das Auge ihr kaum folgen konnte, schoß sie, beide Arme weit vorwärts stoßend, in ihrer ganzen Länge über Tisch und Stuhl – die Stellung und Gebärde eines Tauchers. Moxon versuchte sich nach hinten zu werfen, außer Reichweite des gräßlichen Wesens zu kommen, aber es war zu spät: ich sah, wie sich dessen Hände um seine Kehle schlossen und wie seine eigenen Hände dessen Gelenke umklammerten. Dann fiel der Tisch um, die Kerze fiel zu Boden, erlosch, und alles war pechschwarz. Aber das Geräusch des Kampfes war schrecklich deutlich, und am fürchterlichsten von allem klangen die rauhen, gequetschten Töne, die von den Atemanstrengungen des Gewürgten herrührten. Ich stürzte zur Befreiung meines Freundes in die Richtung des infernalischen Getöses, hatte aber kaum auch nur das erste Hindernis in der Dunkelheit überwunden, als der ganze Raum in einem grellweißen Licht aufleuchtete, welches mir in Hirn, Herz und Gedächtnis ein unauslöschliches Bild von den Kämpfenden einbrannte, die am Boden lagen. Moxon unter dem anderen, die Kehle immer noch umklammert von den Eisenhänden, mit nach hinten gepreßtem Kopf, herausquellenden Augen und mit weit aufgerissenem Mund, aus dem die Zunge heraushing, und – grausiger Kontrast! – auf dem gemalten Gesicht seines Würgers lag ein Ausdruck friedlichen und tiefen Nachdenkens, wie über die Lösung eines Schachproblems. So viel nahm ich wahr, dann war alles Nacht und Schweigen.

Drei Tage später kam ich im Krankenhaus wieder zu mir. Als sich in meinem zerrütteten Gehirn allmählich die Erinnerung an diese tragische Nacht einstellte, erkannte ich in meinem Pfleger Moxons vertrauten Mitarbeiter Haley. Er erwiderte meinen Blick, indem er lächelnd zu mir herantrat.

»Erzählen Sie mir –«, brachte ich mühsam heraus, »erzählen Sie mir alles.«

»Gern«, sagte er. »Sie wurden bewußtlos aus einem brennenden Haus getragen, aus Moxons Haus. Niemand weiß, wie Sie dort hingeraten waren. Vielleicht werden Sie ein paar Erklärungen abgeben müssen. Die Ursache des Brandes ist ebenfalls mysteriös. Meine eigene Ansicht ist, daß das Haus vom Blitz getroffen wurde.«

»Und Moxon?«

»Wurde gestern begraben. Das, was von ihm übrig war.«

Offenbar konnte dieser zurückhaltende Mensch sich gelegentlich auch aussprechen. Jedenfalls ließ er sich herbei, einem Kranken erschütternde Neuigkeiten mitzuteilen. Nach einigen Augenblicken heftigsten seelischen Schmerzes wagte ich eine weitere Frage:

»Wer hat mich gerettet?«

»Na ja – wenn es Sie interessiert: ich.«

»Danke, Mister Haley, und Gott segne Sie dafür. Haben Sie auch dies charmante Produkt Ihrer Kunstfertigkeit gerettet, den automatischen Schachspieler, der seinen Erfinder ermordet hat?«
Der Mann schwieg lange und wandte sich von mir weg. Dann sah er mich wieder an und fragte eindringlich:
»Das wissen Sie?«
»Allerdings«, antwortete ich, »ich war dabei, als es geschah.«
Das ist viele Jahre her. Heute befragt, würde ich weniger überzeugt antworten.

Eine wiedergewonnene Identität

Ein Truppenaufmarsch zur Begrüßung

Eines Nachts im Sommer stand ein Mann auf einem niedrigen Hügel, von wo aus man über eine weite Landschaft aus Wäldern und Feldern blickte. Daran, daß der Vollmond tief im Westen stand, erkannte er, was er sonst nicht gewußt hätte: daß die Stunde der Morgendämmerung nahe war. Ein leichter Nebelschleier lag über dem Erdboden und verhüllte teilweise die tiefer liegenden Stellen der Gegend, darüber aber zeichneten sich die hohen Bäume in scharfen Linien deutlich gegen den klaren Himmel ab. Zwei oder drei Farmhäuser waren durch den Dunst hindurch sichtbar, aber natürlich brannte in keinem von ihnen ein Licht. Tatsächlich gab es nirgends irgendein Zeichen oder eine Spur von Leben außer dem weit entfernten Gebell eines Hundes, das in seinen mechanischen Wiederholungen eher dazu diente, die Verlassenheit des Ganzen zu verstärken, statt sie zu bannen.

Der Mann sah sich nach allen Seiten um, wie einer, der in vertrauter Umgebung unfähig ist, seinen genauen Platz und Anteil in der Ordnung der Dinge zu erkennen. So, vielleicht, werden wir uns einmal gehaben, wenn wir, auferstanden von den Toten, die Vorladung zum Jüngsten Gericht erwarten.

Hundert Schritt weiter lag eine gerade, im Mondlicht weißleuchtende Landstraße. In der eifrigen Bemühung, seine Position – wie ein Landvermesser oder Seemann das nennen würde – zu bestimmen, ließ der Mann langsam seine Blicke die Landstraße entlanggleiten und sah eine Viertelmeile südlich von seinem Platz entfernt, grau und verschwommen im Dunst, eine Gruppe von Reitern, die nordwärts zogen. Hinter ihnen kamen Fußsoldaten, die in Kolonnen marschierten und ihre schwach aufblitzenden Gewehre geschultert hatten. Sie bewegten sich langsam und in tiefem Schweigen voran. Noch eine Reitergruppe, noch ein Infanterieregiment, immer mehr und mehr – alle in unaufhörlicher Bewegung auf den Stand-

ort des Mannes zu, daran vorbei und weiter. Eine Batterie folgte, deren Kanoniere mit verschränkten Armen auf Protzen und Munitionswagen hockten. Und immer noch drang die unabsehbare Prozession aus der Dämmerung im Süden und zog vorbei in die Dämmerung im Norden, ohne den geringsten Laut von einer Stimme, einem Hufschlag oder einem Rad.
Der Mann konnte es nicht recht begreifen, er meinte, er sei taub, sagte es laut und hörte seine eigene Stimme, wenn auch in einem unbekannten Ton, der ihn beinahe erschreckte, denn sie entsprach weder im Timbre noch in der Resonanz dem, was sein Ohr erwartet hatte. Aber jedenfalls war er nicht taub, und das genügte für den Augenblick.
Dann fiel ihm ein, daß es natürliche Phänomene gibt, denen irgend jemand den Namen ›akustische Schatten‹ gegeben hat: Steht man in einem akustischen Schatten, so gibt es eine Richtung, aus der man überhaupt nichts hört. Bei der Schlacht von Gaines Mill, einem der heftigsten Zusammenstöße des Bürgerkrieges, bei welchem Hunderte von Geschützen in Tätigkeit waren, hörten Beobachter jenseits des Chickahominytals, in anderthalb Meilen Entfernung, nichts von dem, was sie ganz genau sahen. Das Bombardement von Port Royal, das in St. Augustin, hundertfünfzig Meilen weiter südlich, hörbar und spürbar war, wurde zwei Meilen nördlich und bei Windstille unhörbar. Ein paar Tage vor der Übergabe bei Appomattox blieb ein tosendes Gefecht zwischen den Truppen der Kommandeure Sheridan und Pickett dem letzteren, eine Meile hinter seiner eigenen Front, unbekannt.
Von diesen Begebenheiten wußte der Mann, über den wir berichten, zwar nichts, aber weniger berühmte derselben Art waren seiner Beobachtung nicht entgangen. Er war tief beunruhigt, aber aus einem anderen Grunde als von der nicht geheuren Stille dieses Zuges im Mondlicht.
»Lieber Gott«, sagte er, und wieder war es, als ob jemand anders seine Gedanken ausgesprochen hätte, »wenn diese Leute diejenigen sind, für die ich sie halte, dann haben wir die Schlacht verloren, und sie marschieren auf Nashville!«

Dann kam ihm der Gedanke an sich selber, eine Beklemmung, ein starkes Gefühl persönlicher Gefährdung, das, was wir bei anderen Angst nennen. Rasch trat er in den Schatten eines Baumes. Und immer noch bewegten sich die Bataillone langsam im Nebel voran.
Der kalte Hauch einer plötzlichen Brise in seinem Nacken zog seine Aufmerksamkeit in die Richtung, aus der sie kam, und als er sich nach Osten wandte, sah er ein schwaches graues Licht den Horizont entlang – das erste Zeichen des wiederkehrenden Tages. Dies verstärkte seine Beklommenheit.
›Ich muß von hier weg‹, dachte er, ›sonst werde ich entdeckt und gefangengenommen.‹
Er kam aus dem Schatten hervor und ging rasch dem grauenden Osten entgegen. Von dem etwas gesicherten Schutz einer Zederngruppe aus blickte er zurück. Der gesamte Zug war unsichtbar geworden: die gerade weiße Landstraße lag nackt und verlassen im Mondschein.
Zuvor verwirrt, war er jetzt unsagbar verblüfft. Ein so rasches Verschwinden einer so langsam marschierenden Armee? Er konnte es nicht fassen. Eine Minute nach der anderen verstrich unbemerkt, er hatte seinen Zeitsinn verloren. In tiefstem Ernst suchte er nach einer Erklärung des Rätsels, aber er grübelte vergebens. Als er endlich aus seiner Geistesabwesenheit erwachte, war der Rand der Sonne über den Hügeln sichtbar, aber auch unter diesen neuen Gegebenheiten ging ihm kein anderes Licht auf als eben das des beginnenden Tages. Sein Begriffsvermögen war genauso in dunkle Unklarheiten verstrickt wie zuvor.
Zu allen Seiten lagen bebaute Felder, die keinerlei Spuren von Krieg und Kriegsverwüstung trugen. Aus den Kaminen der Farmhäuser kündeten dünne blaue Rauchsäulen von den Vorbereitungen zu friedlicher Tagesarbeit. Nachdem der Hofhund die althergebrachte Anrufung des Mondes eingestellt hatte, begleitete er nun einen Neger, der ein Gespann von Mauleseln an den Pflug schirrte und friedlich bei seiner Arbeit in Dur und Moll vor sich hin sang.

Der Held dieser Geschichte starrte benommen auf das ländliche Bild, als hätte er so etwas noch nie in seinem Leben gesehen. Dann hob er die Hand zum Kopf, fuhr sich durch die Haare und betrachtete hinterher aufmerksam seine Handfläche – ein eigenartiges Benehmen. Durch dies Tun anscheinend beruhigt, schritt er zuversichtlich der Landstraße entgegen.

Wenn man sein Leben verloren hat, konsultiere man einen Arzt

Dr. Stilling Malson aus Murfreesboro hatte einen Patienten besucht, der sechs oder sieben Meilen entfernt an der Straße nach Nashville wohnte, und war die Nacht über bei ihm geblieben. Bei Tagesanbruch hatte er sich zu Pferde aufgemacht, um heimzureiten, wie es bei Ärzten in jener Zeit und Gegend üblich war. Er war in der Nähe des Schlachtfeldes von Stones River, als ein Mann vom Straßenrand her auf ihn zukam und in militärischer Art mit einer Bewegung der rechten Hand zum Hutrand salutierte. Es war aber kein Militärhut, der Mann war nicht in Uniform und hatte keine kriegerische Haltung. Der Arzt nickte wie ein Zivilist und erwog flüchtig, ob der ungewöhnliche Gruß des Fremden vielleicht aus Ehrerbietung gegen die historische Umgebung erfolgte. Da der Fremde anscheinend mit ihm zu sprechen wünschte, zügelte er höflich sein Pferd und wartete.

»Sir«, sagte der Fremde, »obwohl Sie Zivilist sind, sind Sie womöglich ein Feind?«

»Ich bin ein Arzt«, war die zurückhaltende Antwort.

»Danke sehr«, sagte der andere. »Ich bin Leutnant, im Stab von General Hazen.« Er hielt einen Moment inne, warf einen scharfen Blick auf die Person, zu der er sprach, und fügte dann hinzu: »Von der Unionsarmee.«

Der Arzt nickte nur.

»Sagen Sie mir gütigst«, fuhr der andere fort, »was sich hier ereignet hat. Wo stehen die Heere? Welches hat die Schlacht gewonnen?«

Der Arzt betrachtete den Frager neugierig aus zusammengekniffenen Augen. Nach einem bis zu den Grenzen der Höflichkeit ausgedehnten fachkundigen Versuch einer Diagnose sagte er lächelnd: »Verzeihn Sie, aber jemand, der um Auskunft bittet, ist sicher bereit, selbst eine zu erteilen: Sind Sie vielleicht verwundet?«
»Es scheint nicht sehr schlimm zu sein.«
Der Mann nahm seinen unmilitärischen Hut ab, hob die Hand zum Kopf, fuhr sich durch die Haare und betrachtete dann aufmerksam seine Handfläche.
»Ich habe einen Streifschuß bekommen und war bewußtlos. Es muß ein ganz leichter, oberflächlicher Schuß gewesen sein, denn ich kann kein Blut entdecken und habe auch keine Schmerzen. Wegen einer Behandlung möchte ich Sie nicht bemühen, aber könnten Sie mir gütigst den Weg zu meiner Truppe zeigen, zu irgendeinem Truppenteil der Unionsarmee, falls Sie ihn wissen?«
Wieder antwortete der Arzt nicht sofort: er erinnerte sich an vieles, was in seiner Fachliteratur aufgezeichnet ist, über Verlust des Persönlichkeitsbewußtseins und über die Wirkung vertrauter Umgebungen zu dessen Wiedererlangung. Endlich sah er dem Mann in die Augen, lächelte und sagte:
»Herr Leutnant, Sie tragen nicht die Uniform Ihres Ranges und Ihrer Truppe?«
Daraufhin blickte der Mann auf seine Zivilkleidung hinunter, hob wieder die Augen und antwortete zögernd:
»Das stimmt. Ich – ich kann das nicht recht verstehn.«
Während er ihn immer noch scharf, aber nicht ohne Teilnahme betrachtete, erkundigte sich der Mann der Wissenschaft kurz und bündig:
»Wie alt sind Sie?«
»Dreiundzwanzig – falls das irgend etwas damit zu tun hat.«
»So sehen Sie gar nicht aus, ich hätte Sie kaum für so jung gehalten.«
Der Mann wurde ungeduldig. »Darüber brauchen wir nicht zu diskutieren«, sagte er. »Ich möchte über die Armee Be-

scheid haben. Vor kaum zwei Stunden habe ich eine Marschkolonne gesehn, die auf dieser Straße hier nordwärts zog. Sie müssen ihr begegnet sein. Seien Sie so freundlich, mir zu sagen, welche Farbe ihre Uniformen hatten, die ich nicht erkennen konnte, dann will ich Sie nicht länger aufhalten.«
»Sie sind ganz sicher, daß Sie sie gesehen haben?«
»Sicher? Mein Gott, Sir, ich hätte sie sogar zählen können!«
»Also wahrhaftig«, sagte der Arzt und stellte erheitert fest, wie ähnlich er dem geschwätzigen Barbier aus ›Tausendundeiner Nacht‹ war, »das ist höchst interessant. Ich bin keinen Truppen begegnet.«
Der Mann blickte ihn kühl an, als hätte auch er die Ähnlichkeit mit dem Barbier entdeckt. »Ich sehe«, sagte er, »daß Sie mir nicht helfen wollen. Sir, Sie können zum Teufel gehn!«
Er drehte sich um und ging davon, ganz aufs Geratewohl, quer über die betauten Felder, während sein Quälgeist ihm von seinem überlegenen Platz im Sattel halb bedauernd nachsah, bis er jenseits einer Baumpflanzung verschwand.

Es ist gefährlich, in eine Wasserpfütze zu schauen

Nachdem er die Landstraße verlassen hatte, verlangsamte der Mann seinen Schritt und ging jetzt ziemlich unsicher weiter, mit einem deutlichen Gefühl der Ermüdung. Er konnte das nicht verstehen, obwohl die grenzenlose Geschwätzigkeit dieses Landarztes ihm gewiß genügend Aufschluß hätte geben können. Er ließ sich auf einem Stein nieder, legte die Hand aufs Knie und sah zufällig auf sie hin. Der Handrücken war dürr und welk. Er befühlte mit beiden Händen sein Gesicht: es war faltig und gefurcht, er konnte die Linien mit den Fingerspitzen verfolgen. Wie sonderbar – ein bloßer Streifschuß und eine kurze Bewußtlosigkeit konnte einen doch eigentlich nicht zu einem physischen Wrack machen? »Ich muß lange Zeit im Lazarett gewesen sein«, sagte er laut. »Richtig! Was bin ich doch für ein Dummkopf! Die Schlacht war im Dezember, und jetzt ist ja Sommer.« Er lachte. »Kein

Wunder, daß der Kerl dachte, ich wäre aus einer Irrenanstalt ausgerissen. Er hat sich aber geirrt: ich bin nur aus einem Lazarett ausgerissen.«

Ein Stückchen weiter weg lag eine kleine, von einem Steinwall eingefaßte Stelle, die seine Aufmerksamkeit erregte. Ohne bestimmte Absicht stand er auf und ging hin. In der Mitte erhob sich ein schweres, vierkantiges Monument aus behauenem Stein. Es war gebräunt vom Alter, an den Ecken verwittert, gesprenkelt von Moos und Flechten. Zwischen den massiven Quadern wuchsen Grasstreifen, deren Wurzelkräfte sie auseinandergedrängt hatten. Als Antwort auf das Herausfordernde dieses anspruchsvollen Steingefüges hatte die Zeit ihre zerstörende Hand darauf gelegt, und bald würde es sein wie Ninive und Tyrus. Als er auf die Inschrift an einer der Seiten blickte, blieb sein Auge an einem vertrauten Namen hängen. Zitternd vor Erregung reckte er sich über den Steinwall und las:

HAZENS BRIGADE

DEM

ANDENKEN IHRER SOLDATEN,

GEFALLEN AM

STONE RIVER, 31. DEZEMBER 1862.

Der Mann sank von der Mauer zurück, schwach und schwindlig. Kaum eine Armeslänge von ihm entfernt war eine kleine Erdmulde, die von kürzlich gefallenem Regen gefüllt war, eine Pfütze klaren Wassers. Er kroch hin, um sich zu erfrischen, stemmte den Oberkörper auf seinen zitternden Armen hoch, hielt den Kopf über die Lache und erblickte sein Gesicht wie in einem Spiegel. Er stieß einen furchtbaren Schrei aus. Seine Arme versagten, er fiel mit dem Gesicht in die Pfütze und gab das Leben auf, das ein anderes Leben überdauert hatte.

Das verfluchte Ding

Man ißt nicht immer, was auf dem Tisch ist

Beim Licht einer Talgkerze, die am Ende eines rohen Holztisches stand, las ein Mann irgend etwas in einem Buch. Es war ein altes Kontobuch, stark abgegriffen, und die Schrift war anscheinend nicht sehr leserlich, denn der Mann hielt die Seiten manchmal dicht an die Kerzenflamme, um bessere Beleuchtung zu haben. Der Schatten des Buches hüllte dann das halbe Zimmer in Finsternis und verdunkelte eine Anzahl Gesichter und Gestalten, denn außer dem Lesenden waren noch acht andere Männer anwesend. Sieben von ihnen saßen gegen die unverkleideten Wände des Blockhauses gelehnt, schweigend, reglos und, da der Raum klein war, nicht sehr weit vom Tisch entfernt. Mit ausgestreckter Hand hätte jeder von ihnen den achten Mann berühren können, der auf dem Tisch lag, das Gesicht nach oben, teilweise bedeckt mit einem Laken, die Arme an die Seiten gelegt. Er war tot.

Der Mann mit dem Buch las nicht laut, und keiner sprach, alle schienen auf etwas zu warten, was sich ereignen sollte, der tote Mann allein erwartete nichts. Aus der pechschwarzen Dunkelheit draußen kamen durch eine Öffnung, die als Fenster diente, all die ewig fremden Geräusche einer Nacht in der Wildnis: der langgezogene, unnennbare Schrei eines fernen Präriewolfs; das gleichmäßig pulsierende Schrillen unermüdlicher Bauminsekten; fremde Rufe von Nachtvögeln, so anders als die der Tagvögel; das eintönige Summen großer, umhertaumelnder Käfer und der ganze geheimnisvolle Chor aus kleinen Tönen, die man immer nur halb gehört zu haben meint, wenn sie plötzlich, wie im Bewußtwerden einer Unbesonnenheit, verstummen. Aber nichts von alledem wurde von dieser Versammlung zur Kenntnis genommen, ihre Mitglieder neigten nicht besonders zu starkem Interesse an Dingen, die keinen praktischen Wert haben. Das zeigte sich in jedem Zug ihrer harten Gesichter und ließ sich sogar noch im schwachen Licht der einen Kerze erkennen. Es waren Leute aus der Umgebung, Farmer und Holzfäller.

Der Lesende war von etwas anderer Art, man würde vielleicht gesagt haben, daß er aus der Welt kam, weltläufig sei, obwohl seine Kleidung etwas hatte, was eine gewisse Zugehörigkeit zu seiner Umgebung verriet. Sein Mantel hätte in San Franzisko kaum Zustimmung gefunden, sein Schuhwerk war nicht städtischen Ursprungs, und der Hut, der neben ihm am Boden lag – übrigens saß nur er hier ohne Kopfbedeckung –, war so, daß jemand, der ihn etwa für eine ganz besondere Zierde gehalten hätte, sich sehr geirrt haben würde. In seinem Ausdruck war der Mann recht anziehend, wenn auch mit einer Spur von Strenge, obgleich er diese nur angenommen oder ausgebildet haben mochte, wie es einer Amtsperson zukommt. Er war nämlich Untersuchungsrichter. Und kraft seines Amtes war er im Besitz des Buches, in welchem er las. Man hatte es unter den Sachen des Toten gefunden, in dessen Blockhütte, wo eben jetzt die Untersuchung stattfand.

Als der Richter fertig gelesen hatte, schob er das Buch in seine Brusttasche. In diesem Augenblick wurde die Tür aufgestoßen, und ein junger Mann kam herein. Man sah sofort, daß er nicht in den Bergen geboren und aufgewachsen war: er war angezogen wie die Leute, die in Großstädten leben, seine Kleider waren aber bestaubt, als ob er lange unterwegs gewesen wäre, und tatsächlich war er auch scharf geritten, um der Untersuchung beiwohnen zu können.

Der Richter nickte, von den übrigen grüßte ihn niemand.

»Wir haben auf Sie gewartet«, sagte der Richter. »Diese Angelegenheit muß unbedingt heute nacht erledigt werden.«

Der junge Mann lächelte. »Es tut mir leid, daß ich Sie aufgehalten habe«, sagte er. »Ich bin nicht weggewesen, um mich Ihrer Vorladung zu entziehen, sondern nur, um meiner Zeitung einen Bericht über das zu schicken, was zu erzählen ich hierher zurückgerufen wurde, nehme ich an.«

Der Untersuchungsrichter lächelte.

»Der Bericht, den Sie Ihrer Zeitung geschickt haben«, sagte

er, »unterscheidet sich vermutlich von dem, den Sie hier unter Eid erstatten werden.«
»Das richtet sich nach Ihrem Belieben«, gab der andere ziemlich hitzig und mit sichtbarem Erröten zurück. »Ich habe Durchschlagspapier benutzt und besitze eine Kopie meines Berichts. Er ist nicht als Tagesnachricht abgefaßt, denn dazu ist er zu unglaubhaft, sondern als etwas Erdichtetes. Er kann aber als ein Teil meiner eidlichen Aussage gelten.«
»Aber Sie sagen doch, er ist unglaubhaft!«
»Das ist ohne Bedeutung für Sie, Sir, wenn ich zugleich beschwöre, daß es wahr ist.«
Der Untersuchungsrichter schwieg eine Zeitlang, die Augen zu Boden gerichtet. Die Männer, die an die Wände der Blockhütte gelehnt dasaßen, flüsterten miteinander, wandten dabei aber ihre Blicke nur selten vom Gesicht der Leiche ab. Jetzt sah der Richter wieder auf und sagte: »Wir wollen die Untersuchung fortsetzen.«
Die Männer nahmen ihre Hüte ab. Der Zeuge wurde vereidigt.
»Wie heißen Sie?« fragte der Untersuchungsrichter.
»William Harker.«
»Alter?«
»Siebenundzwanzig.«
»Sie kannten den Verstorbenen, Hugh Morgan?«
»Ja.«
»Sie waren zugegen, als er starb?«
»Ganz nah.«
»Wie kam das – Ihre Anwesenheit, meine ich.«
»Ich war zu Besuch bei ihm, zum Jagen und Fischen. Dabei hatte ich aber teilweise auch die Absicht, ihn und seine merkwürdige, einsame Lebensweise zu beobachten. Er schien mir ein gutes Modell für eine Romanfigur. Ich schreibe nämlich manchmal Erzählungen.«
»Und ich lese sie manchmal.«
»Vielen Dank.«
»Erzählungen überhaupt, nicht gerade Ihre.«

Ein paar der Geschworenen lachten. Vor einem düsteren Hintergrund wirft Humor sehr helle Lichter. Soldaten lachen in den Zwischenpausen einer Schlacht besonders leicht, und im Zimmer, wo ein Toter liegt, hat ein Scherz eine so unwiderstehliche Wirkung, weil ihn hier keiner erwartet.
»Berichten Sie über die Umstände beim Tod dieses Mannes«, sagte der Untersuchungsrichter. »Sie können dabei alle Notizen oder Memoranden benutzen, die Sie wollen.«
Der Zeuge verstand. Er zog ein Manuskript aus der Brusttasche, hielt es nah ans Kerzenlicht, blätterte darin, und als er die gesuchte Stelle gefunden hatte, begann er zu lesen.

Was auf einem Haferfeld passieren kann

»... Die Sonne war kaum aufgegangen, als wir das Haus verließen. Wir waren auf Wachteln aus, jeder mit einer Schrotflinte, aber wir hatten nur einen einzigen Hund. Morgan sagte, daß der beste Jagdgrund jenseits von einem Hügel läge, auf den er zeigte, und wir überquerten ihn auf einem Fußpfad durch Gestrüpp von Zwergeichen. Auf der anderen Seite war der Boden verhältnismäßig eben und dicht mit wildem Hafer bestanden. Als wir aus dem Gestrüpp herauskamen, war Morgan höchstens ein paar Meter vor mir. Plötzlich hörten wir rechts vorne und ziemlich nah ein Geräusch wie von einem Tier, das in den Büschen herumraschelt, die sich auch heftig bewegten.
›Wir haben ein Reh aufgescheucht‹, sagte ich, ›ich wünschte, wir hätten eine Büchse.‹
Morgan, der stehengeblieben war und gespannt die sich bewegenden Büsche beobachtete, antwortete nicht, hatte aber beide Läufe seiner Flinte gespannt und hielt sie bereit, um zu zielen. Ich merkte ihm eine leichte Erregtheit an, was mich wunderte, weil er in dem Ruf stand, ganz besonders kaltblütig zu sein, sogar in Momenten plötzlicher und großer Gefahr.
›Ach geh‹, sagte ich, ›du willst doch nicht etwa ein Reh mit Wachtelschrot vollschießen, oder?‹

Er gab immer noch keine Antwort, aber bei einem Blick auf sein Gesicht, als er es mir leicht zuwandte, fiel mir die starke Spannung darin auf. Da begriff ich, daß wir es mit einer ernsthaften Sache zu tun hatten, und zunächst dachte ich, daß wir an einen Grislybären geraten seien. Ich stellte mich neben Morgan, während ich meine Flinte spannte. Das Gebüsch war jetzt ruhig, und die Geräusche hatten aufgehört, aber Morgan paßte noch genauso scharf auf wie zuvor.
›Was ist es? Was zum Satan ist es denn?‹ fragte ich.
›Dies verfluchte Ding‹, sagte er, ohne den Kopf zu wenden. Seine Stimme klang heiser und unnatürlich. Ich sah, daß er zitterte.
Ich war im Begriff, wieder etwas zu sagen, als ich sah, wie der Wildhafer sich nahe bei dem Fleck von vorhin in ganz unerklärlicher Art bewegte. Ich kann das schwer beschreiben, es sah aus, als ob der Hafer von einem Wind gestreift würde, der ihn nicht bloß beugte, sondern ihn niederpreßte, ihn so zu Boden drückte, daß er nicht wieder aufstand. Und diese Bewegung lief langsam weiter und direkt auf uns zu.
Ich hatte noch nie etwas dermaßen Sonderbares gesehen wie dieses befremdliche und unerklärliche Phänomen, aber ich kann mich nicht erinnern, daß ich Angst hatte. Ich entsinne mich – und erzähle es hier, weil es mir seltsamerweise gerade dort einfiel –, daß ich einmal, als ich zerstreut aus einem offenen Fenster hinaussah, einen Moment lang einen kleinen, ganz nahen Baum für einen von einer Gruppe viel größerer Bäume hielt, die etwas weiter weg standen. Er hatte die gleiche Größe wie diese anderen, weil er aber deutlicher und schärfer im Umriß und in den Einzelheiten war, schien er nicht in Einklang mit ihnen. Es war nur eine Verfälschung des Gesetzes der Luftperspektive, aber es erschreckte, ja entsetzte mich beinahe. Wir sind ja so abhängig vom ordnungsmäßigen Funktionieren der vertrauten Naturgesetze, daß wir jede scheinbare Abweichung davon als eine Bedrohung unserer Sicherheit empfinden, als Ankündigung unausdenkbaren Unheils.

Daher war die scheinbar grundlose Bewegung der Pflanzen und das langsame, stetige Näherkommen dieser Bewegung recht bestürzend. Mein Begleiter schien wirklich erschreckt, und ich traute meinen Augen kaum, als ich sah, wie er plötzlich die Flinte anlegte und beide Läufe auf den sich regenden Hafer abfeuerte. Noch bevor der Rauch vom Abschuß sich verzogen hatte, hörte ich einen lauten, heftigen Schrei, einen schrillen Schrei wie von einem wilden Tier, und Morgan warf seine Flinte weg und rannte schleunigst davon. Im selben Augenblick wurde ich mit Gewalt zu Boden geworfen durch den Anprall von irgend etwas, was in dem Rauch unsichtbar war – einer weichen, schweren Substanz, die anscheinend mit großer Kraft auf mich geschleudert wurde.

Bevor ich wieder auf die Füße kam und meine Flinte ergreifen konnte, die mir wohl aus der Hand geflogen war, hörte ich Morgan schreien wie in Todesangst, und zugleich mit seinen Schreien erklangen jene heiseren, wütenden Töne, wie man sie bei Hundebeißereien hört. Maßlos erschrocken stand ich auf und sah in die Richtung, in die Morgan gelaufen war, und der Himmel möge mich gnädig davor bewahren, daß ich noch einmal einen solchen Anblick habe! Mein Freund war kaum dreißig Schritt entfernt, auf einem Bein kniend, sein Kopf war erschreckend weit zurückgebogen, ohne Hut, sein langes Haar zerrauft, und sein ganzer Körper bewegte sich wild von einer Seite zur anderen, rückwärts und vorwärts. Der rechte Arm war ausgestreckt und schien ohne Hand – wenigstens konnte ich sie nicht entdecken. Der andere Arm war unsichtbar. Für Augenblicke – und jedenfalls ist mir diese ausgefallene Szene so in Erinnerung – konnte ich nur einen Teil seines Körpers wahrnehmen; es schien, als ob er teilweise ausgelöscht wäre, anders kann ich es nicht ausdrücken. Dann wieder machte ein Wechsel seiner Stellung von neuem alles sichtbar.

Das Ganze muß sich innerhalb weniger Sekunden abgespielt haben, obwohl Morgan in dieser Zeit sämtliche Körperhaltungen eines heftig Ringenden einnahm, der von einem schwereren und kräftigeren Gegner überwunden wird. Ich sah nichts weiter als ihn, und ihn nicht immer deutlich. Während des ganzen Vorgangs war sein Schreien und Fluchen zu hören, durch einen Tumult von derart rasenden und wütenden Tönen hindurch, wie ich sie weder aus einer menschlichen noch tierischen Kehle je vernommen habe.

Nur eine Sekunde lang stand ich unentschlossen da, dann lief ich, indem ich meine Flinte fallen ließ, meinem Freund zu Hilfe. Ich war der vagen Meinung, daß er irgendeinen Anfall oder eine Art von Krämpfen hätte. Noch ehe ich bei ihm anlangte, lag er da und war still. Alle Geräusche hatten aufgehört, aber mit einem Grauen, wie es nicht einmal dies gräßliche Geschehnis hervorgerufen hatte, sah ich jetzt wiederum diese mysteriöse Bewegung des wilden Hafers, die von der zertrampelten Stelle um meinen hingestreckten Freund bis zum Waldrand fortglitt. Erst nachdem sie den Wald erreicht hatte, war ich dazu fähig, meine Augen abzuwenden und auf meinen Begleiter zu schauen. Er war tot.«

Auch ein nackter Mensch kann in Fetzen sein

Der Untersuchungsrichter erhob sich von seinem Stuhl und trat zu dem toten Mann. Er faßte einen Zipfel des Lakens und zog es fort, den ganzen Körper entblößend, der völlig nackt war und im Kerzenlicht eine lehmgelbe Farbe zeigte. Außerdem aber hatte er große blauschwarze Flecke, die offenbar von Prellungen herrührten, bei denen die Adern geplatzt waren. Oben auf der Brust und an den Seiten sah es aus, als wäre er mit einem Knüppel geprügelt worden. Er hatte schreckliche Wunden, und die Haut war in Streifen und Fetzen gerissen.

Der Untersuchungsrichter ging ans andere Ende des Tisches und entfernte ein seidenes Tuch, das oben am Kopf zusammengeknüpft war und den Kiefer hielt. Als das Tuch weggenommen wurde, zeigte sich das, was die Kehle gewesen war. Ein paar der Geschworenen, die aufgestanden waren, um besser sehen zu können, bereuten ihre Neugierde schnell und wandten die Gesichter ab. Der Zeuge Harker ging zum offenen Fenster und lehnte sich hinaus, weil ihm schwach und übel wurde. Der Untersuchungsrichter ließ das Tuch über den Hals des Toten fallen und ging zu einer Ecke des Raumes, wo er von einem Kleiderhaufen ein Stück nach dem anderen nahm und jedes einen Moment zur Prüfung in die Höhe hielt. Alle waren zerrissen und steif von Blut. Die Geschworenen unternahmen keine eingehendere Untersuchung, sie schienen ziemlich uninteressiert. All das hatten sie ja auch tatsächlich schon vorher gesehen. Das einzig Neue für sie war Harkers Aussage.

»Meine Herren«, sagte der Untersuchungsrichter, »weitere Beweise haben wir nicht, glaube ich. Ihre Aufgabe ist Ihnen bereits erläutert worden. Wenn Sie keine weiteren Fragen zu stellen haben, so können Sie hinausgehn und über Ihren Urteilsspruch beraten.«

Der Obmann, ein großer, bärtiger Mann von sechzig Jahren, in einfachem Anzug, stand auf.

»Ich hätte eine Frage, Herr Untersuchungsrichter«, sagte er. »Aus was für 'nem Irrenhaus is' eigentlich der Zeuge da entsprungen?«

»Mister Harker«, fragte der Untersuchungsrichter unbewegt und ernsthaft, »aus welchem Irrenhaus sind Sie eigentlich entsprungen?«

Harker errötete aufs neue, sagte aber nichts, und die sieben Geschworenen erhoben sich und gingen feierlich, einer nach dem anderen, aus der Blockhütte hinaus.

»Wenn Sie Ihre Beleidigungen beendet haben, Sir«, sagte Harker, sobald er und der Beamte mit dem Toten allein waren, »so steht es mir wohl frei, denke ich, zu gehen?«

»Ja.«

Harker war im Begriff, sich zu entfernen, hielt aber inne, die Hand auf der Türklinke. Seine Berufsgewohnheiten waren stark, stärker als sein Gefühl für persönliche Würde. Er drehte sich um und sagte:

»Das Heft, das Sie da haben – ich erkenne es, es ist Morgans Tagebuch. Sie schienen so sehr daran interessiert, Sie haben sogar darin gelesen, während ich meine Aussage machte. Darf ich es sehn? Meine Leser würden gerne –«

»Das Heft spielt bei dieser Sache hier keine Rolle«, sagte der Beamte und ließ es in seine Rocktasche gleiten, »alle Eintragungen darin sind vor dem Tode des Eigentümers gemacht.«

Als Harker das Haus verließ, kamen die Geschworenen gerade wieder zurück und stellten sich um den Tisch, auf welchem der nun wieder bedeckte Leichnam sich unter dem Laken genau abzeichnete. Der Obmann setzte sich neben der Kerze hin, zog einen Bleistift und ein Stück Papier aus seiner Brusttasche und schrieb mit etwas unbeholfener Sorgfalt folgendes Urteil nieder, das die übrigen mit unterschiedlichen Anstrengungen unterzeichneten:

›Wir, die Geschworenen, befinden, daß die irdischen Überrester zu Tode gekommen sind von der Hand von ein Berglöwen, aber paar von uns denken, ganz egal, der muß bestimmt Krämpfe gehabt haben.‹

Eine Erklärung aus dem Grab

Das Tagebuch des verstorbenen Hugh Morgan enthält gewisse Eintragungen, die vielleicht als Hinweise wissenschaftlichen Wert haben. In bezug auf die Untersuchung seines Leichnams wurde von dem Heft kein Gebrauch gemacht; möglicherweise hielt der Untersuchungsrichter es nicht für der Mühe wert, die Geschworenen damit in Verwirrung zu setzen. Das Datum der ersten erwähnten Eintragungen ist nicht feststellbar, der obere Teil des Blattes ist weggerissen, der erhalten gebliebene Teil lautet folgendermaßen:

›... lief in einem Halbkreis, hielt den Kopf immer dem Zentrum zugewendet, und wieder stand er still, mit wütendem Gebell. Zum Schluß lief er ins Unterholz davon, so rasch er nur konnte. Zuerst dachte ich, er hätte die Tollwut bekommen, aber auf dem Heimweg fand ich sein Betragen nur so

weit verändert, wie es aus seiner Furcht vor Strafe ganz erklärlich war.
Kann ein Hund mit der Nase sehen? Drücken Gerüche irgendeinem Gehirnzentrum Bilder des Gegenstandes ein, der sie ausströmt?
2. September. Als ich heute nacht die Sterne betrachtete, wie sie über dem Hügelkamm östlich des Hauses aufstiegen, sah ich einen nach dem anderen allmählich erlöschen – von links nach rechts. Jeder war nur einen Augenblick lang verdeckt, und immer nur wenige zu gleicher Zeit, aber die ganze Linie des Hügelkamms entlang waren alle, die einen oder zwei Grad über dem Kamm standen, ausgelöscht. Es war, als ob irgend etwas sich zwischen sie und mich geschoben hätte, aber ich konnte es nicht sehen, und die Sterne standen nicht dicht genug, um seine Umrisse erkennen zu lassen. Nein, diese Sache gefällt mir nicht.‹
Die Eintragungen von einigen Wochen fehlen, da drei Blätter aus dem Heft herausgerissen sind.
›27. September. Es hat sich wieder hier herumgetrieben, jeden Tag finde ich Beweise seiner Gegenwart. Ich habe die letzte Nacht wieder unter derselben Deckung gelauert, doppelt mit Rehposten geladene Flinte im Anschlag. Am Morgen waren die frischen Fußspuren wieder da, genau wie früher. Trotzdem hätte ich schwören können, daß ich nicht eingeschlafen war, und tatsächlich kann ich ja überhaupt kaum noch schlafen. Es ist entsetzlich und unerträglich! Wenn diese unerklärlichen Beobachtungen wirklich stimmen, dann werde ich verrückt, und wenn es Einbildungen sind, so bin ich schon verrückt.
3. Oktober. Ich weiche nicht, es soll ihm nicht gelingen, mich zu vertreiben. Nein, denn dieses Haus und dieser Boden gehören mir! Gott verabscheut einen Feigling...
5. Oktober. Ich kann es nicht länger aushalten, ich habe Harker eingeladen, ein paar Wochen mit mir zu verbringen. Er hat einen klaren Verstand – ich werde es seinem Benehmen anmerken, wenn er mich für verrückt hält.

7. Oktober. Ich habe die Lösung des Rätsels, sie ist mir heute nacht eingefallen, ganz plötzlich, wie durch Eingebung. Wie einfach, wie schrecklich einfach!

Es gibt Töne, die wir nicht hören können. An beiden Enden der Skala sind Töne, die keine Taste dieses unvollkommenen Instrumentes, des menschlichen Ohrs, berühren. Sie sind zu hoch oder zu tief. Ich habe einen Schwarm Drosseln beobachtet, der die Krone eines ganzen Baumes einnahm, nein, sogar die Kronen von mehreren Bäumen, und alle sangen aus voller Kehle. Plötzlich, in einer Sekunde, in absolut dem gleichen Augenblick, werfen sich allesamt in die Luft und fliegen davon. Wieso? Sie konnten einander nicht alle sehen, ganze Baumkronen waren dazwischen. An keinem Punkt auch konnte ein Leitvogel allen anderen sichtbar sein. Es muß ein warnendes oder befehlendes Signal gegeben haben, hoch und schrill über ihrem Gelärme, aber unhörbar für mich. Dasselbe gleichzeitige Auffliegen habe ich auch beobachtet, als sie alle still waren, und nicht nur bei Drosseln, sondern auch bei anderen Vögeln – Wachteln zum Beispiel, die durch Gebüsch weit voneinander getrennt waren, die sogar auf den entgegengesetzten Seiten eines Hügels saßen.

Seeleuten ist es bekannt, daß einzelne Gruppen von Walfischen, die sich an der Meeresoberfläche wärmen oder herumtummeln, meilenweit entfernt voneinander, zwischen ihnen die Erdkrümmung, manchmal im selben Augenblick untertauchen – alle mitsammen in ein und demselben Moment unsichtbar werden. Das Signal ist gegeben worden, zu tief für das Ohr des Matrosen im Mastkorb und seiner Kameraden auf Deck, die nichtsdestotrotz die Vibrationen am Schiff spüren, ganz so, wie die Steine einer Kathedrale vom Baß der Orgel beben.

Und wie mit Tönen, so auch mit Farben. An beiden Enden des Solarspektrums kann der Chemiker das Vorhandensein von etwas verfolgen, was als ‚aktinische Strahlen' bekannt ist. Sie repräsentieren Farben – integrierende Farben in der Zusammensetzung des Lichts –, die wahrzunehmen wir unfähig sind. Das menschliche Auge ist ein unvollkommenes Instru-

ment, sein Vermögen umfaßt nicht mehr als ein paar Stufen der wirklichen Farbenskala. Ich bin nicht wahnsinnig: es gibt Farben, die wir nicht sehen können.
Und so wahr mir Gott helfe, das verfluchte Ding ist von solch einer Farbe!‹

Nebensächliche Geschichten

Ein Grab ohne Boden

Ich heiße John Brenwalter. Mein Vater, ein Trunkenbold, besaß ein Patent für die Erfindung, Kaffeebohnen aus Lehm herzustellen, aber er war ein Ehrenmann und wollte sich an der Herstellung nicht selber beteiligen. Aus diesem Grunde war er nicht sehr reich, denn die Gewinnanteile aus dieser wirklich wertvollen Erfindung brachten kaum genug ein, um die Kosten der Rechtsstreitigkeiten mit schuftigen Betrügern zu decken. So entbehrte ich denn viele Vorteile, die den Kindern von skrupellosen und unehrenhaften Eltern zuteil werden, und wäre nicht die Hochherzigkeit und Fürsorglichkeit meiner Mutter gewesen, die alle meine Geschwister vernachlässigte und meine Erziehung persönlich leitete, so wäre ich in Unwissenheit aufgewachsen und hätte Lehrer werden müssen. Das Lieblingskind einer guten Frau zu sein, ist eben mehr wert als Gold.
Als ich das Alter von neunzehn Jahren erreichte, hatte mein Vater das Malheur, zu sterben. Er war stets von perfekter Gesundheit gewesen, und sein Tod, der während der Abendmahlzeit und ohne jede vorherige Warnung eintrat, überraschte niemanden mehr als ihn selbst. Am gleichen Morgen hatte er die Nachricht empfangen, daß man ihm ein Patent bewilligt habe für die Erfindung, Safes mit Hilfe hydraulischen Druckes geräuschlos aufzusprengen. Das Patentamt hatte es die sinnreichste, wirkungsvollste und überhaupt verdienstvollste Erfindung genannt, die ihm je unterbreitet wurde, und natürlich hätte mein Vater einem Alter in Wohlstand und Ehren entgegensehen können. So war sein plötzlicher Tod also eine tiefe Enttäuschung für ihn, doch meine Mutter, deren hervorstechende Charaktereigenschaften Frömmigkeit und Ergebung in den Willen des Himmels waren, war offensichtlich weniger tief bewegt. Beim Ende der Mahlzeit, und als der Leichnam meines armen Vaters vom Fußboden entfernt worden war, rief sie uns alle in das anstoßende Zimmer und sprach zu uns folgendermaßen:

»Liebe Kinder, der ungewöhnliche Vorfall, dem ihr soeben beigewohnt habt, ist einer der allerunangenehmsten im Leben eines braven Mannes und einer, der mir wenig Vergnügen bereitet, wie ich euch versichere. Ich bitte euch, zu glauben, daß ich nichts getan habe, ihn herbeizuführen. Selbstverständlich«, fügte sie nach einer Pause hinzu, während der sie tief in Gedanken verloren die Augen gesenkt hatte, »selbstverständlich ist es besser, daß er tot ist.«
Dies sagte sie mit einem so klaren Gefühl für das Einleuchtende einer sich von selbst aufdrängenden Wahrheit, daß keiner von uns den Mut hatte, sie mit dem Ersuchen um eine Erklärung zu überfallen. Der Ausdruck der Überraschung, den meine Mutter zeigte, wenn sich jemand von uns unpassend benahm, war uns schrecklich. Als ich mir eines Tages in einem Anfall schlechter Laune die Freiheit gestattet hatte, dem Jüngsten ein Ohr abzuschneiden, erschienen mir ihre schlichten Worte »John, du überraschst mich« als ein so scharfer Tadel, daß ich nach einer schlaflosen Nacht in Tränen aufgelöst zu ihr ging, mich ihr zu Füßen warf und ausrief: »Mutter, verzeih mir, daß ich dich überrascht habe!« Und so fühlten wir denn alle, inklusive des einohrigen Jüngsten, daß die Dinge glatter vonstatten gehen würden, wenn wir die Feststellung, es sei für unseren lieben Vater irgendwie besser, tot zu sein, ohne weitere Fragen hinnahmen. Meine Mutter fuhr fort:
»Ich muß euch mitteilen, liebe Kinder, daß bei plötzlichen und mysteriösen Todesfällen es das Gesetz verlangt, daß der Leichenbeschauer erscheint, die Leiche in Stücke schneidet und diese einer Anzahl von Leuten vorlegt, welche, nachdem sie dieselben untersucht haben, die betreffende Person für tot erklären. Hierfür erhält der Leichenbeschauer eine große Summe Geldes. Ich wünsche diese peinliche Formalität im vorliegenden Falle zu vermeiden. Sie würde keinesfalls die Zustimmung eures – der sterblichen Überreste finden. John –«, hier wandte meine Mutter ihr Engelsgesicht zu mir, »du bist ein gebildeter junger Mann und sehr verschwiegen. Du hast jetzt Gelegen-

heit, deine Dankbarkeit für all die Opfer zu zeigen, die deine Erziehung uns anderen aufgebürdet hat. John, geh hin und räume den Leichenbeschauer beiseite.«

Unsäglich beglückt über diesen Vertrauensbeweis meiner Mutter und über die Gelegenheit, mich durch eine Tat auszuzeichnen, die meinen natürlichen Anlagen entsprach, kniete ich vor ihr nieder, zog ihre Hand an meine Lippen und badete sie mit Tränen der Rührung. Noch vor fünf Uhr nachmittags hatte ich den Leichenbeschauer beiseite geräumt.

Ich wurde sofort verhaftet und ins Gefängnis geworfen, wo ich eine höchst unangenehme Nacht verbrachte, da ich infolge der Gewöhnlichkeit meiner Mitgefangenen nicht zu schlafen vermochte, zweier Geistlicher, deren theologisches Training ihnen eine Fülle von ruchlosen Ideen und eine blasphemische Ausdrucksweise ohnegleichen verliehen hatte. Doch gegen Morgen betrat der Gefängniswärter, der in einem Nebenraum schlief und ebenfalls davon gestört wurde, die Zelle und machte die Ehrwürden mit einem furchtbaren Schwur darauf aufmerksam, daß ihr geweihter Beruf ihn, falls er sie noch ein einziges Mal fluchen höre, nicht daran hindern werde, sie auf die Straße zu werfen. Hierauf mäßigten sie ihre fragwürdige Konversation, griffen zu einer Ziehharmonika, und ich schlief den friedvollen und erfrischenden Schlaf der Jugend und Unschuld.

Am nächsten Tag wurde ich vor den Ersten Richter gebracht, der der ehrenamtlichen Richterkommission angehörte und mit der Voruntersuchung meines Falles betraut war. Ich erklärte mich für nicht schuldig und fügte hinzu, daß der Mann, den ich ermordet hätte, ein notorischer Demokrat gewesen sei. (Meine liebe Mutter war Republikanerin, und seit frühester Kindheit war ich sorgfältig von ihr über die Prinzipien einer ehrenhaften Regierung instruiert worden und über die Notwendigkeit, Parteienopposition zu unterdrücken.) Der Richter, gewählt durch eine republikanische Wahlurne mit verschiebbarem Boden, war sichtlich beeindruckt von der Stichhaltigkeit meiner Erklärung und bot mir eine Zigarette an.

»Wenn es Euer Ehren gefällig ist«, begann der Staatsanwalt, »ich erachte in diesem Falle für unnötig, einen Beweis zu erbringen. Nach dem Landesgesetz sitzen Sie hier ehrenamtlich ausübend zu Gericht. Es ist daher Ihre Pflicht, auszuüben. Zeugenaussagen und Gegenargumente gleichermaßen würden Zweifel daran unterstellen, daß Euer Ehren beabsichtigen, Ihrer beschworenen Pflicht nachzukommen. Dies ist meine Anschauung.«
Mein Verteidiger, ein Bruder des verblichenen Leichenbeschauers, erhob sich und sagte: »Wenn es dem Hohen Gericht gefällig ist – mein gelehrter Freund dort drüben hat das Gesetz, dem dieser Fall unterliegt, so gut und beredt ausgelegt, daß mir nur noch nach dem Grade zu forschen bleibt, bis zu welchem es bereits erfüllt worden ist. Es stimmt, Euer Ehren sind ehrenamtlich Ausübender, und als solcher ist es Ihre Pflicht, auszuüben: was? Dies ist eine Frage, die das Gesetz weise und gerecht Ihrem eigenen Ermessen überlassen hat, und weise haben Sie bereits jegliche Verbindlichkeit aufgehoben, die das Gesetz auferlegt. Solange ich Euer Ehren kenne, haben Sie nichts getan als unentwegt ausgeübt. Sie haben Bestechung ausgeübt, Diebstahl, Brandstiftung, Meineid, Unzucht, Mord – jedes Verbrechen aus dem Gesetzbuch und jeden Exzeß, den Ausschweifende und Verderbte kennen, meinen gelehrten Freund dort, den Staatsanwalt, mit inbegriffen. Sie haben alle Ihre Pflichten als beamteter Ausübender erfüllt, und da kein Beweismaterial gegen diesen ehrenwerten jungen Mann, meinen Klienten, vorliegt, beantrage ich seinen Freispruch.«
Ein eindrucksvolles Schweigen folgte. Der Richter erhob sich, setzte das schwarze Barett auf, und mit vor Bewegung bebender Stimme verurteilte er mich zu Leben und Freiheit. Sodann wandte er sich zu meinem Verteidiger und sagte kalt, aber bedeutsam:
»Wir sprechen uns noch.«
Am nächsten Morgen war der Rechtsanwalt, der mich so gewissenhaft gegen eine Anklage, seinen eigenen Bruder ermordet zu haben, verteidigt hatte – er hatte mit ihm Zwistig-

keiten wegen eines Grundbesitzes gehabt –, verschwunden, und sein Schicksal ist bis auf den heutigen Tag unbekannt.
In der Zwischenzeit war der Leichnam meines armen Vaters heimlich um Mitternacht im Hinterhof seines einstigen Wohnsitzes begraben worden, in seinen einstigen Stiefeln und mit dem unanalysierten Inhalt seines einstigen Magens.
»Er war Schaustellungen abhold«, sagte meine teure Mutter, als sie das Feststampfen der Erde über ihm beendigt hatte und den Kindern dabei half, etwas Stroh auf dem Platz herumzustreuen, »er kannte nur häusliche Freuden und liebte ein zurückgezogenes Dasein.«
Die Eingabe meiner Mutter um Vollmachten besagte, daß sie gute Gründe habe anzunehmen, daß der Verschwundene tot sei, denn er sei seit mehreren Tagen nicht zu den Mahlzeiten zu Hause erschienen. Aber der Richter beim Gericht für Erbschaftsabjagung, wie sie es fortan verachtungsvoll nannte, entschied, daß der Todesbeweis ungenügend sei, und legte den Besitz in die Hände des öffentlichen Nachlaßverwalters, der sein Schwiegersohn war. Es stellte sich heraus, daß der Nachlaß genau zur Schuldendeckung ausreichte, und nichts blieb davon übrig als das Patent für die Erfindung, Safes mit Hilfe hydraulischen Druckes geräuschlos aufzusprengen, und dieses war in den Besitz des Erbschaftsrichters und des Nachlaßverwüsters übergegangen, wie es meiner teuren Mutter beliebte, ihn zu betiteln. So also war eine ehrenhafte, respektable Familie in ein paar kurzen Monaten aus Wohlstand in Kriminalität hineingetrieben. Not zwang uns, ans Werk zu gehen.
Bei der Berufswahl leitete uns eine Anzahl von Überlegungen, wie persönliche Eignung, Neigungen und so weiter. Meine Mutter eröffnete eine erlesene Privatschule zur Erlernung der Kunst, die Flecken auf Bettvorlegern aus Leopardenfell umzugruppieren; mein ältester Bruder, George Henry, der eine Vorliebe für Musik hatte, wurde Trompeter in einem nahegelegenen Asyl für Taubstumme; meine Schwester Mary Maria nahm Bestellungen entgegen für Professor Pumpernickels aus Sicherheitsschlössern gewonnene Essenz zum Würzen von

Mineralquellen, und ich installierte mich, um die Querbalken für Galgen zuzurichten und zu vergolden. Die übrigen Kinder, zu jung noch für Schwerarbeit, fuhren fort, außen vor den Geschäften ausgestellte kleinere Artikel zu stehlen, wie man es sie gelehrt hatte.

In unseren Mußestunden lockten wir Vorüberwandernde in unser Haus und begruben die Leichen in einem Keller.

In einem Teil dieses Kellers bewahrten wir Weine, Schnäpse und Lebensmittel auf. Aus dem rapiden Tempo ihres Verschwindens gewannen wir die abergläubische Überzeugung, daß die Geister der dort begrabenen Personen in tiefer Nacht erschienen und Festivitäten abhielten. Unbestreitbar war zumindest, daß wir des Morgens häufig Reste von eingemachtem Fleisch entdeckten, auch von Büchsenkonserven und ähnliche Überbleibsel, die dort verstreut herumlagen, obgleich der Ort wohlverschlossen und gegen menschliche Eindringlinge sicher verwahrt war. Der Vorschlag wurde erwogen, die Lebensmittel zu entfernen und sie woanders aufzustapeln, aber unsere liebe Mutter, großzügig und gastfreundlich wie stets, sagte, es sei besser, den Verlust zu ertragen als eine Entdeckung zu riskieren: wenn man den Gespenstern dieses geringfügige Vergnügen verwehre, so würden sie womöglich eine Untersuchung in Gang bringen, die unsere Methode der Arbeitsteilung zerstören könnte, indem sie die Funktionen der gesamten Familie auf eine einzige Tätigkeit umleitete, nämlich die von mir ausgeübte: vielleicht würden dann wir alle die Querbalken von Galgen verzieren. Wir unterwarfen uns ihrer Entscheidung mit dem kindlichen Gehorsam, der unserer Ehrfurcht vor ihrer welterfahrenen Weisheit und vor der Sauberkeit ihres Charakters angemessen war.

Eines Abends, als wir alle im Keller waren – keiner wagte es, ihn allein zu betreten –, damit beschäftigt, dem Bürgermeister eines Nachbarstädtchens die erhebende Dienstleistung eines christlichen Begräbnisses zu erweisen, wobei meine Mutter und die kleineren Kinder Kerzen hielten, während George Henry und ich uns mit Spaten und Hacke abmühten, stieß

meine Schwester Mary Maria einen Schrei aus und hielt sich die Augen zu. Wir alle erschraken furchtbar, und das Leichenbegängnis des Bürgermeisters wurde sofort unterbrochen, während wir sie mit bleichen Gesichtern und bebenden Stimmen anflehten, uns zu sagen, was sie so alarmiert habe. Die kleineren Kinder waren so aufgeregt, daß sie ihre Kerzen nicht mehr ruhig hielten, und die gleitenden Schatten unserer Gestalten tanzten mit unbeholfenen, grotesken Bewegungen an den Wänden und warfen sich in die unheimlichsten Posituren. Das Gesicht des Toten, das gespenstisch im Licht aufschimmerte, dann wieder in einem der huschenden Schatten verschwand, nahm bei jedem Wiederauftauchen einen neuen und widerwärtigeren Ausdruck an, schien immer bösartiger zu drohen. Durch den Aufschrei des Mädchens fast noch erschrockener als wir, rasten die Ratten in Unmengen herum, quiekten schrill oder ließen aus irgendeinem entlegenen Winkel in die schwarze Dunkelheit hinein unbewegliche Augen glitzern, Punkte nur aus grünem Licht, die zu dem schwachen Phosphoreszieren der Fäulnis paßten, welches das halbausgehobene Grab füllte und wie die sichtbare Manifestation des faden Geruches nach Sterblichkeit wirkte, der die ungesunde Luft vergiftete. Die Kleinen weinten jetzt und klammerten sich an die Arme und Beine der älteren Geschwister, während sie ihre Kerzen fallen ließen, und wir standen in beinahe völliger Finsternis, abgesehen von diesem unheimlichen Licht, das sachte aus dem aufgewühlten Erdboden aufstieg und sich wie eine Quelle über die Ränder des Grabes ergoß.
Inzwischen hatte meine Schwester, die sich in den beim Graben aufgeworfenen Erdhaufen hineingekauert hatte, ihre Hände vom Gesicht genommen und starrte mit aufgerissenen Augen auf eine dunkle Stelle zwischen zwei Weinfässern.
»Da ist es! Da ist es!« kreischte sie und zeigte hin. »Gott im Himmel! Seht ihr es denn nicht?«
Und wahrhaftig, dort war es! Eine menschliche Gestalt, im Halbdunkel nur undeutlich zu erkennen, eine Gestalt, hin und her schwankend, sich an den Fässern festhaltend, wie um nicht

hinzufallen, war jetzt hervorgestolpert und stand einen Augenblick lang sichtbar im Licht unserer restlichen Kerzen, dann taumelte sie heftig und schlug längelang zu Boden. In diesem Moment hatten wir alle die Gestalt erkannt, das Gesicht, die Haltung unseres Vaters – tot seit zehn Monaten und beerdigt von unseren eigenen Händen! Unser Vater, unbezweifelbar auferstanden und haarsträubend betrunken!

Bei den Einzelheiten unserer überstürzten Flucht von diesem grauenhaften Ort – der Vernichtung allen menschlichen Gefühls bei dem panischen, wahnsinnigen Emporhasten die feuchten, modrigen Stufen hinauf, ausgleitend, fallend, einer den andern zurückreißend und einer über den Rücken des anderen trampelnd, die Lichter verlöscht, die Kleinen von den Schuhen ihrer kräftigen Brüder niedergetreten und von Mutterarmen zurück- und zu Tode geschleudert –, bei alledem wage ich nicht zu verweilen. Meine Mutter, mein ältester Bruder, meine älteste Schwester und ich – wir entkamen. Die übrigen blieben unten, um an ihren Wunden oder an ihrem Entsetzen zugrunde zu gehen, ein paar vielleicht auch in den Flammen. Denn innerhalb einer Stunde hatten wir vier, nachdem wir eilends das, was wir an Geld und Juwelen besaßen und was wir an Kleidern schleppen konnten, zusammengesucht hatten, die Stätte in Brand gesetzt und waren bei dieser Beleuchtung in die Berge entflohen. Wir ließen uns nicht einmal Zeit, die Versicherung einzukassieren, und meine liebe Mutter sagte noch Jahre später auf ihrem Sterbebett in einem fernen Land, daß dies die einzige Unterlassungssünde sei, die auf ihrem Gewissen laste. Ihr Beichtiger, ein frommer Mann, versicherte ihr, daß der Himmel ihr in Anbetracht der Umstände diese Verfehlung vergeben werde.

Ungefähr zehn Jahre nach unserem Wegzug von den Schauplätzen meiner Kindheit kehrte ich, damals ein erfolgreicher Falschmünzer, in Verkleidung dorthin zurück, mit der Hoffnung, etwas von den uns zustehenden Schätzen, die im Keller vergraben waren, wiederzuerlangen. Ich darf wohl sagen, daß ich nicht erfolgreich war: die Entdeckung zahlreicher menschlicher Gebeine in dem zerstörten Haus hatte die Behörden dazu veranlaßt, nach weiteren zu graben. Sie hatten den Schatz gefunden und ihn aus Ehrlichkeit selber behalten. Das Haus war nicht wieder aufgebaut worden, und seine ganze Umgebung war in der Tat eine Wüstenei. Es war von dermaßen vielen übernatürlichen Erscheinungen und Geräuschen in dieser Gegend berichtet worden, daß niemand mehr in der Nähe dort wohnen wollte. Da es also niemanden gab, den man befragen oder belästigen konnte, beschloß ich, meinem geliebten Vater noch einmal meine kindliche Ehrfurcht zu bezeigen, indem ich mich über sein Angesicht neigen wollte, falls unsere Augen uns tatsächlich getrogen hätten und er noch in seinem Grabe sein sollte. Auch entsann ich mich, daß er stets einen Ring mit einem enormen Diamanten getragen hatte, und da ich diesen seit seinem Tode niemals wieder gesehen noch etwas darüber gehört hatte, so besaß ich Grund zu der Annahme, daß er mit dem Ring begraben worden sei. Ich beschaffte mir einen Spaten, hatte das Grab auch bald an der Stelle gefunden, die einst der Hinterhof gewesen war, und fing an zu schaufeln. Als ich etwa vier Fuß tief gekommen war, sank der ganze Boden aus dem Grab weg, und ich stürzte in eine breite Abflußgrube, indem ich durch ein großes Loch in ihrem zerbröckelten Gewölbe fiel. Hier gab es weit und breit keine Leiche und auch keinerlei Spur von einer solchen.

Da es unmöglich war, aus der Höhle hinauszugelangen, kroch ich durch die Abflußröhre, und nachdem ich unter einigen Schwierigkeiten eine Masse von verkohltem Knochenabfall und geschwärztem Mauerwerk, womit sie verstopft war, beiseite geräumt hatte, entkam ich in jenen einstigen schicksalhaften Keller.

Alles war mir jetzt klar. Mein Vater, was immer auch die Ursache dafür gewesen war, daß ihm beim Essen ›schlecht wurde‹ – und ich glaube, daß meine selige Mutter einiges Licht in diese Angelegenheit hätte bringen können –, war unbezweifelbar lebendig begraben worden. Da das Grab aus Versehen über der vergessenen Abflußgrube und beinahe bis an den höchsten Punkt ihres Gewölbes hinunter ausgeschaufelt worden war und man auch keinen Sarg benutzt hatte, so hatten seine Bemühungen, wieder aufzuerstehen, das morsche Mauerwerk zerstört, er war durchgebrochen und so schließlich in den Keller gelangt. Da er wohl fühlte, daß er in seinem eigenen Hause nicht willkommen war, jedoch kein anderes besaß, hatte er in unterirdischer Abgeschiedenheit gelebt, als Zeuge unserer Sparsamkeit und als Pensionär unserer Vorsorglichkeit. Er war es gewesen, der unsere Vorräte verzehrt, er war es gewesen, der unseren Wein getrunken hatte – er war also nichts Besseres als ein Dieb. In einem Moment der Betrunkenheit, in dem er ganz sicher jenes Verlangen nach Gesellschaft spürte, das ja die seelische Verbindung zwischen einem berauschten Menschen und seiner Rasse ist, hatte er sein Versteck zu einem merkwürdig unpassenden Zeitpunkt verlassen, wodurch er den Menschen, die ihm am nächsten standen und am teuersten waren, die beklagenswertesten Folgen aufbürdete – eine grobe Taktlosigkeit, die allerdings fast schon die Würde des Verbrecherischen hatte.

Der Witwer Turmore

Die Umstände, unter welchen Joram Turmore zum Witwer wurde, sind in der Öffentlichkeit niemals begriffen worden. Ich natürlich kenne sie, denn ich bin Joram Turmore, und auch meiner Frau, der verblichenen Elizabeth Mary Turmore, sind sie keineswegs unbekannt. Aber obwohl sie sie zweifelsohne herumerzählt, bleiben sie doch ein Geheimnis, weil keine Menschenseele ihr jemals geglaubt hat.

Als ich Elizabeth Mary Johnin heiratete, war sie sehr vermögend, andernfalls hätte ich es mir auch kaum leisten können zu heiraten, denn ich besaß keinen Pfennig, und der Himmel hatte mir keinerlei Absichten eingepflanzt, einen zu verdienen. Ich hatte den Katzenlehrstuhl an der Universität von Graymaulkin inne, und gelehrte Beschäftigungen hatten mich für die Last und Mühe von Arbeit oder Geschäften untauglich gemacht. Außerdem vermochte ich nicht zu vergessen, daß ich ein Turmore bin, Mitglied einer Familie, deren Leitspruch seit den Tagen Wilhelms des Normannen ›Laborare est errare‹ gewesen ist. Die einzig bekanntgewordene Verletzung dieser geheiligten Familientradition geschah, als Sir Aldebaran Turmore de Peters-Turmore, ein illustrer Meistereinbrecher des siebzehnten Jahrhunderts, bei einer schwierigen Unternehmung, die von einem seiner Arbeiter ausgeführt wurde, persönlich assistierte. Dieses Schandflecks auf unserem blanken Wappenschild kann man nicht ohne schmerzliche Kränkung gedenken.

Mein Pflichtenbereich auf dem Katzenlehrstuhl an der Graymaulkin-Universität war selbstverständlich in keinem Fall durch ordinäre Betriebsamkeit gekennzeichnet gewesen. Niemals und zu keinem Zeitpunkt hatte es mehr als zwei Studenten dieser edlen Wissenschaft gegeben, und dadurch, daß ich lediglich die Vorlesungen aus den Manuskripten meines Vorgängers wiederholte, die ich unter seinen Besitztümern gefunden hatte – er starb auf See während einer Reise nach Malta –, konnte ich ihren Wissensdurst stillen, ohne tatsäch-

lich auch nur die Würde des Titels zu verdienen, der an Stelle eines Gehaltes fungierte.
Natürlich betrachtete ich unter diesen beschränkten Verhältnissen Elizabeth Mary als eine Art besonderer himmlischer Vorsehung. Unklugerweise lehnte sie es ab, ihr Vermögen mit mir zu teilen, aber das kümmerte mich wenig, denn, wenn auch nach den Gesetzen unseres Landes, wie allgemein bekannt, eine Ehefrau zwar über ihr Privatvermögen zu ihren Lebzeiten verfügt, so geht dieses doch bei ihrem Tode an ihren Gatten über, und sie kann auch testamentarisch nicht anders darüber verfügen. Aber die Sterblichkeit von Ehefrauen ist zwar beachtlich, doch nicht übertrieben.
Nachdem ich Elizabeth Mary geheiratet und sozusagen geadelt hatte, indem ich sie zu einer Turmore machte, hatte ich das Empfinden, daß die Art ihres Todes in gewissem Sinn nun auch mit ihrer gesellschaftlichen Würde übereinzustimmen hätte. Wenn ich sie durch irgend so eine der gewöhnlichen ehelichen Methoden beseitigte, so würde ich mich verdientem Tadel aussetzen als jemand, der des geziemenden Familienstolzes ermangelte. Dennoch wollte mir kein angemessener Plan einfallen.
In dieser Notlage beschloß ich, die Turmore-Archive zu konsultieren, eine nicht hoch genug zu schätzende Sammlung von Dokumenten, welche die Familienaufzeichnungen seit den Tagen ihres Begründers im siebenten Jahrhundert unserer Zeitrechnung enthält. Ich wußte, daß ich unter diesen geheiligten Urkunden detaillierte Darstellungen aller hauptsächlichen Morde finden würde, die meine seligen Vorfahren seit vierzig Generationen begangen hatten. Dieser Unmenge von Papieren die allerwertvollsten Hinweise zu entnehmen, konnte ich kaum verfehlen.
Die Sammlung enthielt außerdem auch höchst interessante Andenken. Da waren Adelspatente, meinen Vorvätern verliehen für kühne und scharfsinnige Methoden der Beseitigung von Prätendenten oder rechtmäßigen Inhabern von Thronen; Sterne, Kreuze und andere Orden zeugten von Diensten ge-

heimsten und nicht andeutbaren Charakters; verschiedene Geschenke von seiten der größten Konspiratoren der Welt, wahre Geldwerte darstellend, die sich jeder Berechnung entzogen. Es gab Roben, Juwelen, Prunkschwerter und jegliche Art von Beweisen höchster Wertschätzung; der Schädel eines Königs, zum Pokal umgearbeitet; die Eigentumsurkunden ungeheurer Grundstücke, längst gelöscht durch Konfiskation, Verkauf oder Verzicht; ein illuminiertes Brevier, das Sir Aldebaran Turmore de Peters-Turmore, verfluchten Angedenkens, gehört hatte; einbalsamierte Ohren einiger der berühmtesten Feinde der Familie; der Darm eines italienischen Staatsmannes, eines Gegners der Turmore, der, zu einem Hüpfseil zusammengedreht, der Jugend von sechs Generationen der Familie gedient hatte – lauter Gedenkstücke und Erinnerungen, kostbar über alles vorstellbare Maß, aber durch die geheiligten Rechte von Tradition und Gefühl für allezeit unveräußerlich durch Verkauf oder Schenkung.
Als Familienoberhaupt war ich der Hüter dieser unschätzbaren Erbstücke und hatte zu ihrer sicheren Bewahrung im Keller meiner Behausung einen feuer- und diebessicheren Raum aus massivem Mauerwerk konstruiert, dessen solide Steinwände und einzige eiserne Tür ebenso der Erschütterung eines Erdbebens zu widerstehen vermochten wie dem unermüdlichen Ansturm der Zeit und dem ruchlosen Zugriff der Habgier.
Zu dieser beseelten Sammlung, erfüllt von Empfindung und Zärtlichkeit und so reich an kriminellen Hinweisen, nahm ich jetzt meine Zuflucht, um Anregungen zum Mord zu empfangen. Zu meinem unaussprechlichen Erstaunen und Kummer aber fand ich alles leer. Jedes Regal, jeder Schrank, jede Truhe war geplündert. Von dieser vollständigen und unvergleichlichen Kollektion war keine Spur mehr vorhanden, und doch war bei meiner Prüfung weder Schloß noch Riegel berührt, ehe ich selbst die massive Metalltür aufgeschlossen hatte, und die Siegel auf dem Schloß waren intakt gewesen.
Ich verbrachte die Nacht abwechselnd unter Jammern und

Nachforschungen, beides gleichermaßen fruchtlos. Das Mysterium war für Vermutungen undurchdringbar, der Schmerz keiner Linderung zugänglich. Aber kein einziges Mal während dieser ganzen furchtbaren Nacht gab mein standhafter Sinn die hehren Absichten auf, die ich gegen Elizabeth Mary im Schilde führte, und die Morgendämmerung fand mich entschlossener denn je, die Früchte meiner Heirat zu ernten. Mein großer Verlust schien mich in engere Geistesverwandtschaft mit meinen toten Ahnen zu bringen und mir neuen und unausweichlicheren Gehorsam gegenüber dem Geheiß, das aus jedem meiner Blutstropfen zu mir sprach, aufzuerlegen.
Mein Aktionsplan war bald entworfen, und nachdem ich mir einen kräftigen Strick verschafft hatte, betrat ich das Schlafzimmer meiner Frau und fand sie, wie ich erwartet hatte, in tiefem Schlaf. Noch bevor sie aufwachte, hatte ich sie fest an Händen und Füßen gefesselt. Sie war höchst überrascht und schmerzerfüllt, aber ungeachtet ihrer Einwände, die in einer hohen Tonlage vorgebracht wurden, trug ich sie in die nun ausgeplünderte Schatzkammer, die zu betreten ich sie noch niemals bemüht und von deren Schätzen ich ihr nichts verraten hatte. Ich setzte sie, immer noch gefesselt, in einer Ecke des Raumes nieder und verbrachte die beiden nächsten Tage und Nächte damit, Ziegelsteine und Mörtel herbeizuschaffen, und am Morgen des dritten Tages hatte ich sie vom Boden bis zur Decke sicher eingemauert. Während all dieser Zeit schenkte ich ihren Bitten um Gnade nur insoweit Beachtung, als ich auf ihr Versprechen hin, keinen Widerstand zu leisten – das sie, wie ich verpflichtet bin zu bestätigen, auch ehrenhaft einhielt –, ihr die freie Bewegung ihrer Gliedmaßen gewährte. Sie konnte über einen Raum von etwa vier mal sechs Fuß verfügen. Als ich die letzten Ziegel der obersten Lage einsetzte, die an die Decke der Schatzkammer anschlossen, bot sie mir in dem Ton, den ich für die Selbstbeherrschung der Hoffnungslosigkeit hielt, Lebewohl, und ich ruhte mich von meiner Arbeit aus und fühlte, daß ich die Tradition einer alten, vornehmen Familie treulich gewahrt hatte. Meine einzige bittere Betrach-

tung hinsichtlich meines Verhaltens entstammte dem Bewußtsein, daß ich bei der Ausführung meines Vorhabens gearbeitet hatte. Aber das würde ja keine lebende Seele je erfahren.
Nach einer gründlichen Nachtruhe ging ich zum Richter des Nachfolge- und Erbschaftsgerichtes und gab eine wahrheitsgetreue und beschworene Schilderung von allem, was ich getan, nur, daß ich die physische Arbeit, eine Wand zu errichten, einem Bediensteten unterschob. Seine Ehren ernannten einen Kommissar, der eine sorgfältige Prüfung der Arbeit vornahm, und auf seinen Bericht hin war Elizabeth Mary Turmore nach Verlauf einer Woche amtlich für tot erklärt. Durch ordnungsgemäßes Walten des Gesetzes wurde ich in den Besitz ihres Vermögens gebracht, und wenn dieses auch nicht so viele Hunderttausende von Dollar betrug wie meine verlorenen Schätze, so erhob es mich doch aus Armut in Überfluß und erwarb mir die Achtung großer und guter Menschen.
Ungefähr sechs Monate nach diesen Ereignissen erreichten mich befremdliche Gerüchte darüber, daß das Gespenst meiner verstorbenen Frau an verschiedenen Orten des Landes gesehen worden sei, doch stets in ziemlicher Entfernung von Graymaulkin. Diese Gerüchte, die bis zu irgendeiner zuverlässigen Quelle zu verfolgen ich außerstande war, widersprachen einander sehr stark in vielen Einzelheiten, glichen sich aber alle darin, daß sie der Erscheinung einen gewissen hohen Grad von ersichtlichem weltlichem Wohlstand zuschrieben, verbunden mit einer bei Gespenstern höchst ungewöhnlichen Forschheit. Nicht nur, daß der Geist in kostbarste Gewänder gekleidet war, sondern er ging auch mitten am Tage um und benutzte sogar Fahrzeuge! Ich war über diese Berichte unsäglich verstimmt, und da ich dachte, daß vielleicht doch etwas mehr als bloßer Aberglaube an der im Volke verbreiteten Überzeugung sein mochte, daß lediglich die Geister der nicht bestatteten Toten auf Erden herumspuken, holte ich ein paar mit Hacken und Brecheisen ausgerüstete Arbeiter in die jetzt lange nicht mehr betretene Kammer und befahl ihnen, die

Ziegelwand niederzureißen, die ich um die Gefährtin meiner Freuden errichtet hatte. Ich war entschlossen, dem Leib Elizabeth Marys ein Begräbnis zu geben, wie es ihr unsterblicher Teil meiner Meinung nach zu akzeptieren gewillt sein mochte als Ersatz für das Privileg, nach Belieben die Aufenthaltsorte der Lebenden zu durchstreifen.

In wenigen Minuten hatten wir die Wand niedergerissen, und indem ich eine Lampe durch die Bresche schob, schaute ich hinein. Nichts! Kein Knochen, keine Haarlocke, kein Stoffetzchen. Der enge Raum, der, kraft meiner eidesstattlichen Aussage, gesetzlich zu demjenigen erklärt worden war, der alles enthielt, was an der verblichenen Mrs. Turmore sterblich war, war absolut leer. Diese verblüffende Entdeckung, die über ein Gemüt hereinbrach, das bereits von allzu vielen Geheimnissen und Aufregungen überbürdet war – das war mehr, als ich zu tragen vermochte. Ich schrie auf und bekam einen Anfall. Sodann lag ich monatelang zwischen Leben und Tod darnieder, fiebernd und delirierend, und ich wurde auch nicht eher gesund, als bis mein Arzt so vorsorglich war, eine Kassette mit wertvollen Juwelen meinem Safe zu entnehmen und das Land zu verlassen.

Im nächsten Sommer hatte ich Gelegenheit, meinen Weinkeller zu visitieren, in dessen einer Ecke ich die nun schon seit langem unbenutzte Schatzkammer erbaut hatte. Als ich gerade ein Madeirafaß an einen anderen Platz rollte, stieß es ziemlich heftig gegen die Zwischenwand, und ich war erstaunt, als ich wahrnahm, daß es zwei große Steinquader in die Wand hineingedrückt hatte.

Ich befühlte sie und konnte sie ganz leicht völlig hineinstoßen, und als ich durch das Loch schaute, sah ich, daß sie in der Ecke lagen, in der ich meine betrauerte Gattin eingemauert hatte. Gegenüber der Stelle, an der die Steine herausgefallen waren, befand sich in einer Entfernung von vier Fuß die Ziegelwand, die meine eigenen Hände zum Gewahrsam dieser unglücklichen Edelfrau errichtet hatten. Nach dieser wichtigen Entdeckung begann ich eine Untersuchung des Weinkel-

lers. Hinter einer Reihe von Fässern fand ich vier historisch interessante, aber eigentlich wertlose Gegenstände:
Erstens die stockfleckigen Reste einer herzoglichen Staatsrobe (florentinisch) aus dem elften Jahrhundert; zweitens ein illuminiertes Pergament-Brevier, auf der Titelseite die farbige Inschrift des Namens von Sir Aldebaran Turmore de Peters-Turmore; drittens einen zum Trinkpokal umgearbeiteten menschlichen Schädel voller Weinflecke; viertens das Eiserne Kreuz erster Klasse eines Komturs des Kaiserlich Österreichischen Ordens der Giftmörder.
Das war alles. Kein Gegenstand von kommerziellem Wert, keinerlei Papiere, nichts. Aber es genügte, um das Geheimnis der Schatzkammer aufzuklären: Meine Frau hatte schon längst Existenz und Zweck dieser Kammer erraten gehabt, und mit der Findigkeit, die den Menschen zum Genie macht, hatte sie sich einen Zugang geschaffen, indem sie zwei Steine in der Wand lockerte.
Durch diese Öffnung hatte sie zu wiederholten Malen die Sammlung geplündert, die sie zweifellos allmählich in königliche Münze verwandelte. Als ich mich, in unwillkürlicher Gerechtigkeit, die mich in der Erinnerung all meiner Befriedigung beraubt, dazu entschlossen hatte, sie einzumauern, wählte ich durch irgendein böses Mißgeschick gerade denjenigen Teil, in dem sich diese bewegbaren Steine befanden, und sicher hatte sie, noch bevor ich überhaupt meine Maurerarbeit einigermaßen beendet hatte, schon die Steine herausgenommen, war in den Weinkeller geschlüpft und hatte sie dann wieder an ihrem ursprünglichen Platz eingesetzt. Aus dem Keller war sie, ohne bemerkt zu werden, mit Leichtigkeit entkommen, um an entlegeneren Plätzen ihre schändlichen Einkünfte zu genießen. Ich habe mich bemüht, eine Vollmacht zu erlangen, aber der Lord High Baron des Mordanklage- und Überführungsgerichtshofes erinnert mich daran, daß sie gesetzlich tot ist, und sagt, meine einzige Chance sei, die Sache vor den Kadaver-Meister zu bringen und ihn dazu zu bewegen, einen Erlaß zur Ausgrabung und rekonstruierenden Wie-

derbelebung ergehen zu lassen. So scheint es nun also, daß ich mir dieses tiefe Unrecht von seiten einer Frau werde gefallen lassen müssen, die weder moralische Grundsätze noch irgendwelches Schamgefühl besitzt.

Der Elternmörder-Club

Mein Lieblingsmord

Nachdem ich meine Mutter unter ganz besonders grauenvollen Umständen ermordet hatte, wurde ich verhaftet und vor Gericht gestellt. Die Untersuchung dauerte sieben Jahre. In seiner Ansprache an die Geschworenen bemerkte der Richter, daß es das allerscheußlichste Verbrechen sei, das für belanglos zu erklären er jemals berufen worden sei.

Hier erhob sich mein Anwalt und sagte:

»Wenn Euer Ehren gestatten: Verbrechen sind scheußlich oder annehmbar lediglich durch Vergleichsmöglichkeiten. Wenn Sie mit den Einzelheiten des vorigen Mordes meines Klienten, an seinem Onkel, vertraut wären, so würden Sie in seinem späteren Verstoß – wenn es überhaupt ein Verstoß genannt werden kann – etwas von einer Art zärtlicher Vorsorge und kindlicher Ehrfurcht gegenüber den Gefühlen des Opfers erkennen. Die entsetzliche Grausamkeit der früheren Ermordung war in der Tat unvereinbar mit irgendeiner anderen Hypothese als der strafbarer Schuld, und wäre nicht der ehrenwerte Richter, vor dem er stand, Präsident einer Lebensversicherungsgesellschaft gewesen, die auch bei Tod durch Hängen zur Zahlung verpflichtet und bei der mein Klient versichert war, so kann man sich schwer vorstellen, wie er auf anständige Art hätte freigesprochen werden sollen. Wenn Euer Ehren zur Information und Gemütsbelehrung Näheres darüber zu hören wünschen, so wird dieser Unglückliche, mein Klient, gern einwilligen und sich der schmerzlichen Mühe unterziehen, unter Eid davon zu berichten.«

Der Staatsanwalt sagte:

»Euer Ehren, ich protestiere. Eine derartige Darlegung wäre eine Art Beweisführung, aber die Zeugenvernehmungen für diesen Fall sind bereits abgeschlossen. Die Darlegungen des Gefangenen hätten vor drei Jahren gehört werden müssen, im Frühling 1881.«

»Im Sinn der Statuten haben Sie recht«, sagte der Richter, »und vor dem Einspruchs- und Verfahrensgericht würde zu Ihren

Gunsten entschieden werden. Aber nicht vor einem Kassationsgerichtshof. Ihr Einwand ist abgelehnt.«

»Ich erhebe Einspruch«, sagte der Staatsanwalt.

»Das können Sie nicht«, erwiderte der Richter. »Ich muß Sie daran erinnern, daß Sie, um einen Einspruch erheben zu können, den vorliegenden Fall für einige Zeit durch legale Überweisung kraft rechtsgültiger Dokumente vor das Einspruchsgericht bringen lassen müssen. Ein Antrag zu diesem Zweck von seiten Ihres Amtsvorgängers ist von mir bereits im ersten Jahr dieses Prozesses abgelehnt worden. Herr Beisitzer, schwören Sie den Häftling ein.«

Nachdem der übliche Eid geleistet war, lieferte ich die folgende Darstellung, die den Richter dermaßen mit der Überzeugung von der vergleichsweisen Harmlosigkeit des Verstoßes, dessentwegen ich vor Gericht stand, durchdrang, daß er keine weiteren Nachforschungen nach mildernden Umständen unternahm, sondern den Geschworenen ganz einfach Anweisung zum Freispruch gab und ich das Gericht mit fleckenloser Reputation verließ:

»Ich bin geboren 1856 in Kalamakee, Michigan, von ehrlichen und achtbaren Eltern, deren einem Teil der Himmel es gnädig erspart hat, mich in meinen späteren Lebensjahren zu trösten. 1867 kam die Familie nach Kalifornien und ließ sich in der Nähe von Nigger Head nieder, wo mein Vater eine Wegelagerei errichtete und es zu einem Wohlstand brachte, der alle Erwartungen seiner Raffgier übertraf. Damals war er ein schweigsamer, düsterer Mann, obgleich sein zunehmendes Alter später den Ernst seiner Natur etwas gemildert hat, und ich glaube, daß weiter gar nichts als die Erinnerung an die traurige Begebenheit, derentwegen ich jetzt vor Gericht stehe, ihn davon abhält, eine echte Fröhlichkeit zu zeigen.

Vier Jahre nachdem wir die Wegelagerei eröffnet hatten, kam ein Wanderprediger daher, und da er keine andere Möglichkeit hatte, für das Nachtlogis zu zahlen, das wir ihm gaben, vergönnte er uns eine so machtvoll überzeugende Mahnrede, daß wir, Gott Lob und Dank, alle religiös wurden. Mein Va-

ter schickte sofort nach seinem Bruder, Hochwohlgeboren William Ridley of Stockton, und als er kam, übergab er ihm die Wegeagentur, ohne ihm etwas für die Gerechtsame und die Betriebsanlage zu berechnen. Letztere bestand aus einer Winchesterbüchse, einer abgesägten Schrotflinte und einem Sortiment von Masken, die aus Mehlsäcken hergestellt waren. Dann siedelte die Familie nach Ghost Rock über und eröffnete ein Lokal mit Tanzbühne. Es erhielt den Namen ›Leierkasten zur Heiligenruh‹, und die Veranstaltungen begannen allabendlich mit einem Gebet. Dort war es auch, wo sich meine nun verklärte Mutter durch ihre Anmut im Tanz den Spitznamen ›das störrische Walroß‹ erwarb.
Im Herbst 1875 hatte ich Gelegenheit, Coyote zu besuchen, das auf der Straße nach Mahala liegt, und benutzte die Postkutsche von Ghost Rock, in der sich noch vier andere Passagiere befanden. Ungefähr drei Meilen hinter Nigger Head hielten drei Personen, die ich als meinen Onkel William und seine beiden Söhne erkannte, die Kutsche an. In der Eilgutkiste fanden sie nichts und gingen nun die Passagiere durch. Ich spielte bei der Sache eine höchst ehrenhafte Rolle, indem ich mich mit den anderen zusammen aufreihte, die Aufforderung ›Hände hoch‹ befolgte und es mir erlaubte, mich einer Summe von vierzig Dollar und einer goldenen Uhr berauben zu lassen. Aus meinem Verhalten hätte kein Mensch den Verdacht schöpfen können, daß ich die Herren kannte, die dies Vergnügen veranstalteten. Ein paar Tage darauf, als ich nach Nigger Head kam und um die Rückgabe meines Geldes und meiner Uhr ersuchte, schworen mein Onkel und meine Vettern, daß sie von der ganzen Angelegenheit nichts wüßten, und taten heuchlerischerweise die Überzeugung kund, daß vielmehr mein Vater und ich selber die Sache getätigt hätten, in ehrloser Verletzung von Treu und Glauben auf Grund der geschäftlichen Vereinbarung. Onkel William drohte sogar mit Vergeltungsmaßnahmen durch Eröffnung eines Konkurrenz-Tanzlokales in Ghost Rock. Da ›Heiligenruh‹ ziemlich unpopulär geworden war, sah ich voraus, daß die Konkurrenz

seinen sicheren Ruin bedeuten und sich als lohnendes Unternehmen erweisen würde, und so sagte ich meinem Onkel, daß ich bereit sei, das Vergangene vergessen sein zu lassen, wenn er mich bei dem Projekt mitmachen ließe und meine Beteiligung vor meinem Vater geheimhalten würde. Dieses anständige Angebot wies er zurück, und da begriff ich, daß es besser und sicherer sei, wenn er tot wäre.

Meine diesbezüglichen Pläne waren bald gemacht, und als ich sie meinen lieben Eltern mitteilte, hatte ich die Genugtuung, ihren Beifall zu finden. Mein Vater sagte, er sei stolz auf mich, und meine Mutter versprach, ich solle, da ihre Religion es ihr verbiete mitzuhelfen, wenn jemand seines Lebens beraubt würde, wenigstens den Beistand ihrer Gebete für meinen Erfolg empfangen. Als zusätzliche Sicherheitsmaßnahme im Falle des Entdecktwerdens machte ich eine Eingabe für die Mitgliedschaft bei jenem mächtigen Orden, den ›Rittern vom Morde‹, und wurde zur gegebenen Zeit denn auch Mitglied der Ghost-Rock-Komturei. An dem Tage, an dem meine Probezeit endete, erhielt ich zum ersten Mal Erlaubnis, die Akten des Ordens einzusehen und zu erfahren, wer ihm angehörte, da alle Einweihungsriten in Masken stattgefunden hatten. Man stelle sich mein Entzücken vor, als ich bei Durchsicht der Mitgliederliste herausfand, daß der dritte Name der meines Onkels und daß er sogar Junior-Vizekanzler des Ordens war. Hier war eine Gelegenheit, die meine kühnsten Träume übertraf: ich konnte dem Morden noch Insubordination und Verrat hinzufügen. Es war wirklich das, was meine gute Mutter eine ›besondere Fügung der Vorsehung‹ genannt hätte.

Um diese Zeit ereignete sich etwas, was meinen schon gefüllten Freudenbecher nach allen Seiten zum Überschäumen brachte, ein kreisrunder Katarakt von Segnung. Drei Männer, in dieser Gegend Fremde, wurden wegen der Beraubung der Postkutsche verhaftet, bei der ich Geld und Uhr eingebüßt hatte. Sie kamen vor Gericht, und trotz meiner Anstrengungen, sie zu entlasten und die Schuld dreien der respektabelsten und ehrenwertesten Bürger von Ghost Rock zuzu-

schieben, wurden sie an Hand der allerklarsten Beweise schuldig gesprochen. Nun würde also der Mord so willkürlich und grundlos sein, wie ich nur wünschen konnte.
Eines Morgens schulterte ich meine Winchesterbüchse, ging zum Haus meines Onkels bei Nigger Head und fragte meine Tante Mary, seine Gattin, ob er daheim wäre, wobei ich hinzufügte, daß ich gekommen sei, um ihn umzubringen. Meine Tante erwiderte mit ihrem eigenartigen Lächeln, daß schon so viele Herren wegen dieses Vorhabens gekommen und später weggeschafft worden seien, ohne es ausgeführt zu haben, daß ich ihr verzeihen müsse, wenn sie an meiner Aufrichtigkeit in dieser Sache zweifle. Sie sagte, ich sähe nicht aus, als ob ich irgendwen umbringen wollte, und so legte ich zum Beweis meiner Aufrichtigkeit meine Büchse an und verwundete einen Chinesen, der zufällig gerade am Hause vorüberging. Sie sagte, sie kenne ganze Familien, die dergleichen tun könnten, aber mit Bill Ridley sei es eine andere Sache. Jedenfalls aber könnte ich ihn drüben, jenseits des Baches, in der Schafhürde finden, sagte sie und fügte noch hinzu, daß sie hoffe, der Tüchtigere würde siegen.
Meine Tante Mary war eine von den anständigsten Frauen, denen ich je begegnet bin.
Ich fand meinen Onkel kniend damit beschäftigt, einem Schaf das Fell abzuziehen. Da ich sah, daß er weder Gewehr noch Pistole zur Hand hatte, brachte ich es nicht übers Herz, ihn zu erschießen, und so ging ich auf ihn zu, begrüßte ihn liebenswürdig und versetzte ihm mit dem Gewehrkolben einen mächtigen Hieb über den Kopf. Ich kann sehr gut zielen, und Onkel William legte sich auf die Seite nieder, rollte dann auf den Rücken, spreizte die Finger und erschauerte. Bevor er seine Gliedmaßen wieder gebrauchen konnte, ergriff ich das Messer, das er benutzt hatte, und durchschnitt seine Wadensehnen. Sie wissen sicher, daß der Patient, wenn man den Tendo Achillis zertrennt, keinen Gebrauch mehr von seinen Beinen machen kann. Es ist genauso gut, wie wenn er überhaupt keine Beine hätte. Schön, ich zertrennte also alle beide,

und als er wieder zu sich kam, stand er mir zur Verfügung. Sowie er die Situation erfaßt hatte, sagte er:
›Samuel, du hast mich in der Falle und kannst es dir nun leisten, großmütig zu sein. Ich habe nur eine Bitte an dich, und die ist, daß du mich zum Haus zurückträgst und mich im Kreise meiner Familie fertigmachst.‹
Ich sagte, daß ich das für ein ganz vernünftiges Verlangen hielte und daß ich es tun würde, wenn er mir gestatte, ihn in einen Weizensack zu stecken, denn er sei auf diese Weise leichter zu tragen, und falls wir von den Nachbarn unterwegs gesehen würden, so gebe es weniger Anlaß zu Bemerkungen. Damit war er einverstanden, und ich holte aus der Scheune einen Sack. Dieser aber paßte ihm nicht, er war zu kurz und viel breiter als er. Daher bog ich seine Beine, preßte ihm die Knie gegen die Brust, bekam ihn auf diese Art auch hinein und band den Sack über seinem Kopf zusammen. Er war ein schwerer Mensch, und ich hatte größte Mühe, ihn mir auf den Rücken zu laden, aber dann konnte ich doch ein gutes Stück mit der Last dahintaumeln, bis ich zu einer Schaukel kam, die ein paar von den Kindern am Ast einer Eiche befestigt hatten. Hier legte ich ihn nieder, nahm auf ihm Platz, um etwas zu rasten, und beim Anblick des Seiles hatte ich einen glücklichen Einfall. Nach zwanzig Minuten schwebte mein Onkel frei einher, zur Kurzweil des Windes.
Ich hatte das Seil abgeknüpft und ein Ende fest um die Sacköffnung geschnürt, das andere über den Ast geworfen und hatte den Onkel daran ungefähr fünf Fuß hoch über den Erdboden gezogen. Nachdem ich dann auch das andere Seilende an der Sacköffnung befestigt hatte, sah ich mit Befriedigung meinen Onkel in ein prächtiges, großes Pendel verwandelt. Ich muß hinzufügen, daß er sich nicht ganz klar war über die Natur der Veränderung, der er in seiner Beziehung zur Umwelt unterworfen worden war, wenn ich auch, um dem Andenken eines braven Mannes Gerechtigkeit widerfahren zu lassen, zugeben muß, daß ich glaube, er hätte keinesfalls viel von meiner Zeit durch vergeblichen Widerstand vergeudet.

Onkel William besaß einen Schafbock, der in der ganzen Gegend wegen seiner Angriffslust berühmt war. Er befand sich in einem Zustand chronisch konstitutioneller Verärgerung. Irgendeine tiefe Enttäuschung in früher Jugend hatte sein Wesen wohl verbittert, und er lebte mit aller Welt im Kriegszustand. Die Behauptung, daß er alles Erreichbare auf die Hörner nahm, würde die Natur und den Wirkungsbereich seiner kämpferischen Aktivität nur schwach andeuten: das gesamte Universum war sein Gegner und seine Methode die eines Projektils. Er kämpfte wie Himmel und Hölle, mitten in den Lüften, durch die er wie ein Vogel einherschoß, eine parabolische Kurve beschrieb und auf seinem Opfer in genau dem Einfallswinkel landete, der aus seinem Tempo und Gewicht das Beste herausholte. Sein Anprall, in Tonnage umgerechnet, war unglaublich. Er war beobachtet worden, wie er einen vierjährigen Bullen durch einen einzigen Stoß auf die knorrige Stirn des Tieres erledigt hatte. Man wußte von keiner Steinmauer, die seinem abwärts stoßenden Ansturm widerstanden hätte; es gab keine Bäume, stark genug, ihn zu überleben, er machte sie zu Brennholz und schändete die Würde ihres Blätterschmucks im Staub. Diese jähzornige, unversöhnliche Ausgeburt, dieser leibhaftige Donnerkeil, dieses Monstrum der Hölle hatte ich im Schatten eines in der Nähe stehenden Baumes ruhen sehen, wo es wohl Träume von Angriff und Sieg träumte, und daß ich seinen Herrn in der geschilderten Art zum Schweben gebracht hatte, war in der Absicht geschehen, es herbeizulocken aufs Feld der Ehre.

Nachdem ich meine Vorbereitungen erledigt hatte, verlieh ich dem Pendelonkel einen sanften Schwung und zog mich zurück, um hinter einem nahen Felsen Deckung zu nehmen, von wo ich die Stimme zu einem langgezogenen, krächzenden Ruf erhob, dessen verklingende Schlußtöne in einem Geräusch wie vom Fauchen einer Katze untergingen, das aus dem Sack drang. Stracks war das formidable Schaf auch schon auf den Beinen und hatte die Kampflage mit einem einzigen Blick erfaßt. Ein paar Sekunden später hatte es sich stampfend bis auf fünfzig Schritt dem schaukelnden Feinde genähert, der mit seinem immerfort abwechselnden Vor und Zurück und wieder Vorwärts den Kampf herauszufordern schien. Plötzlich sah ich den Kopf der Bestie sich zu Boden senken, als ob er vom Gewicht der enormen Hörner heruntergezogen würde, und dann verlängerte sich von diesem Fleck aus ein vager, weißer, wogender Streifen aus Schaf in generell horizontaler Richtung bis dahin, von wo es etwa noch vier Schritt zu einem unmittelbar unter dem Gegner gelegenen Punkt war. Dort stieß der Widder scharf nach oben, und noch bevor er mir an dem Platz, von dem er gestartet war, so recht aus dem Blick gekommen war, hörte ich einen häßlichen Bumser und durchdringendes Kreischen, und schon sauste mein armer Onkel vorwärts und empor an einem Seil, das plötzlich schlaff wurde, weil er höher flog als der Ast, an dem er befestigt war. Nun straffte sich das Seil mit einem Ruck, der den Flug bremste, und schon brauste der Onkel in atemberaubender Kurve zum anderen Ende seines Pendelbogens. Der Schafbock war hingefallen, ein Durcheinander von Beinen, Wolle und Hörnern, aber indem er sich wieder erhob und auswich, als sein Gegner abwärts geschossen kam, zog er sich aufs Geratewohl zurück, abwechselnd den Kopf schüttelnd und mit den Vorderbeinen stampfend. Als er ungefähr wieder so weit weg war wie vor dem Angriff, hielt er inne, neigte den Kopf wie im Gebet um Sieg, und wiederum schoß er vorwärts, genauso undeutlich zu sehen wie zuvor – ein sich verlängernder weißer Streifen in monströsen Wellenbewegungen, der in jähem Hochwogen endete. Diesmal verlief sein Kurs im rechten Winkel zum vorigen, und seine Ungeduld war so heftig, daß er auf den Feind stieß, noch bevor dieser den niedrigsten Punkt seines Bogens erreicht hatte. Infolgedessen wirbelte der Sack in einem horizontalen Kreis, dessen Radius ungefähr der halben Länge des Seiles entsprach, das, wie ich vergaß zu sagen, fast zwanzig Fuß lang war. Die Schreie meines Onkels, crescendo beim Herankommen und diminuendo, wenn er sich entfernte, machten die Rapidität seines Kreiselns dem Ohr wahrnehmbarer als dem Auge. Offensichtlich war er noch nicht an einer lebenswichtigen Stelle getroffen. Seine Positur im Sack und die Entfernung, welche er vom Boden hatte, zwangen den Schafbock dazu, seine unteren Extremitäten und das Ende seines Rückens zu bearbeiten. Ganz wie eine Pflanze, deren Wurzeln auf irgendein vergiftetes Gestein treffen, verendete auch mein armer Onkel langsam von unten her.

Nachdem der Bock seinen zweiten Überfall ausgeführt hatte, zog er sich nicht wieder zurück. Das Kampfesfieber brannte ihm heiß im Herzen, sein Gehirn war trunken vom Rausch des Gefechts. Gleich einem Faustkämpfer, der in seiner Rage alle Erfahrungen vergißt und nutzlos in halber Armeslänge kämpft, unternahm es die ergrimmte Bestie, ihren dahinschwebenden Gegner, sobald er droben vorüberkam, durch ungeschickt vertikale Hüpfer zu erreichen, und berührte ihn auch tatsächlich manchmal, aber nur schwach, und viel häufiger wurde sie durch ihren eigenen irregeleiteten Eifer zu Boden geworfen. Aber als der Schwung der Bewegung erschöpft war und die Kreise des Mannes kleiner im Umfang und langsamer im Tempo wurden, so daß sie ihn auch dem Boden näher brachten, erzielte jene Taktik bessere Resultate und zeitigte eine unübertreffliche Qualität von Schreien, die ich enorm genoß.

Plötzlich, als hätten Trompeten zum Waffenstillstand geblasen, gab der Schafbock die Feindseligkeiten auf und spazierte davon, während seine krumme Nase sich nachdenklich kraus zog und wieder glättete und er gelegentlich ein Grasbüschel abrupfte und langsam zerkaute. Er schien der Unruhen des Krieges müde und entschlossen zu sein, das Schwert zur Pflugschar umzuschmieden, um die Künste des Friedens zu kultivieren. Stetig behielt er die Richtung bei, die ihn vom Felde der Ehre wegführte, bis er eine Distanz von fast einer Viertelmeile gewonnen hatte. Dort hielt er inne, sein Hinterteil dem Gegner zugewendet, wiederkäuend und scheinbar halb im Schlaf. Dennoch bemerkte ich ein gelegentliches leichtes Wenden seines Kopfes, als ob seine Teilnahmslosigkeit eher vorgetäuscht als echt wäre.

Unterdessen hatten sich Onkel Williams Schreie zugleich mit seiner Bewegung gemäßigt, und es war nichts weiter von ihm vernehmbar als langgezogene, leise Wehklagen und, mit langen Pausen dazwischen, mein Name, den er in flehenden Tönen ausstieß, meinen Ohren höchst unangenehm. Offenbar hatte der Mensch nicht die geringste Ahnung davon, was mit ihm geschehen war, und war unsäglich verängstigt. Wenn sich der Tod bei seinem Kommen in Geheimnis hüllt, ist er ja auch wirklich entsetzlich. Nach und nach hörte mein Onkel auf zu kreisen und hing reglos. Ich ging zu ihm hin und wollte ihm schon den Gnadenstoß geben, als ich eine Folge von hurtigen Aufschlägen vernahm, die den Boden wie eine Serie leichter Erdbeben erschütterten, und als ich mich in die Richtung des Schafbockes umdrehte, sah ich eine längliche Staubwolke mit unwahrscheinlicher Geschwindigkeit und alarmierender Wirkung auf mich zukommen. In etwa dreißig Schritt Entfernung hielt sie jählings inne, und aus ihrem diesseitigen Ende erhob sich etwas in die Luft, was ich zunächst für einen großen weißen Vogel hielt. Sein Aufstieg geschah so sanft und leicht und gleichmäßig, daß ich seiner außerordentlichen Geschwindigkeit nicht gewahr wurde, sondern mich in Bewunderung seiner Grazie verlor. Bis zum heutigen Tag habe ich den Eindruck von einer langsamen, wohlbedachten Bewegung behalten, mit welcher der Schafbock – denn um dieses Tier handelte es sich – durch eine fremde Kraft, nicht durch eigenen Impuls, mit unendlicher Weichheit und Sorgfalt emporgetragen und in den verschiedenen Stadien seines Fluges gehalten wurde. Meine Blicke folgten ihm durch die Lüfte mit einem unaussprechlichen Vergnügen, das um so größer war durch den Kontrast zu meinem vorherigen Schrecken über seine Annäherung zu Lande. Vorwärts und aufwärts segelte das edle Tier, den Kopf bis beinah zwischen seine Knie geneigt, die Vorderhufe zurückgeworfen, die Hinterbeine als Schleppe nachziehend, wie die Beine eines emporschwebenden Reihers.

In einer Höhe von vierzig oder fünfzig Fuß, wie jedenfalls die entzückte Erinnerung es im Rückblick präsentiert, erreichte er seinen Zenit und schien einen Augenblick stationär. Dann neigte er sich plötzlich vorwärts, ohne die zweckmäßige Haltung seiner einzelnen Glieder zu verändern, und schoß immer steiler und steiler und mit zunehmender Geschwindigkeit abwärts, war über mir und vorbei mit einem Geräusch wie das Sausen eines Geschosses und stieß meinen armen Onkel fast in rechtem Winkel mitten auf den Kopf. So furchtbar war der Aufprall, daß nicht bloß das Genick des Onkels, sondern auch das Seil entzweiging, und der Körper des Verblichenen, gegen den Erdboden gequetscht, wurde unter dem schrecklichen Schädel des meteorhaften Tieres zu Brei zerdrückt. Infolge der Erderschütterung blieben sämtliche Uhren zwischen Lone Hand und Dutch Dan stehen, und Professor Davidson, eine bekannte Autorität in seismographischen Fragen, der zufällig in dieser Gegend weilte, konstatierte auch sofort, daß die Vibrationen von Norden nach Südwesten verlaufen waren.

Im großen ganzen kann ich nicht umhin zu glauben, daß in bezug auf künstlerisch vollendete Scheußlichkeit mein Mord an Onkel William nur selten übertroffen worden ist.«

Hundeöl

Mein Name ist Boffer Bings. Ich wurde von ehrenhaften Eltern auf einem der bescheideneren Lebenspfade in die Welt gesetzt, insofern als mein Vater Hersteller von Hundeöl war und meine Mutter im Schatten der Dorfkirche ein kleines Studio unterhielt, wo sie unerwünschte Babys beseitigte. In meiner Knabenzeit wurde ich dazu erzogen, mich an fleißige Betätigung zu gewöhnen. Ich half nicht nur meinem Vater, Hunde für seine Bottiche zu beschaffen, sondern wurde auch häufig von meiner Mutter dazu angestellt, die Reste ihres Wirkens im Studio wegzuschaffen. Zur Erfüllung dieser Pflicht bedurfte es mitunter meiner ganzen angeborenen Intelligenz, weil sämtliche Gesetzeshüter der Umgebung etwas gegen die Tätigkeit meiner Mutter einzuwenden hatten. Sie waren nicht durch eine Wahlliste der Opposition gewählt, und so war die Sache nie zu einer politischen Affäre gemacht worden, sondern es war eben nur ein Zufall. Der Beruf meines Vaters, Hundeöl herzustellen, war natürlich weniger unbeliebt, wenn die Besitzer verlorengegangener Hunde ihm auch manchmal mit Mißtrauen begegneten, das sich bis zu einem gewissen Grade auch auf mich erstreckte. Mein Vater hatte alle Ärzte der Stadt zu stillen Geschäftsteilhabern, die nur selten ein Rezept verschrieben, welches nicht das enthielt, was sie mit Vergnügen als Ol. can. bezeichneten. Es ist wirklich die wertvollste Medizin, die je entdeckt worden ist, aber die meisten Leute sind nicht willens, den Kranken persönliche Opfer zu bringen, und daher war es offenbar vielen von den fettesten Hunden des Städtchens verboten, mit mir zu spielen, eine Tatsache, die meine jugendlichen Gefühle kränkte und mich eine Zeitlang beinahe dazu gebracht hätte, Seeräuber zu werden.

Wenn ich an jene Tage zurückdenke, kann ich mitunter nicht umhin zu bedauern, daß ich dadurch, daß ich meine geliebten Eltern indirekt umbrachte, zum Urheber von Mißgeschicken wurde, die meine Zukunft grundlegend beeinflußten.

Eines Abends, als ich mit der Leiche eines Findlings aus dem

Studio meiner Mutter an der Ölfabrik meines Vaters vorbeikam, sah ich einen Polizisten, der meine Schritte anscheinend scharf beobachtete. Jung, wie ich war, hatte ich doch schon gelernt, daß die Aktionen eines Polizisten, welcher Art sie auch sein mögen, von höchst verwerflichen Motiven geleitet werden, und so ging ich ihm aus dem Wege, indem ich mich durch eine zufällig nur angelehnte Seitentür in die Ölraffinerie drückte. Ich verschloß die Tür sofort von innen und war allein mit meiner Leiche. Mein Vater hatte sich schon zur Nachtruhe begeben. Das einzige Licht im Raum kam vom Schmelzofen her, der unter einem der Kessel in tiefer, starker Glut leuchtete und rötliche Reflexe auf die Wände warf. Das Öl im Kessel siedete noch in trägen Wallungen und brachte gelegentlich ein Stück Hund an die Oberfläche. Ich setzte mich nieder, um zu warten, bis der Polizist wegging, hielt den nackten Leichnam des Findelkindes auf den Knien und streichelte zärtlich sein kurzes, seidiges Haar. Ach, wie schön es war! Sogar in jenem jugendlichen Alter war ich schon ein leidenschaftlicher Kinderfreund, und während ich diesen kleinen Engel betrachtete, hätte ich mein Herz beinahe auf dem Wunsch ertappt, daß die kleine rote Wunde auf seiner Brust, das Werk meiner lieben Mutter, nicht tödlich gewesen wäre.

Es war immer meine Gepflogenheit gewesen, die Babys in den Fluß zu werfen, den die Natur vorsorglich zu diesem Zweck geliefert hatte, aber in dieser Nacht wagte ich aus Furcht vor dem Polizisten nicht, die Raffinerie zu verlassen. ›Schließlich und endlich‹, sagte ich mir, ›kann es keine große Rolle spielen, wenn ich es in diesen Kessel stecke. Mein Vater wird die Knochen bestimmt nicht von denen eines Welpen unterscheiden können, und die paar Todesfälle, die möglicherweise daraus entstehen, daß man den Kranken eine andere Sorte Öl als das unvergleichliche Ol. can. eingibt, sind ja bei einer Bevölkerung, die so rapide zunimmt, nicht so wichtig.‹ Kurzum, ich tat den ersten verhängnisvollen Schritt und zog mir zahllose Unannehmlichkeiten zu, indem ich das Baby in den Kessel warf.

Am nächsten Tag teilte mein Vater mir und meiner Mutter, einigermaßen zu meiner Überraschung, sich vergnügt die Hände reibend mit, daß er die feinste Qualität an Öl zustande gebracht habe, die je dagewesen sei, wie die Ärzte, denen er Proben davon gezeigt habe, gesagt hätten. Er fügte hinzu, er wisse nicht, wie es zu diesem Resultat gekommen sei, denn die Hunde waren in jeder Hinsicht wie üblich behandelt worden und waren von gewöhnlicher Rasse. Ich hielt es für meine Pflicht, den Sachverhalt aufzuklären, was ich denn auch tat, aber meine Zunge hätte versagt, hätte ich die Folgen voraussehen können.

Meine Eltern, die ihre bisherige Unkenntnis der Vorteile, welche eine Kombination ihrer beiden Erwerbszweige bot, beklagten, ergriffen sofort Maßnahmen, um diesen Fehler zu korrigieren. Meine Mutter übersiedelte mit ihrem Studio in einen Flügel des Fabrikgebäudes, und meine Pflichten in Verbindung mit dem Geschäft waren erledigt, ich wurde nicht länger mehr benötigt, um über die Leichen der kleinen Überflüssigen zu disponieren, und es bestand auch kein Bedarf mehr, Hunde in ihr Schicksal zu locken, denn mein Vater verzichtete ganz und gar auf sie, wenn sie auch weiterhin einen Ehrenplatz in dem Markennamen des Öls einnahmen. So jählings war ich zum Müßiggang verurteilt – da wäre freilich von mir zu erwarten gewesen, daß ich verderbt und liederlich wurde, aber das wurde ich nicht. Da war stets der fromme Einfluß meiner lieben Mutter, um mich vor den Versuchungen zu bewahren, von denen die Jugend umgarnt ist, auch war mein Vater Diakon einer Kirche. Ach, daß diese schätzenswerten Menschen durch meine Schuld ein so schlimmes Ende finden sollten!

Seitdem sie aus ihrem Beruf doppelten Gewinn schöpfte, widmete sich meine Mutter ihm mit erneutem Fleiß. Sie beseitigte nicht nur auf Bestellung überflüssige und unerwünschte Babys, sondern machte sich auch auf den Weg zu Überlandstraßen und Nebenlandstraßen und sammelte größere Kinder ein und sogar Erwachsene, wenn sie sich in die Raffinerie locken ließen. Auch mein Vater, der ganz verliebt war in die hohe

Qualität des von ihm produzierten Öls, versorgte seine Kessel mit Sorgfalt und Eifer. Die Verwandlung ihrer Mitmenschen in Hundeöl wurde, kurz gesagt, die große Leidenschaft ihres Daseins, eine ausschließliche und überwältigende Begierde bemächtigte sich ihrer Seelen und nahm bei ihnen die Stelle einer Hoffnung auf die ewige Seligkeit im Jenseits ein, von der sie ebenfalls inspiriert waren.

Sie waren nun dermaßen unternehmungslustig geworden, daß eine öffentliche Versammlung abgehalten und der Beschluß gefaßt wurde, ihnen einen ernstlichen Verweis zu erteilen. Der Vorsitzende deutete an, daß man jeder weiteren Reduzierung der Bevölkerung mit ablehnender Haltung begegnen werde. Meine armen Eltern verließen die Versammlung mit gebrochenen Herzen, verzweifelt und, ich glaube, nicht so recht bei Sinnen. Auf jeden Fall hielt ich es für klüger, diese Nacht nicht mit ihnen in die Raffinerie zu gehen, sondern schlief lieber außerhalb in einem Schuppen.

Um Mitternacht wachte ich durch irgendeine dunkle Ahnung auf, erhob mich und spähte durch ein Fenster in den Kesselraum, wo mein Vater, wie ich wußte, schlief. Die Feuer brannten so stark, als ob die Ernte des kommenden Tages ganz besonders reichlich sein würde. Einer der größten Kessel brodelte langsam, gleichsam mit einer geheimnisvollen Zurückhaltung, als wollte er nur den Augenblick abwarten, um mit Vollkraft loszulegen. Mein Vater war nicht in seinem Bett, er war im Nachtgewand aufgestanden und knüpfte einen starken Strick zur Schlinge. Die Blicke, die er dabei auf die Tür zum Schlafzimmer meiner Mutter warf, verrieten mir nur zu gut, was er im Sinne hatte. Sprachlos und vor Schreck erstarrt, konnte ich nichts zur Verhinderung oder Warnung tun. Plötzlich öffnete sich die Tür des Zimmers meiner Mutter geräuschlos, und die zwei standen einander gegenüber, beide anscheinend überrascht. Auch die Dame war im Nachtgewand, und in der rechten Hand hielt sie das Werkzeug ihres Berufs, einen langen, schmalen Dolch.

Auch sie war nicht fähig gewesen, sich den letzten Profit zu versagen, den das unfreundliche Benehmen der Bürgerschaft und das Dilemma, daß ich nicht zur Hand war, ihr noch übriggelassen hatten. Eine Sekunde lang blickten sie sich gegenseitig in die funkelnden Augen, und dann fuhren sie mit unbeschreiblicher Wut aufeinander los. Sie rauften sich rund um den ganzen Raum, er fluchend, sie kreischend, beide kämpfend wie Dämonen, sie, um ihn mit dem Dolch zu erwischen, er, um sie mit seinen riesigen bloßen Händen zu erwürgen. Ich weiß nicht, wie lange ich das Unglück hatte, diese peinliche Szene häuslichen Zwistes mit anzusehen, aber schließlich, nach einem ungewöhnlich temperamentvollen Ringen, ließen die Kombattanten plötzlich voneinander ab.

Die Brust meines Vaters und die Waffe meiner Mutter zeigten die augenscheinliche Gewißheit eines gegenseitigen Kontaktes. Für eine weitere Sekunde starrten sie sich in höchst unliebenswürdiger Weise an, dann schoß mein armer verwundeter Vater, der den Hauch des Todes über sich spürte, alle Verteidigung außer acht lassend, vorwärts, nahm meine liebe Mutter in die Arme, schleppte sie zu dem siedenden Kessel, nahm all seine versagende Kraft noch einmal zusammen und sprang mit ihr hinein. Sogleich waren beide verschwunden, und so mischten sie nun auch ihr Fett mit dem der Bürger des Komitees, die am Tage zuvor mit einer Einladung zur öffentlichen Versammlung vorgesprochen hatten.

Überzeugt davon, daß diese unglückseligen Vorkommnisse mir jeden Weg zu einer ehrenvollen Karriere in unserem Orte verschlossen, übersiedelte ich in die berühmte Stadt Otumwee, wo ich diesen Bericht niederschreibe, mit einem Herzen voller Reue über eine unbedachte Handlung, die ein so trauriges kommerzielles Desaster verursacht hat.

Nachwort

›Victrix causa deis placuit,
sed victa Catoni.‹ Lukan, Pharsalia

Als ein Meister amerikanischer Prosa wird Ambrose Bierce eigentlich erst seit 1946 erkannt. Damals gab der Kritiker Clifton Fadiman endlich eine umfangreiche Auswahl der sonst fast nicht mehr zugänglichen Werke von Bierce heraus. Noch im Jahre 1934 hatten Norman Foerster und Robert Moris Lovett, anerkannte Autoritäten auf dem Gebiet der amerikanischen Literatur, es unterlassen, einen Beitrag von Bierce in ihre sonst so erschöpfende Anthologie ›American Poetry and Prose‹ aufzunehmen, die viele Jahre ein Standardwerk für amerikanische Schulen, Colleges und Universitäten blieb, ja, sie hatten nicht einmal seinen Namen erwähnt. Clifton Fadimans glänzendes Vorwort lancierte Bierce fünfzig Jahre nach seinem Tode in Amerika so ähnlich, wie in Frankreich die Surrealisten den obskuren Autor der ›Chants de Maldoror‹ postum populär gemacht hatten. Und Bierce verdient als Meister makabrer Phantasie oder des ›humour noir‹ im Pantheon der zu ihren Lebzeiten unbeachteten Genies nicht weniger einen Platz als Isidore Ducasse, alias Conte de Lautréamont, alias Maldoror. Er befindet sich dort in der Gesellschaft so ungewöhnlicher Geister wie Alfred Jarry, Barbey d'Aurevilly, Baudelaire, vielleicht auch Gogols und des Marquis de Sade.
Zwischen 1946 und 1956 begann der Ruf von Bierce über die Grenzen seines Geburtslandes hinauszudringen. Im Oktober 1950 konnte ich ihn in der Zeitschrift ›Das Lot‹ den deutschen Lesern vorstellen. 1955 wies Jacques Papy im Vorwort seiner französischen Übersetzung von ›The Devil's Dictionary‹ darauf hin, daß Bierce mit Mark Twain und Bret Harte zu den großen amerikanischen Humoristen im letzten Drittel des neunzehnten Jahrhunderts gehört. Doch zu seinen Lebzeiten hat sich Bierce nie einer solchen Popularität erfreut wie Mark Twain und Bret Harte.

Als ernster realistischer Erzähler wäre Bierce auch mit zwei anderen Amerikanern unter seinen Zeitgenossen, mit Stephen Crane und O. Henry, zu vergleichen, die ebenfalls zu ihren Lebzeiten eine bemerkenswerte Popularität besaßen. Aber trotz seiner hervorragenden Vielseitigkeit scheint Bierce dazu verdammt gewesen zu sein, jahrelang zu den poètes maudits gerechnet zu werden, jenen Schriftstellern, deren Genie und Bedeutung erst von Lesern einer späteren Epoche erkannt werden, von Lesern, die sich dann fragen, wie es möglich war, daß ein so bemerkenswerter Künstler nicht die Bewunderung seiner Zeitgenossen erregt hat.

Ambrose Gwinett Bierce wurde am 24. Juni 1842 in einer Blockhütte in Meigs County, Ohio, geboren, in einer Gegend, die noch Neuland oder Urwald war, wie Lenau sie gekannt und ein paar Jahrzehnte zuvor beschrieben hatte. Bierces Vater war ein armer und etwas misanthropischer Farmer, den die Erinnerung an eine unglückliche Kindheit nicht entmutigt hatte, selber neun Kinder zu zeugen. Der künftige Schriftsteller war das letzte und jüngste, und mit Ausnahme eines älteren Bruders scheint er diese ganze Familie verabscheut zu haben.

Bierces Erziehung war vermutlich so planlos und unbefriedigend wie seine ganze Kindheit auf der Farm. Im Alter von siebzehn Jahren gelang es ihm aber, ein Jahr auf der Militärschule von Kentucky zu verbringen, wo er zum ersten Mal ein von höheren Idealen oder vornehmeren Traditionen bestimmtes Dasein kennenlernte. Dies scheint seine jugendliche Phantasie befeuert zu haben. Als der Bürgerkrieg ausbrach, trat er als Freiwilliger in die Armee der Union ein und diente zunächst als Trommler beim neunten Infanterieregiment von Indiana. Er wurde bei Kenesaw Mountain verwundet, zeichnete sich durch Führerqualitäten aus und wurde bei Kriegsende als Leutnant mit Majorspatent entlassen.

Dann zog er, wie viele andere demobilisierte Optimisten, gen Westen und ließ sich in San Franzisko nieder. Dort stellte man

ihn erst einmal als Nachtwächter für das Gebäude der Schatzkammer an. Diese untergeordnete Beschäftigung bot ihm reichlich Gelegenheit, in Ruhe über seine bitteren menschlichen Erfahrungen nachzugrübeln, sowohl in einer zerstörten Familie wie in einer durch Bürgerkrieg zerrissenen Nation. Bald machte er sich einen Namen als Karikaturist, der sein unabhängiges Talent unbefangen beiden Parteien des turbulenten politischen Lebens der Stadt zur Verfügung stellte. Das führte ihn auch zum Journalismus. Zwischen 1866 und 1872 schrieb er als freier Mitarbeiter für ›The Argonaut‹ und ›The News Letter‹, dessen Herausgeber er sogar wurde.
San Franzisko war in den Jahrzehnten, die dem Goldrausch von 1849 folgten, rasch eine Metropole von beinahe beispiellosem Reichtum und Überfluß geworden, erstaunlich intellektuell, ja kultiviert. Die Bar seines Palace-Hotels konnte sich an Eleganz der Einrichtung und Ausstattung mit jedem ähnlichen Etablissement in New York, London, Paris und Wien messen. Da es nur wenige weibliche Varietéstars wagten, sich den Gefahren einer Reise zur ›Barbary Coast‹ auszusetzen, zog San Franzisko eine ganze Milchstraße von recht abenteuerlichen männlichen Frauendarstellern an, deren flinker Witz und extravagante Kunst in den Nachtlokalen von North Beach Tradition geblieben sind und noch in unseren Tagen den Stil einer Mae West inspiriert haben. Als die italienische Operndiva Tetrazzini nach San Franzisko kam, spannten ihre Anbeter die Pferde ihrer Kutsche aus und zogen sie eigenhändig die Market Street hinauf, bis die Sängerin sie anhalten ließ und vor einem rasenden Freilicht-Auditorium triumphierend und leidenschaftlich eine ihrer berühmten Arien sang. Auch Oscar Wilde fand auf seiner amerikanischen Vortragstournee, daß San Franzisko die lebendigste, gastfreundlichste und kultivierteste aller amerikanischen Städte sei, er gewann dort Freunde wie sonst nirgends. Nur in einer so außergewöhnlichen Stadt konnte Ambrose Bierce überhaupt erwarten, voranzukommen.
Tatsächlich scheint er durch seine Erfolge in San Franzisko sich

eine Zeitlang in dem Glauben gewiegt zu haben, daß Menschen nicht unbedingt getötet, gekocht und verspeist werden müssen, sondern auch zu anderen Zwecken dasein können. Durch die Erfahrungen des elterlichen Familienlebens nicht abgeschreckt, verheiratet er sich 1871 mit Mary Ellen Day, der Tochter eines Pioniers aus dem Goldrausch von 1849. Von 1872 bis 1876 lebten die beiden in London, wo Bierce weiterhin seinen Lebensunterhalt als verbitterter, oppositioneller Journalist verdiente. Als seine Gesundheit nachzulassen begann, ging er mit seiner schwangeren Frau und seinen zwei kleinen Söhnen nach San Franzisko zurück und arbeitete wieder am ›Argonaut‹ und an der ›Wasp‹ mit. Von 1887 bis 1896 schrieb er regelmäßig Artikel im San Franzisko ›Sunday Examiner‹, der von William Randolph Hearst herausgegeben wurde, einem etwas weniger sympathischen Zyniker. Verschiedene der von Bierce im Laufe der Zeit veröffentlichten Bücher bestehen vorwiegend aus überarbeiteten Versionen jener allwöchentlichen Auslassungen eines journalistischen Spleens. Bierce war für seine Leser eine Art arbiter elegantiarum der Westküste in allen Fragen von Geschmack, Bildung und Kultur und schuf dadurch in San Francisco eine lokale journalistische Tradition. ›Es ist‹, schrieb er 1877 in der ersten Nummer des ›Argonaut‹, ›meine Absicht, den Journalismus dieser Stadt zu reinigen, indem ich solchen Schriftstellern Unterweisungen gebe, die Unterweisungen verdienen, und solche, die sie nicht verdienen, umbringe.‹ Und San Franzisko besitzt noch heute, in der Person von Herb Caen, ihren eigenen Journalistentyp, während die meisten anderen amerikanischen Städte sich mit den Lieferungen eines Kartells von Feuilletonisten begnügen, die in New York oder Washington leben und schreiben.

Doch die wenigen journalistischen und literarischen Erfolge von Bierce waren von unseligen Mißgeschicken in seinem Privatleben begleitet. 1889 wurde sein ältester Sohn in einem törichten Zank um die Gunst eines nicht allzu begehrenswerten Mädchens totgeschossen. 1891 wurde Bierce endlich von seiner Frau verlassen, die aber anscheinend von so schwerfälligem Temperament war, daß sie noch weitere dreizehn Jahre benötigte, um sich zu einer Scheidung zu entschließen. 1901 starb sein jüngerer Sohn an Alkoholismus. San Franzisko, die Stadt, die er lieben gelernt hatte, wurde 1906 von Erdbeben und Feuer zerstört. Zunehmend asthmatisch, verbittert und menschenfeindlich, fand sich Bierce unklugerweise bereit, als Korrespondent für die in San Franzisko erscheinende Tageszeitung ›American‹ an der Ostküste, in Washington, zu arbeiten. Dort schrieb er dann auch für Zeitschriften der Ostküste, zum Beispiel für ›The Cosmopolitan‹. Bis 1913 führte er ein querulantes Dasein, das immer weniger und weniger glanzvoll oder befriedigend wurde. Schließlich machte er sich nach Mexiko auf, wo er noch immer am Leben sein mag, gestraft mit Unsterblichkeit in einer Welt, die er haßt und verachtet. Wenn er auch vermutlich im Strudel von Pancho Villas mexikanischer Revolution umgekommen ist, wir besitzen keine verläßliche Nachricht, keinen Beweis von seinem Tode.

Das Schicksal der Schriften von Ambrose Bierce war so chaotisch wie das Leben ihres Verfassers. Zu seinen Lebzeiten hatte er nur lokalen Erfolg in San Franzisko als Mitarbeiter von Zeitschriften, die stets bald Bankrott machten. Mein Großvater, der die meisten angesehenen oder interessanten Menschen in San Franzisko zwischen 1875 und 1900 kannte, hat mir gegenüber den Namen Bierce niemals erwähnt, obwohl er allezeit gern von seinen Begegnungen mit Pierre Loti in Konstantinopel, dem anderen Ende seiner ausgedehnten Welt von Bekanntschaften, erzählt hat. Nach seinem Verschwinden wurde Bierce zu einer vagen Legende. Man erinnerte sich an ihn, prahlte damit, ihn gekannt zu haben, erzählte oder erfand Anekdoten über ihn, unterließ es aber im allgemeinen, ihn zu lesen, bis H. L. Mencken, der große New Yorker Publizist, der heute als der Samuel Johnson der amerikanischen Sprache verehrt wird und der es verdient, als einer der wenigen amerikanischen Moralisten von der Art La Rochefoucaulds oder Chamforts gelesen zu werden, plötzlich Bierce, einen fast vergessenen Exzentriker, zu einem seiner literarischen Vorbilder erwählte.

Nach 1919 begann die amerikanische Literatur, die fast immer optimistisch gewesen war, zunehmend pessimistisch zu werden. Poe, den Europa nie vergessen hatte, wurde in Amerika wiederentdeckt; Melville, ein halbes Jahrhundert vernachlässigt, wurde allenthalben zu einem typisch amerikanischen Klassiker erklärt. Heute, in einer Epoche von Beatnik-Poeten, lesen wir eher Henry James als seinen Bruder William James, eher Henry Thoreau als Emerson, eher Thorstein Veblen als John Dewey, Poe statt Whittier, Whitman in seinen gebrochenen Stimmungen lieber als den Whitman, der die triumphierende Verbrüderung des Menschen verkündet, wir lesen Theodore Dreiser und Francis Scott Fitzgerald vor Hamlin Garland und Ambrose Bierce an Stelle von Mark Twain und O. Henry.

Zudem hat sich Bierce jetzt als einer der wenigen Amerikaner in der sardonischen Gilde der großen Dandys des neunzehnten Jahrhunderts erwiesen, der Baudelaire und Barbey d'Aurevilly, der Oscar Wilde, Lautréamont und Jarry. Für die französischen Surrealisten, die schon so vergessene Meisterwerke wie ›The Monk‹ von Matthew Lewis und ›Melmoth the Wanderer‹ von Robert Maturin wiederentdeckt hatten, kommt Ambrose Bierce zusammen mit Melville als ein wahrhaft unverhoffter Fund. Deutschen Lesern werden die phantastisch grausigen Aspekte in einigen Erzählungen aus ›Can such Things be‹ sonderbar vertraut vorkommen, da sie sie an Meisterwerke einer früheren, nicht so bewußt anarchistischen Generation der deutschen Romantik erinnern können. Mögen Grabbe oder andere deutsche Autoren einiges auch besser gemacht haben, die Geschichten ›In the Midst of Life‹ und besonders die ›Tales of Soldiers‹, die von Bierces eigenen Erlebnissen im amerikanischen Bürgerkrieg angeregt worden waren, bleiben Meisterwerke eines eigenartigen literarischen

Realismus – revolutionär in ihrer Technik der knappen Erzählung, in ihrem Mitgefühl für die Opfer und die Geschlagenen, wie die Romane und Erzählungen seines Zeitgenossen Stephen Crane, des Autors von ›The red Badge of Courage‹ und ›The blue Hotel‹.

Die besondere Qualität von Bierces Werken beruht auf seinem Witz, seiner sorgfältigen Auswahl hervorstechender, anschaulicher Einzelheiten und seinen ausgesuchten Wörtern. In ›The Devil's Dictionary‹ steht dieser Witz sich manchmal selbst im Wege und verwirrt sogar seine aufgeschlossensten Leser. So schreibt Jacques Papy, daß ›The Devil's Dictionary‹ – verfaßt zwischen 1881 und 1906 und in Zeitungen fragmentarisch publiziert, bevor es schließlich als Buch erschien – beeinträchtigt würde durch die seltsame Angewohnheit des Autors, seinen eigenen witzigen Wortdefinitionen Zitate von ›minderwertigeren zeitgenössischen Dichtern‹ beizugeben. Papy bemerkt dann weiter: ›Diese Verse, von zweifelhaftem Wert, die oft sehr langweilig sind, haben meistens den Effekt, die Schärfe von Bierces Definitionen abzustumpfen, die in einer harten prägnanten Prosa ausgedrückt sind, die solche zusätzlichen Geschraubtheiten aus den Federn erlauchter Nullen nicht nötig hat.‹ Aber es ist Papy entgangen, daß die Poeten, die Bierce solcherart zitiert, erfundene Autoren sind, in deren von Bierce selber erdichteten Worten er die Stilarten seiner Zeitgenossen lächerlich macht. Vielleicht ist es von Interesse, hier ein paar Definitionen aus ›The Devil's Dictionary‹ zu zitieren: – Kannibale: Ein Gastronom der alten Schule, der sich den einfachen Geschmack bewahrt hat und an der natürlichen Kost des prä-schweinernen Zeitalters festhält. – Kleptomane: Ein wohlhabender Dieb. – Sauce: Das einzige untrügliche Zeichen für Zivilisation und Aufgeklärtheit. Ein Volk ohne Saucen hat tausend Laster, ein Volk mit einer Sauce hat nur neunhundertneunundneunzig. Für jede erfundene und akzeptierte Sauce wird einem Laster entsagt und vergeben. – Tugenden: Gewisse Enthaltsamkeiten. – Jahr: Eine Periode von dreihundertfünfundsechzig Enttäuschungen.

In seinen ›Fantastic Fables‹ zeigt Bierce ähnlichen Witz, wenn er eine ganze Erzählung mit dem Titel ›Umwelt‹ auf zwei Zeilen reduziert: »Gefangener«, sagte der Richter streng, »Sie sind rechtsgültig des Mordes überführt. Sind Sie schuldig, oder sind Sie in Kentucky erzogen worden?« Hätte Bierce noch weitere Kommentare zu seiner eigenen Erziehung an der Militärschule von Kentucky zu schreiben brauchen, wo man ihn das Töten so gut gelehrt hatte, daß er sofort nach Verlassen der Akademie in einem Massenmorden wie dem amerikanischen Bürgerkrieg erfolgreich Karriere machte?
Man könnte noch lange fortfahren, Bierces Sticheleien zu zitieren. Aber sein Witz enthüllt sich ebenso stark im Aufbau seiner Erzählungen wie in seinen verbalen Überraschungen. In seinen realistischeren Erzählungen, besonders in denen aus ›In the Midst of Life‹, beweisen unerwartete Wendungen der Handlung immer wieder, daß das Kriegsglück, wäre es nicht von so verzweifelter Tragik, sehr wohl als Stoff für Komödien oder Possen betrachtet werden könnte. In paradoxer Umkehrung der Weltbetrachtung Figaros möchten wir dann weinen, um nicht lachen zu müssen. Ist es zu hoch gegriffen, wenn ich behaupte, daß Bierce hier die Identität von Gegensätzen und die Wahrheit von Paradoxen darstellt, mit denen sich alle großen Pessimisten, von Heraklit und Lao-tse bis Schopenhauer, Kierkegaard und Nietzsche, beschäftigt haben?
Paradoxon, Antithese, Untertreibung, Verschweigung, Chiasmus sind Bierces bevorzugte rhetorische Kunstgriffe. Sie alle verlangen ein reiches Vokabular, einen beweglichen Geist, feinen Sinn für den richtigen Moment, überlegene Unabhängigkeit. ›An einem frühen Junimorgen 1872 ermordete ich meinen Vater, eine Tat, die seinerzeit tiefen Eindruck auf mich machte.‹ So beginnt Bierce eine der Erzählungen aus der Sammlung ›The Parenticide Club‹. Die ganze Geschichte ist, wie auch ›Oil of Dog‹, in diesem brillanten sardonischen Stil geschrieben. Wie sehr Bierce aber auch unsere konventionellen zarten Gefühle schockiert, heute wissen wir unglückseligerweise, daß er niemals, nicht einmal in den ausschweifend-

sten Momenten makabrer Phantasie und schwarzen Humors, irgend etwas erfinden konnte, was an Grauenhaftigkeit die sadistischen Streiche übertrifft, die anscheinend normale Menschen ihren Opfern spielen, wenn ihnen plötzlich so uneingeschränkte Macht über Tod und Leben verliehen ist, wie es in den vergangenen Jahrzehnten in Gefängnissen, Konzentrationslagern oder Folterkammern der Geheimpolizeien so oft der Fall war.

Aber wenn Bierces Witz solche Schrecken, die erfundene Schrecken bleiben, schildert, verfolgt er eine humane Absicht. Indem er seine Leser mit scheinbar unmöglichen Grausamkeiten vertraut macht, erweckt er in uns dieselbe Art von Katharsis, mit der die Tragiker der alten Griechen durch Mitleid und Angst die primitiveren Leidenschaften ihrer Zuhörer läuterten. Die monströsen Verbrechen, die der Schriftsteller uns vor Augen führt, bedrohen uns dank ihrer Absurdität nicht länger. Dies mag uns schließlich zu einem echten Paradoxon führen: der wahre Moralist unter den Schriftstellern ist oft derjenige, der uns bei der ersten Begegnung durch eine zynische Zurschaustellung von Unmoralität am tiefsten schokkiert.

Edouard Roditi

INHALT

Mitten im Leben

Ist so etwas möglich?

Nebensächliche Geschichten

Der Elternmörder-Club

Englische und amerikanische Literatur im insel taschenbuch

Jane Austen: Die Abtei von Northanger. Aus dem Englischen von Margarete Rauchenberger. Mit Illustrationen von Hugh Thomson. it 931

– Anne Elliot. Aus dem Englischen von Margarete Rauchenberger. Mit Illustrationen von Hugh Thomson. it 1062

– Emma. Aus dem Englischen von Charlotte Gräfin von Klinckowstroem. Mit Illustrationen von Hugh Thomson. it 511

– Lady Susan. Ein Roman in Briefen. Die Watsons. Sanditon. Zwei Romanfragmente. Aus dem Englischen von Angelika Beck und Elizabeth Gilbert. it 1192

– Stolz und Vorurteil. Aus dem Englischen von Margarete Rauchenberger. Mit Illustrationen von Hugh Thomson und mit einem Essay von Norbert Kohl. it 787

Harriet Beecher-Stowe: Onkel Toms Hütte. In der Bearbeitung einer alten Übersetzung. Herausgegeben und mit einem Nachwort versehen von Wieland Herzfelde. Mit 27 Holzschnitten von Georg Cruikshank aus der englischen Ausgabe von 1852. it 272

Ambrose Bierce: Aus dem Wörterbuch des Teufels. Auswahl, Übersetzung und Nachwort von Dieter E. Zimmer. it 440

– Mein Lieblingsmord. Erzählungen. Mit einem Nachwort von Edouard Roditi. Aus dem Amerikanischen von Gisela Günther. it 39

– Der Mönch und die Henkerstochter und andere Schauermärchen. Deutsch von Karl Bruno Leder. it 1268

Anne Brontë: Agnes Grey. Aus dem Englischen von Elisabeth von Arx. it 1093

Charlotte Brontë: Jane Eyre. Eine Autobiographie. Aus dem Englischen von Helmut Kossodo. Mit einem Essay und einer Bibliographie herausgegeben von Norbert Kohl. it 813

– Shirley. Aus dem Englischen von Johannes Reiher und Horst Wolf. it 1145

– Über die Liebe. Herausgegeben von Elsemarie Maletzke. Übertragen von Eva Groepler und Hans J. Schütz. it 1249

Emily Brontë: Die Sturmhöhe. Aus dem Englischen von Grete Rambach. it 141

Edward George Bulwer-Lytton: Die letzten Tage von Pompeji. Aus dem Englischen von Friedrich Notter. it 801

Lewis Carroll: Alice hinter den Spiegeln. Mit einundfünfzig Illustrationen von John Tenniel. Übersetzt von Christian Enzensberger. it 97

– Alice im Wunderland. Mit zweiundvierzig Illustrationen von John Tenniel. Übersetzt und mit einem Nachwort von Christian Enzensberger. it 42

153/1/10.90

Englische und amerikanische Literatur im insel taschenbuch

Lewis Carroll: Briefe an kleine Mädchen. Herausgegeben und übersetzt von Klaus Reichert. Erweiterte Ausg. mit dreißig Fotografien des Autors. it 172

– Geschichten mit Knoten. Eine Sammlung mathematischer Rätsel. Herausgegeben und übersetzt von Walter E. Richartz. Mit Illustrationen von Arthur B. Frost. it 302

– Die Jagd nach dem Schnark. Übersetzt und ausgeleitet von Klaus Reichert. Mit Illustrationen von Henry Holiday. it 598

Geoffrey Chaucer: Die Canterbury-Erzählungen. Vollständige Ausgabe. Aus dem Englischen übertragen und herausgegeben von Martin Lehnert. Mit Illustrationen von Edward Burne-Jones. it 1006

Gilbert Keith Chesterton: Alle Pater-Brown-Geschichten. 2 Bände in Kassette. it 1263/1149

– Neue Pater-Brown-Geschichten. Die Ungläubigkeit des Pater Brown. Das Geheimnis des Pater Brown. 19 Detektivgeschichten. it 1263

– Pater-Brown-Geschichten. 24 Detektivgeschichten. Mit einem Nachwort von Norbert Miller. it 1149

James Fenimore Cooper: Der Lederstrumpf. Vollständige Ausgabe in fünf Bänden. In der Bearbeitung der Übersetzung von C. Kolb durch Rudolf Drescher. Mit Illustrationen von O. C. Darley. it 760

– Der letzte Mohikaner. Vollständige Ausgabe. In der Bearbeitung der Übersetzung von C. Kolb durch Rudolf Drescher. Mit Illustrationen von O. C. Darley und einem Nachwort von Peter Härtling. it 1212

Daniel Defoe: Glück und Unglück der berühmten Moll Flanders, die, im Zuchthaus Newgate geboren, nach vollendeter Kindheit noch sechzig wertvolle Jahre durchlebte, zwölf Jahre Dirne war, fünfmal heiratete, darunter ihren Bruder, zwölf Jahre lang stahl, acht Jahre deportierte Verbrecherin in Virginien war, schließlich reich wurde, ehrbar lebte und reuig verstarb. Beschrieben nach ihren eigenen Erinnerungen. Deutsch von Martha Erler. Mit Illustrationen von William Hogarth und einem Essay von Norbert Kohl. it 707

– Robinson Crusoe. Mit Illustrationen von Ludwig Richter. In der Übersetzung von Hannelore Novak. it 41

Charles Dickens: Bleak House. Aus dem Englischen von Richard Zoozmann. Mit Illustrationen von Phiz. it 1110

– David Copperfield. Mit Illustrationen von Phiz. it 468

– Detektivgeschichten. Aus dem Englischen von Franz Franzius. it 821

– Eine Geschichte aus zwei Städten. Mit Illustrationen von Phiz. it 1033

– Große Erwartungen. Aus dem Englischen von Margit Meyer. Mit Illustrationen von F. W. Pailthorpe. it 667

153/2/10.90

Englische und amerikanische Literatur
im insel taschenbuch

Charles Dickens: Harte Zeiten. Aus dem Englischen von Paul Heichen. Mit Illustrationen von F. Walker und Maurice Greiffenhagen. it 955
– Das Leben unseres Herrn Jesus Christus. Von Charles Dickens geschrieben für seine Kinder. Mit Zeichnungen von Gunter Böhmer. Aus dem Englischen von Hans Mardersteig. it 1154
– Martin Chuzzlewit. Mit Illustrationen von Phiz. it 1233
– Oliver Twist. Aus dem Englischen von Reinhard Kilbel. Mit einem Nachwort von Rudolf Marx und 24 Illustrationen von George Cruikshank. it 242
– Die Pickwickier. Mit Illustrationen von Robert Seymour, Robert William Buss und Phiz. it 896
– Der Raritätenladen. Aus dem Englischen von Leo Feld. Mit Holzschnitten von George Cattermole, H. K. Browne, George Cruikshank und Daniel Maclise. it 716
– Weihnachtserzählungen. Mit Illustrationen von Leech, Stanfiels, Stone u. a. it 358
Charles A. Eastman: Indianergeschichten aus alter Zeit. Deutsch von Elisabeth Friederichs. Mit einem Nachwort herausgegeben von Dietrich Leube. Illustrationen und Anmerkungen von Frederick Weygold. it 861
Henry Fielding: Mr. Jonathan Wild der Große. Die Geschichte eines Helden. Aus dem Englischen übersetzt von Horst Höckendorf. it 535
– Tom Jones. Die Geschichte eines Findelkindes. 2 Bde. Mit Illustrationen von Gravelot und Moreau le jeune. Herausgegeben und mit einem Nachwort von Norbert Kohl. it 504
Bret Harte: Goldgräbergeschichten. Aus dem Amerikanischen von Wilhelm Lange. Mit zeitgenössischen Fotografien. it 803
Nathaniel Hawthorne: Der Marmorfaun. Aus dem Englischen von Gisela Günther. Mit Zeichnungen von Michael Schroeder. it 1043
Samuel Johnson: Reisen nach den westlichen Inseln bei Schottland. Nach einer anonymen Übertragung aus dem Jahr 1775. Herausgegeben von Volker Wolf und Bernd Zabel. Mit zahlreichen Abb. it 663
James Joyce: Die Katze und der Teufel. Eine Geschichte von James Joyce. Deutsche Übertragung von Fritz Senn. Mit Bildern von Richard Erdoes. Vierfarbendruck. it 2024
Edward Lears kompletter Nonsens. Limericks, Lieder, Balladen und Geschichten. Ins Deutsche geschmuggelt von Hans Magnus Enzensberger. Mit Illustrationen von Edward Lear. it 1119

153/3/10.90

Englische und amerikanische Literatur im insel taschenbuch

Matthew Gregory Lewis: Der Mönch. Aus dem Englischen von Friedrich Polakovics. Mit einem Essay und einer Bibliographie von Norbert Kohl. it 907

Lord Byron. Ein Lesebuch mit Texten, Bildern und Dokumenten. Herausgegeben von Gert Ueding. it 1051

Charles Robert Maturin: Melmoth der Wanderer. Roman. Aus dem Englischen von Friedrich Polakovics. Mit einem Nachwort von Dieter Sturm. it 1279

Herman Melville: Moby Dick. 2 Bde. Übertragen von Alice und Hans Seiffert. Mit einem Nachwort von Rudolf Sühnel. Mit Illustrationen. it 233

Samuel Pepys: Das geheime Tagebuch. Herausgegeben von Anselm Schlösser und übertragen von Jutta Schlösser. Mit Abbildungen. it 637

Edgar Allan Poe: Der entwendete Brief und andere Erzählungen. Ausgewählt von Franz-Heinrich Hackel. Aus dem Amerikanischen von Werner Beyer u. a. Mit Holzschnitten von Fritz Eichenberg. Großdruck. it 2309

– Das Geheimnis der Marie Rogêt und andere Erzählungen. Aus dem Amerikanischen von Werner Beyer, Felix Friedrich und anderen. it 783

– Grube und Pendel. Und andere Erzählungen. Mit einem Nachwort von Franz Rottensteiner und Illustrationen von Harry Clarke. Aus dem Amerikanischen von Günther Steinig. ›Grube und Pendel‹ wurde von Elisabeth Seidel übersetzt. it 362

Walter Scott: Im Auftrag des Königs. Die gefährlichen Abenteuer des Quentin Durward. Mit Illustrationen aus dem neunzehnten Jahrhundert und einem Nachwort von Traude Dienel. it 188

– Ivanhoe. Roman. Deutsch von Leonhard Tafel. Textrevision und Nachwort von Paul Ernst. it 751

Charles Sealsfield: Das Kajütenbuch oder Nationale Charakteristiken. Herausgegeben von Alexander Ritter. it 1163

William Shakespeare: Hamlet. Prinz von Dänemark. Aus dem Englischen von August Wilhelm von Schlegel. Durchgesehen von Levin L. Schücking. Mit Illustrationen von Eugène Delacroix. Herausgegeben und mit einem Essay versehen von Norbert Kohl. it 364

– Richard III. Aus dem Englischen von Thomas Brasch. it 1109

– Was ihr wollt. Aus dem Englischen von Thomas Brasch. it 1205

Mary W. Shelley: Frankenstein oder Der moderne Prometheus. Mit einem Essay von Norbert Kohl. it 1030

153/4/10.90

Englische und amerikanische Literatur
im insel taschenbuch

Muriel Spark: Mary Shelley. Eine Biographie. Deutsch von Angelika Beck. Mit zahlreichen Abbildungen. it 1258

Laurence Sterne: Leben und Meinungen von Tristram Shandy Gentleman. In der Übersetzung von Adolf Friedrich Seubert. Durchgesehen und revidiert von Hans J. Schütz. Mit einem Essay und einer Bibliographie von Norbert Kohl. Illustrationen von George Cruikshank. it 621

– Yoricks Reise des Herzens durch Frankreich und Italien. Aus dem Englischen übersetzt und mit einem Nachwort versehen von Helmut Findeisen. Mit zwölf Holzschnitten nach Tony Johannot. it 277

Robert Louis Stevenson: Entführt oder Die Erinnerungen des David Balfour an seine Abenteuer im Jahre 1751. Mit einem Vorwort von E. Y. Meyer. Aus dem Englischen übersetzt von Michael Walter. Mit den Illustrationen der Erstausgabe. it 321

– Die Schatzinsel. Aus dem Englischen von Karl Lerbs. Mit Illustrationen von Georges Roux. it 65

– Der seltsame Fall von Dr. Jekyll und Mr. Hyde. Deutsch von Grete Rambach. Mit Illustrationen von S. G. Hulme Beaman. it 572

Bram Stoker: Dracula. Aus dem Engl. von Karl Bruno Leder. it 1086

Jonathan Swift: Ausgewählte Werke in drei Bänden. Herausgegeben, eingeleitet und kommentiert von Anselm Schlösser. Mit einem Essay von Martin Walser. it 654

– Ein bescheidener Vorschlag, wie man verhindern kann, daß die Kinder der Armen ihren Eltern oder dem Lande zur Last fallen und andere Satiren. Mit einem Essay von Martin Walser, Die notwendigen Schritte. Übersetzt von Felix Paul Greve. Revision der Übersetzung von Walther Freisburger und Klaus Reichert. it 131

– Gullivers Reisen. Mit Illustrationen von Grandville und einem Vorwort von Hermann Hesse. Aus dem Englischen übersetzt von Franz Kottenkamp. Vervollständigt und bearbeitet von Roland Arnold. it 58

William Makepeace Thackeray: Das Buch der Snobs. Aus dem Englischen von H. Conrad. Mit Illustrationen von W. M. Thackeray. Herausgegeben von Norbert Kohl. it 372

– Jahrmarkt der Eitelkeit. Ein Roman ohne Held. 2 Bde. Mit Illustrationen von Thackeray. Herausgegeben und mit einem Nachwort von Norbert Kohl. Dem deutschen Text wurde eine Übertragung aus dem Nachlaß von H. Röhl zugrunde gelegt. it 485

153/5/10.90

Englische und amerikanische Literatur im insel taschenbuch

Mark Twain: Gesammelte Werke in 10 Bänden. Ausgewählt und zusammengestellt von Norbert Kohl. it 831-840
- Band 1: Durch dick und dünn. Deutsch von Hans J. Schütz. Mit Illustrationen von Klaus Ensikat. it 831
- Band 2: Tom Sawyers Abenteuer. Bearbeitet von Karl Heinz Berger. Mit Illustrationen von True W. Williams. it 832
- Band 3: Tom Sawyer im Ausland. Tom Sawyer als Detektiv. it 833
- Band 4: Bummel durch Europa. Deutsch von Gustav Adolf Himmel. Mit Illustrationen der Erstausgabe von W. Fr. Brown, True W. Williams, B. Day u. a. it 834
- Band 5: Prinz und Bettelknabe. Deutsch von Walter Scherf. Mit Illustrationen der Erstausgabe von Frank T. Merill, John J. Harley und L. S. Ipsen. it 835
- Band 6: Leben auf dem Mississippi. Deutsch von Helene Ritzerfeld. Mit Illustrationen von Klaus Ensikat. it 836
- Band 7: Huckleberry Finns Abenteuer. Deutsch von Barbara Cramer-Nauhaus. Mit Illustrationen von Edward W. Kemble. it 837
- Band 8: Ein Yankee am Hofe des Königs Artus. Deutsch von Maja Ueberle. Mit Illustrat. der Erstausgabe von Daniel C. Beard. it 838
- Band 9: Der berühmte Springfrosch und andere Erzählungen. it 839
- Band 10: Der geheimnisvolle Fremde und andere Erzählungen. Deutsch von Walter Hasenclever u. a. Mit Illustrationen der Erstausgabe von Lucius Hitchcock, W. T. Smedley und N. C. Wyeth. it 840
- Der gestohlene weiße Elefant und andere Erzählungen. Ausgewählt von Franz-Heinrich Hackel und Norbert Kohl. Mit zahlreichen Abbildungen. Großdruck. it 2308

Horace Walpole: Die Burg von Otranto. Aus dem Englischen von Joachim Uhlmann. Mit farb. Illustrationen der Ausgabe von 1796, einem Aufsatz von Walter Scott und einem Essay von Norbert Kohl. it 1087

Oscar Wilde: Gesammelte Werke in zehn Bänden. Herausgegeben von Norbert Kohl.
Band 1: Das Bildnis des Dorian Gray
Band 2: Märchen und Erzählungen
Band 3: Theaterstücke I
Band 4: Theaterstücke II
Band 5: Gedichte
Band 6: Essays I
Band 7: Essays II
Band 8: Briefe I
Band 9: Briefe II
Band 10: Briefe III it 582

153/6/10.90

Französische Literatur
im insel taschenbuch

Honoré de Balzac: Das Chagrinleder. Aus dem Französischen von Hedwig Lachmann. Herausgegeben von Erika Wesemann. it 1278
– Eugénie Grandet. Aus dem Französischen von Gisela Etzel. Herausgegeben von Eberhard Wesemann. it 1127
– Die Frau von dreißig Jahren. Aus dem Französischen übertragen von Werner Blochwitz. it 460
– Glanz und Elend der Kurtisanen. Aus dem Französischen von Felix Paul Greve. it 1232
– Das Mädchen mit den Goldaugen. Aus dem Französischen von Ernst Hardt. Mit einem Vorwort von Hugo von Hofmannsthal. Zehn Illustrationen von Marcus Behmer. it 60
– Tolldreiste Geschichten. Aus dem Französischen von Benno Rüttenauer. Mit Illustrationen von Gustave Doré. it 911
– Über die Liebe. Sein Weltbild aus seinen Werken. Zusammengestellt und mit einem Essay herausgegeben von Stefan Zweig. it 715
– Vater Goriot. Aus dem Französischen von Franz Hessel. Herausgegeben von Erika Wesemann. it 1167
Charles Baudelaire: Die Blumen des Bösen. Übertragen von Carlo Schmid. it 120
Pierre Augustin Caron de Beaumarchais: Die Figaro-Trilogie. Der Barbier von Sevilla oder Die nutzlose Vorsicht. Der tolle Tag oder Figaros Hochzeit. Die Schuld der Mutter oder Ein zweiter Tartuffe. Deutsch von Gerda Scheffel. Nachwort von Norbert Miller. Mit zeitgenössischen Illustrationen. it 228
William Beckford: Vathek. Aus dem Französischen von Franz Blei. Mit einem Vorwort von Stéphane Mallarmé. it 1172
Hector Berlioz: Groteske Musikantengeschichten. Aus dem Französischen von Elly Ellès. it 859
George Clémenceau: Claude Monet. Betrachtungen und Erinnerungen eines Freundes. Mit farbigen Abbildungen und einem Nachwort von Gottfried Boehm. it 1152
Alphonse Daudet: Briefe aus meiner Mühle. Aus dem Französischen übertragen von Alice Seiffert. it 446
– Montagsgeschichten. Aus dem Französischen von Eva Meyer. it 1251
– Tartarin von Tarascon. Die wunderbaren Abenteuer des Tartarin von Tarascon. Mit 45 Zeichnungen von Emil Preetorius. it 84
Denis Diderot: Erzählungen und Gespräche. Übersetzt von Katharina Scheinfuß. it 554
– Jakob und sein Herr. In der Übersetzung von Mylius. Herausgegeben von Horst Günther. it 772

152/1/10.90

Französische Literatur
im insel taschenbuch

Denis Diderot: Die Nonne. Mit einem Nachwort von Robert Mauzi, die Übersetzung des Nachworts besorgte Margaret Carroux. it 31

– Rameaus Neffe. Le Neveu de Rameau. Ein Dialog. Zweisprachige Ausgabe. Übersetzt von Goethe. Mit Zeichnungen von Antoine Watteau. Herausgegeben und mit einem Nachwort versehen von Horst Günther. it 775

Alexandre Dumas: Die drei Musketiere. Aus dem Französischen von Herbert Bräuning. it 1131

– Der Graf von Monte Christo. 2 Bde. Bearbeitung einer alten Übersetzung von Meinhard Hasenbein. Mit Illustrationen von Pavel Brom und Dagmar Bromova. it 266

– Die Kameliendame. Aus dem Französischen von Walter Hoyer. Mit Illustrationen von Paul Gavarni. it 546

Marguerite Duras: Der Vize-Konsul. Roman. Deutsch von W. M. Guggenheimer. Großdruck. it 2312

Dominique Fernandez: Süditalienische Reise. Aus dem Französischen von Julia Kirchner. Mit farbigen Fotografien von Martin Thomas. it 1076

Gustave Flaubert: Bouvard und Pécuchet. Aus dem Französischen übersetzt von Georg Goyert. Mit Illustrationen von András Karakas. Mit einem Vorwort von Victor Brombert und einem Nachwort von Uwe Japp. it 373

– Drei Erzählungen. Trois contes. Übersetzt und herausgegeben von Cora van Kleffens und André Stoll. it 571

– Lehrjahre des Gefühls. Geschichte eines jungen Mannes. Übertragen von Paul Wiegler. Mit einem Essay und einer Bibliographie von Erich Köhler. it 276

– Madame Bovary. Revidierte Übersetzung aus dem Französischen von Arthur Schurig. it 167

– November. Aus dem Französischen übersetzt von Ernst Sander. Mit einem Nachwort von Monika Bosse. it 411

– Reise in den Orient. Ägypten. Nubien. Palästina. Syrien. Libanon. Aus dem Französischen von Reinhold Werner und André Stoll. Mit Photographien von Maxime Du Camp, einem Register und einem Nachwort. Herausgegeben von André Stoll. it 619

Gustave Flaubert: Salammbô. Herausgegeben und mit einem Nachwort versehen von Monika Bosse und André Stoll. Aus dem Französischen übersetzt von Georg Brustgi. it 342

– Ein schlichtes Herz und andere Erzählungen. Aus dem Französischen von Cora van Kleffens und André Stoll. Großdruck. it 2314

152/2/10.90

Französische Literatur
im insel taschenbuch

Anatole France: Blaubarts sieben Frauen und andere Erzählungen. Mit Illustrationen von Lutz Siebert. Aus dem Französischen von Irmgard Nickel. it 510

Die geheimen Papiere der Gräfin Dubarry. Mit einem Nachwort von Franz Blei. it 1262

Edmond und Jules de Goncourt: Germinie Lacerteux. Aus dem Französischen von Curt Noch. it 1054

– Tagebücher. Aufzeichnungen aus den Jahren 1851-1870. Nach der ersten Gesamtausgabe der Académie Goncourt ausgewählt, übertragen und herausgegeben von Justus Franz Wittkop. it 692

Victor Hugo: Notre-Dame von Paris. Aus dem Französischen von Else von Schorn. Mit zeitgenössischen Illustrationen. it 298

Choderlos de Laclos: Schlimme Liebschaften. Mit 14 Kupferstichen. Übertragen und eingeleitet von Heinrich Mann. it 12

Madame de Lafayette: Die Prinzessin von Clèves. Roman. Aus dem Französischen von Julia Kirchner. Mit einem Nachwort von Emile Magne. it 768

Briefe der Ninon de Lenclos. Aus dem Französischen von Lothar Schmidt. Mit zehn Radierungen von Karl Walser. it 1173

Alain René Le Sage: Die Geschichte des Gil Blas von Santillana. Aus dem Französischen von Konrad Thorer. Mit Illustrationen von Daniel Chodowiecki. it 949

Pierre Carlet de Marivaux: Die Abenteuer des jungen Brideron. Eine Parodie. Übersetzt und herausgegeben von Gerda Scheffel. it 1035

– Betrachtende Prosa. Aus dem Französischen übertragen und mit einem Nachwort herausgegeben von Gerda Scheffel. it 1049

– Das Spiel von Liebe und Zufall. Und andere Komödien. Aus dem Französischen und mit einem Nachwort von Gerda Scheffel. it 805

Guy de Maupassant: Bel-Ami. Aus dem Französischen von Josef Halperin. Mit zeitgenössischen Illustrationen. it 280

– Die Brüder. Novelle. Deutsch von Ernst Weiß. Mit Illustrationen von Géo Dupuis. it 712

– Das Haus Tellier. Und andere Erzählungen. Ausgewählt und mit einem Nachwort versehen von Werner Berthel. Mit zeitgenössischen Illustrationen. Aus dem Französischen übersetzt von Helmut Bartuschek und Karl Friese. it 248

– Pariser Abenteuer. Und andere Erzählungen. Ausgewählt von Werner Berthel. Mit zeitgenössischen Illustrationen. Aus dem Französischen von Helmut Bartuschek und Karl Friese. it 106

152/3/10.90

Französische Literatur
im insel taschenbuch

Guy de Maupassant: Unser einsames Herz. Herausgegeben und mit einem Nachwort versehen von Dolf Oehler. Mit zeitgenössischen Illustrationen. Aus dem Französischen von Josef Halperin. it 357

Louis Sébastien Mercier: Das Jahr 2440. Ein Traum aller Träume. Herausgegeben von Herbert Jaumann. it 1162

Prosper Mérimée: Carmen. Mit Zeichnungen von Pablo Picasso. Aus dem Französischen übersetzt von Franz Schnabel. it 361

Jules Michelet: Die Frauen der Revolution. Herausgegeben und übersetzt von Gisela Etzel. Mit zahlreichen Abbildungen. it 726

Honoré-Gabriel Mirabeau: Der gelüftete Vorhang oder Lauras Erziehung. Aus dem Französischen von Eva Moldenhauer. Nachbemerkung von Norbert Miller. it 32

– Preußische Monarchie und Französische Revolution. Briefe nach Deutschland und Kapitel aus der »Preußischen Monarchie« in der Übersetzung von Jakob Mauvillon. Herausgegeben von Horst Günther. it 1118

Molière: Der eingebildete Kranke. Aus dem Französischen von Johanna Walser und Martin Walser. it 1014

– Der Menschenfeind. Nach dem Französischen des Molière von Hans Magnus Enzensberger. it 401

Michel de Montaigne: Essays. Herausgegeben und mit einem Nachwort versehen von Ralph-Rainer Wuthenow. Revidierte Fassung der Übertragung von Johann Joachim Bode. it 220

– Tagebuch einer Reise durch Italien. Aus dem Französischen von Otto Flake. it 1074

Michel de Montesquieu: Perserbriefe. Aus dem Französischen von Jürgen von Stackelberg. Mit Anmerkungen zum Text und einem Nachwort. it 458

Blaise Pascal: Größe und Elend des Menschen. Aus den »Pensées«. Auswahl, Übersetzung und Nachwort von Wilhelm Weischedel. it 441

– Über die Religion und über einige andere Gegenstände. Aus dem Französischen übertragen und mit einem Nachwort herausgegeben von Ewald Wasmuth. it 1008

Abbé Prévost: Manon Lescaut. Geschichte des Ritters Des Grieux und der Manon Lescaut. Mit einem Nachwort von Josef Heinzelmann. Illustrationen von Franz von Bayros. Aus dem Französischen von Elisabeth von Hase und Walter Hoyer. it 518

Marcel Proust / Eugène Atget: Ein Bild von Paris. Texte und Photographien. Herausgegeben von Arthur D. Trottenberg. it 669

152/4/10.90

Französische Literatur
im insel taschenbuch

François Rabelais: Gargantua und Pantagruel. Mit Illustrationen von Gustave Doré. Herausgegeben von Horst und Edith Heintze. Erläutert von Horst Heintze und Rolf Müller. 2 Bände. Übersetzung auf Grund der maßgebenden französischen Ausgabe, unter Benutzung der deutschen Fassung von Ferdinand Adolf Gelbcke. it 77

Jean-Jacques Rousseau: Bekenntnisse. Aus dem Französischen von Ernst Hardt. Mit einer Einführung von Werner Krauss. it 823

Marquis de Sade: Justine oder Die Leiden der Tugend. Mit einem Essay von Albert Camus. Aus dem Französischen von Raoul Haller. it 1257

– Schriften aus der Revolutionszeit. Herausgegeben von Georg Rudolf Lindt. it 1117

George Sand: Geschichte meines Lebens. Aus ihrem autobiographischen Werk ausgewählt und mit einer Einleitung versehen von Renate Wiggershaus. it 313

– Indiana. Aus dem Französischen von A. Seubert. Mit einem Essay von Annegret Stopczyk. it 711

– Lélia. Aus dem Französischen von Anna Wheill. Mit einem Essay von Nike Wagner. it 737

– Lucrezia Floriani. Roman. Aus dem Französischen von Anna Wheill. it 858

– Das Teufelsmoor. Aus dem Französischen von Helene und Herbert Kühn. Mit Illustrationen von Tony Johannot. it 943

Misia Sert: Pariser Erinnerungen. Aus dem Französischen von Hedwig Andertann. Mit einem Bildteil. it 1180

Madame de Sévigné: Briefe. Herausgegeben und übersetzt von Theodora von der Mühl. Mit zeitgenössischen Kupferstichen. it 395

Anne Germaine Madame de Staël: Über Deutschland. Vollständige und neu durchgesehene Fassung der deutschen Erstausgabe von 1814 in der Gemeinschaftsübersetzung von Friedrich Buchholz, Samuel Heinrich Catel und Julius Eduard Hitzig. Herausgegeben und mit einem Nachwort versehen von Monika Bosse. Mit einem Register, Anmerkungen und einer Bilddokumentation. it 623

Stendhal: Die Kartause von Parma. Vollständige Ausgabe. Aus dem Französischen von Arthur Schurig. it 1222

– Rom, Neapel und Florenz im Jahre 1817. Aus dem Französischen von Katharina Scheinfuß und Bernhard Frank. it 1073

– Rot und Schwarz. Vollständige Ausgabe. Aus dem Französischen von Arthur Schurig. Mit einem Nachwort von Uwe Japp. it 1210

– Über die Liebe. Vollständige Ausgabe. Aus dem Französischen und mit einer Einführung von Walter Hoyer. it 124

152/5/10.90